KB000335

검은
수첩

옮긴이 **남궁가윤**

이화여자대학교와 한국방송통신대학교에서 전산학과 일본학을 공부했다. 옮긴 책으로 나오키 산주고 · 아쿠타가와 류노스케 · 기쿠치 간 단편집 『문학상을 읽는다』(공역), 시마다 세이지로의 『지상』(공역) 등이 있다.

KUROI TECHO
by MATSUMOTO Seicho
Copyright©1961 MATSUMOTO Yoichi
All rights reserved.
Originally published in Japan.
Korean translation rights arranged with CHUOKORON-SHINSHA, INC., Japan
through THE SAKAI AGENCY and SHINWON AGENCY CO.

이 책의 한국어판 저작권은 THE SAKAI AGENCY와 신원 에이전시를 통해
MATSUMOTO Yoichi와의 독점계약으로 도서출판 북스피어에 있습니다.
저작권법에 의해 한국 내에서 보호를 받는 저작물이므로
무단전재와 무단복제를 금합니다.

이 도서의 국립중앙도서관 출판시도서목록(CIP)은 서지정보유통지원시스템 홈페이지(http://
seoji.nl.go.kr)와 국가자료공동목록시스템(http://www.nl.go.kr/kolisnet)에서 이용하실
수 있습니다. (CIP제어번호 : CIP2014015326)

검은 수첩

마쓰모토 세이초 지음
남궁가윤 옮김

박람강기
프로젝트
004

Matsumoto
Seichō

黒い手帖

북스피어

차례

1장

추리소설의 매력

추리소설에
리얼리티가
필요한 이유

왜 추리소설을 읽는 여성 독자가 늘었을까

최근 독서계에 추리소설 붐이 일어나고 있다는 글을 종종 본다. 그것도 여성 독자가 늘었다고 한다. 실제로 전철 안에서 출퇴근중인 듯한 젊은 여성이 번역된 추리소설을 탐독하는 모습이 자주 눈에 띈다.

어느 주간지 기사에 따르면 한 유력 광고대리점이 최근 조사한 바, 텔레비전 프로그램 중 스릴러물이 '재미있다'고 답한 여성의 비율은 도쿄, 한신[1] 모두 남성보다 4.5%에서 18.9% 정도 웃돌았다고 한다. 코미디나 멜로드라마, 홈드라마보다도 스릴러 드라마가 여성에게 인기를 얻었다는 결과가 나왔다는 것이다.

---

1 오사카와 고베.

이전에는 여성 독자들이 탐정소설이라고 하면 돌아보지도 않았다. 그런데 왜 갑자기 읽기 시작했을까?

요즘의 낭만소설이 시시해졌기 때문이다. 늘 닮은 줄거리의 반복, 비슷한 인물 설정, 바꿔도 다를 바 없는 배경이 넘쳐 나니, 낭만소설 애호가인 여성 독자는 싫증이 나서 책을 읽다가 하품을 연발하기 시작했다. 그 틈을 타서 서스펜스가 있고 수수께끼가 있고 지혜 다툼을 주제로 한 추리소설이 진출했으리라. 일반 소설이 지나치게 한 가지 경향을 띠자, 독자가 그 평범함에 질려서 특이한 소설에 손대기 시작한 현상이 아닐까?

일반 소설이라고 해도 다양한 종류가 있기에 이를 하나로 보는 건 당찮은 짓이지만, 크게 보아 그리 틀리지는 않다. 이른바 순문학 중에는 문장의 난해함을 마다하지 않고, 아니 일부러 과시하기까지 해서 내용의 깊이를 강조하려는 작품이 있고, 신변잡기를 극명하게 묘사하여 인생의 단편을 잘라서 보여 주려는 사소설(자연주의 이래 우리 문단의 주류이고 현재도 그 흔적이 남아 있다)이 있다. 하나는 사상이 있어 보이지만 매우 난해하고, 다른 하나는 자기 이야기처럼 느껴지지만 몹시 단조로워 수필이나 다름없다. 둘 다 폭넓은 여성 독자의 대상이 될 것 같지 않고, 폭넓은 독자를 두는 것을 목적으로 삼고 있지도 않다.

그런 문학에 왜 독자가 적을까? 답은 간단하다. 읽는 측이 재미없다고 생각하기 때문이다. 소설의 선조인 소박한 이야기의 발생까지 거슬러 올라가지 않아도 소설은 재미가 본질이다. 재미를 잃어버린 소설에서 독자가 떠나가는 것을 아무도 비난하지 못한다. 오늘날의 문제를 언급하는 소설이라 해도, 추상적으로만 만들어서 관념적인 사상으로 요란하게 꾸몄을 뿐 모래를 씹듯 무미건조하다면, 많은 독자가 꺼리는 것은 당연하다. 더 추려진 소수 독자만이 문학의 사도使徒를 맡아서 이런 작품을 정독한다. 물론 이는 개별적인 예를 든 것이 아니라 일반적인 현상을 말하는 것임은 미리 언급할 필요도 없다.

그렇다면 순문학의 신전에서 도망친 독자는 곧바로 대중문학의 재미를 따를까? 대중문학은 재미에 봉사하는 문학이다. 그러나 봉사가 너무 노골적이라 오히려 재미가 없다. 독자는 내가 찾는 재미는 그런 것이 아니라고 불만스럽게 중얼거리며 봉사자에게 등을 돌린다. 확실히 독자가 찾는 재미는 그런 재미가 아니다.

소설 자체가 재미있으면 비평가에게 경멸받는 것 같다

중간소설이라는 존재가 있다. 그런데 아무래도 최근에는 영 재미가 없다는 것이 일반 독자의 목소리다. 중간소설은 대체로 순문학 영역의 작가가 스스로 힘을 덜 들여 쓰는, 재미를 노리는 소설이라고 한다. 그러나 자신을 경멸하듯 열의가 깃들지 않은 소설이 재미있을 리 없다. 재미란 그런 것이 아니다. 중간소설은 필치가 고상해 보일 뿐 대중소설의 비속함을 고스란히 가지고 있다. 따라서 제재도 대충 정하고, 늘 닮은 줄거리의 반복, 비슷한 인물 설정, 바꿔도 다를 바 없는 배경……이라고 앞서 쓴 문장으로 대신한다. 중간소설이 재미없어진 것은 단순하게 매너리즘 때문만이 아니다. 쓰는 사람의 태만 및 소질과 연관되어 있다. 실제로 재미있는 소설을 쓰는 작가는 위와 같이 힘을 덜 들일 생각으로 시치미를 떼고 있는 소설가가 아니다. 재미는 독자에 대한 봉사를 계산해서 나오는 게 아니라, 작가의 내면이 충실해서 독자에게 반영되어 느껴지는 것이다. 그것은 작가도 독자도 함께 누려야 할 가치가 있는 작품이어야 한다.

대체 '중간'소설이라고 부르는 이름부터가 기묘하다. 순문학과 대중문학의 중간이라는 뜻인 듯한데, 문학에 그런 애매한 존재가 있을 리 없다. 본질적으로는 순문학과 통속문학 두 가지밖에 없다. 중간소설이라고 하나로 뭉뚱그려 말하지만 내용을 보면 둘 중 하나에 속한다. 표현에 '순문학적' 옷을 입히려 해도 내용에 따라서는 통속소설이다. 중간 따위는 없다. 순문학 영역의 작가가 힘을 덜 들여서 가벼운 작품을 썼다고 해서 뭐든 중간소설이라는 것은 이상한 이야기다.

작품 비평에서 "이 소설은 중간소설적이다"라는 말을 자주 들는다. 아무래도 이야기가 지나치게 재미있다는 말인 듯하다. 아니, 소설 자체가 재미있으면 비평가에게 경멸받는 것 같다. 재미있으면 왜 안 되는지 모르겠다. 자연주의 이래로 재미를 경멸하는 미신 같은 것이 아직 문단의 밑바닥에 흐르고 있다. 재미있는 이야기를 쓰면 '대중의 어리석은 요청에 대한 작가의 타협'이라고 일방적으로 단정 짓는다. 순문학과 중간소설의 차이를 재는 데 오락성의 눈금 높낮이를 상당히 중요한 척도로 본다. 그러나 흥미성이라는 것도 모호하다. 흥미성이 있다고 해서 작가가 독자에게 타협하고 봉사했다고 하기는 어렵다.

작가의 소질은 편하게 표현하여 사소설적 구성형과 이야기적 구성형으로 나눌 수 있다. 이는 작가가 지닌 개성의 숙명이다. 불행하게도 후자의 소질을 가진 작가는 작품에 이야기성이 있는 탓에 손해 볼 때가 많다. 이야기에는 모두 흥미성이 있기 때문이다. 재미없는 이야기 따윈 그야말로 난센스다. 이런 점에서 이른바 스토리텔러들은 '순문학'의 단계에서 한쪽 다리를 아래로 내려놓고 있는 듯이 보이는 모양이다.

이야기성 있는 작품을 쓰는 작가는 모두 자신의 경험이나 인생관을 작품에 담지 않는다고 생각하는 것일까? 작품의 허구를 보고 그 작가의 실체를 공허하다고 판단하지 않으면 다행이다. 사소설적 작가가 경험을 거의 사실 그대로 작품에 쓴다면, 이야기적 작가는 분명히 자기 소질에 따라 경험을 다른 세계에서 찾아서 한 편의 이야기로 완성하여 같은 효과를 강조하고 싶을 것이다. 이는 작가의 개성 차이지 진실의 차이가 아니다. 이야기의 흥미는 작가가 노리는 효과의 전달 수단이다. 나는 흥미성이 지성 있는 작가의 장애라고는 생각하지 않는다. 뿌리가 없는, 손끝으로만 써 낸 저속한 '재미있는' 소설과는 당연히 구별된다.

중간소설이 유행하고 있다지만 실질적으로는 정체중이다. 중간소설의 주류는 연애를 주제로 한 낭만소설이라고 봐도 대체로 무방한데, 여성 독자 다수의 지지를 얻고 있다. 따라서 그 소설이 매너리즘에 빠지고 재미가 없어지고 지루해지자, 일부 독자가 다른 종류의 소설, 즉 연애는 별로 쓰여 있지 않지만 서스펜스와 수수께끼가 있는 추리소설로 옮겨가기 시작했다. 이것이 추리소설 독자에 여성이 늘어난 원인 중 하나가 아닐까 한다.

리얼리티가 없는 추리만큼 바보스러운 것은 없다

알다시피 탐정소설은 에드거 앨런 포가 괴기소설과 더불어 창시했고, 코난 도일이 오늘날의 기초를 이루었다고 한다. 탐정소설은 도일의 홈즈 소설을 원형으로 하여 다양한 방식으로 발달하며 오늘에 이르렀는데, 요컨대 '수수께끼 풀이'를 계승한 것이 주류였음은 틀림없다. G. K. 체스터튼, 엘러리 퀸, S. S. 반 다인,

애거서 크리스티, 존 딕슨 카, 얼 스탠리 가드너도 제각기 특색은 있지만 모두 수수께끼 풀이를 주로 한 작품을 썼다. 수수께끼 풀이에는 트릭이 있어야 한다. 그러므로 이들 작가는 모두 트릭 창안자다.

트릭을 중심으로 한 탐정소설을 일본에서는 본격파라고 이름 붙이고, 거기에서 벗어난 작품을 변격파라고 불렀다. 수수께끼 풀이 소설의 작가였던 고가 사부로가 붙인 이름이었다고 한다. 그리고 보면 《신세이넨新青年》을 근거지로 한 초기 일본 창작 탐정소설 작가인 에도가와 란포, 고사카이 후보쿠, 요코미조 세이시, 하마오 시로 등은 모두 트릭의 고안자였다. 특히 란포의 초기 작품의 트릭은 독창적이고 기발하다.

물론 추리소설이 수수께끼 풀이의 재미를 골자로 하는 이상, 트릭을 존중하는 것은 당연하다. 트릭이 없다면 일반 소설과 별다를 바 없다. 확실히 추리소설의 매력은 트릭으로 독자를 현혹하는 데 있다. 독자가 추리소설을 읽으면서 느끼는 즐거움은 여기에 있는 것이리라.

그런 까닭으로 추리소설 작가는 트릭을 만들어 내느라 고달플 정도로 몰두한다. 어떻게 해서든 독자를 깜짝 놀라게 하고 싶고 의표를 찌르고 싶어서 고심한다. 또 열심인 독자는 소설의 해결 부분을 덮고 작가의 의도를 추리하여 범인을 간파하려 한다. 작가는 그리 간단히는 뚫리지 않겠다며 트릭을 고안하는 데 한층 더 집중한다. 바야흐로 작가와 독자의 지혜 경쟁이 시작된다. 작품은 엘러리 퀸이 곧잘 말하는 '독자에 대한 도전'이다.

이를 부정할 생각은 털끝만큼도 없다. 그것이야말로 추리소설만이 갖는 특권이자 참다운 맛이기 때문이다. 그러나 작가는 경쟁 상대인 독자를 염두에 두고 작품을 쓰기 때문에 점점 더 기발한 트릭을 짜내서 이기려고 한다. 그러한 작가의 뇌리에 있는 독자란 추리소설을 능숙하게 읽으며 전문적인, 소위 '추리소설광'이라고 일컫는 독자들이다. 이는 소수의 선택된 독자일 것이다.

현재까지, 특히 전쟁이 끝난 후부터 지금까지 전문 추리소설 작가의 작품 활동은 대체로 이러한 경향이지 않을까? 작가와 '광'이 소설을 통해 경쟁한다. 작가는 정상에 있는 전문 독자에게 이기면 만족한다. 이쯤부터 일본 추리소설은 일종의 동인지 같은 좁은 소설이 되어 버린 듯하다. 트릭은 점점 더 기상천외해지고 요술 같아지며 현실과 동떨어진다. 선택된 추리소설광은 이를 나무라지 않는다. 트릭만 가지고 하는 경쟁이기 때문이다. 이런 면은 오히려 퍼즐 출제자와 해답자를 닮았다. 그러나 트릭은 그렇게 무한하게 고안해낼 수 있는 것이 아니다. 뛰어난 트릭만이 칭찬받는다. '뛰어나다'의 의미는 의표를 찌르면서도 그리 부자연스럽게 느껴지지 않는 것이라고 나는 해석한다. 란포가 저서 『속 환영성続幻影城』에서 국내외 고금의 추리소설에서 뽑은 트릭표를 보여 주었지만, 그중 실제로 뛰어난 트릭은 몇십 퍼

센트나 될까? 현재 서양에서도 본격파가 정체 상태라고 알려졌으며, 일본에서는 절망론마저 나온다.

　추리소설이 마니아만 대상으로 하는 한, 일반 독자에게 거리가 먼 존재가 되는 것은 어쩔 수 없다. 마니아는 비현실적인 이야기, 유형적인 인물 성격, 희박한 범죄 동기에 사소한 불만을 품을지도 모르겠지만 굳이 나무라지는 않는다. 트릭이 능란한지 서투른지 따지는 것만이 유일한 생명이기 때문이다. 따라서 작가도 트릭 기술을 첫째로 하고 소설 기술은 그다지 신경 쓰지 않았다. 기기 다카타로가 탐정소설 문학론을 주창하여 고가 사부로와 논쟁을 벌인 일은 유명하다. 기기의 주장은 추리소설에 좀더 문학성을 불어넣어야 한다는 내용이고, 고가의 주장은 이는 쓸데없는 방해물이며 탐정소설 본래의 재미를 없앤다는 내용이었다.

　고가 사부로가 말하는 재미가 무엇인지는 알겠다. 그것은 트릭의 재미다. 그가 문학성을 배격한 것은 인물의 심리 묘사나 생활 묘사가 트릭의 설정과 양립하지 못한다는 사실을 알았기 때문이리라. 고가 사부로는 일찌감치 트릭을 중심으로 한 본격파의 본질을 밝혀냈다. 트릭이란 그만큼 현실에서 벗어나지 않으면 설정하기 어려운 성질이 있다. 그 후로 추리소설에 한해서 인물의 유형화나 세계의 비현실성은 그다지 공격받지 않게 되었다.

예를 들어, 처음에 독자를 놀라게 하는 기발한 발단이 나온 뒤 차례로 살인이 일어난다. 한 인간을 죽이기란 실생활에서는 엄청나게 힘든 일이지만 그런 면은 그냥 넘어간다. 독자는 칼싸움 영화에서 칼에 베여 낙엽처럼 쓰러지는 사람들을 볼 때와 마찬가지로 이상하게 여기지 않는다. 처음부터 꾸며 낸 일이고 비현실을 각오했기 때문이다. 마지막에 명탐정이 초인적인 추리력을 발휘하여 어려운 사건을 해결한다. 이것이 본격파의 한 정형이다.

따라서 트릭은 유치해지고 문장에는 형용사가 넘쳐난다. 이것이 질 낮은 통속성으로 이어지는 것은 당연하다. 전문 탐정소설 작가의 작품이 현재 그리 높지 않은 통속성의 울타리 안에서 나오지 못하는 까닭은 이러한 점에서 유래하는 것 같다.

이래서 중간소설 독자 속으로 침투할 수 있을까? 중간소설이 매너리즘에 빠졌다고는 하나, 중간소설과 교대하기는 어려워 보인다. 중간소설 독자는 좀 더 인간의 성격 묘사나 심리를 원한다. 생활에 밀착된 현실성을 보고 싶어 한다. 문장의 묘사력을 더욱 원한다. 트릭도 더 자연스럽지 않으면 허술함을 느낀다.

문장에 대해 말하자면, 현재 일본 작품은 글을 억제하지 않는다. 작가가 이래도 안 넘어오겠냐는 식으로 공포감과 이상한 느낌을 부추기려고 진부한 형용사를 과장되게 사용한다. 독자를 떨게 할 셈이지만 독자는 그런 속보이는 으름장이 담긴 문구를 보면 하품이나 할 뿐이다. 추리소설은 범죄를 주제로 삼았기 때문에 원래 내용이 이상하다. 따라서 펜을 절제하고 과잉 표현을 경계해야 내용의 이상한 느낌을 부풀려서 독자에게 다가가는 것이다.

명탐정이 나오는 방식도 너무나 현실과 동떨어졌다. '무슨 무슨 신과 같은 아케치다' 하는 식의 표현으로, 직업 경관과 우매한 군중을 무시하고 혼자 초인적인 활약을 한다. 독자는 이 탐정에게서 작가의 로봇을 느끼지만 인간을 느끼지는 못한다. 안락의자에 기댄 채 파이프 담배를 피우며 이륜마차 소리에 귀를 기울이는 홈즈, 구석에서 끈을 묶었다 풀었다 하는 꾀죄죄한 '구석의 노인'[2], 풍채가 시원치 않고 왜소한 브라운 신부[3]에게서는 아직 인간미가 느껴지지만, 현재 일본 작품에서 주인공을 맡고 있는 사립탐정이나 신문기자는 완전히 인형일 뿐이라고 해도 좋다.

트릭도 계속해서 생각해 낼 수는 없으니 재탕을 하거나 외국 작품에서 따오는 것이 불가피하다. 그래서 배경을 이것저것 과장되게 늘어놓는 결과를 가져오지만, 점점 더 흥이 식을 뿐 별 도움이 되지 않는다. 그것은 내용의 빈약함을 얼버무리는 것이

2 헝가리 작가 에마 오르치의 소설에 나오는 의문의 노인.

3 영국 작가 체스터튼의 추리소설 주인공.

고, 늘어놓은 배경은 세트처럼 표면만 있지 깊이가 없다. 독자도 무대 배경과 진짜는 분간할 줄 안다.

분명 오시타 우다루[4]가 그랬다고 생각하는데, 최근 신문에서 일본 추리소설은 '외국에서 밀실이 유행하면 밀실을, 하드보일드가 유행하면 하드보일드 풍을' 곧바로 흉내 내어 쓴다고 지적했다. 대개 그 말대로다.

우리가 외국 작품을 읽을 때는 공간적인 거리감을 의식 밑바닥에 가지고 읽는다. 외국 풍토나 풍습은 우리가 평소에 아는 주위 생활만큼 실감이 나지 않으니까 다소 그림처럼 보인다. 그래서 조금 부자연스럽거나 몰라도 읽을 수 있다. 이때 이국적인 감흥도 크게 도움이 된다.

그러나 일본의 제재라면 그 간격이 사라지고 우리 주위의 생활에 직접 밀착된다. 이곳에서 있을 법하지 않은 일은 금방 알아차린다. 작은 거짓으로도 전체의 현실감을 잃을 만큼 우리가 잘 아는 실재의 세계다. 여기에 외국의 밀실 트릭을 응용하거나 하드보일드식 행동을 가지고 와 봤자 부자연스럽다. 리얼리티가 없다―나는 리얼리티가 없는 추리소설만큼 바보스러운 것은 없다고 생각한다.

---

4 에도가와 란포, 고가 사부로와 함께 일본 탐정소설계의 3대 거성이라 불린 작가.

물론 리얼리티는 풍속 묘사나 환경 묘사의 능란함에만 있지는 않다. 산촌의 풍물이나 사투리를 잘 쓰더라도, 신문기자의 거친 행동을 그것답게 쓰더라도, 터무니없이 부자연스러운 살인이 일어나는 줄거리는 도무지 현실감이 없다. 속이 빤히 들여다보이는, 내용 없는 거짓말로밖에 느껴지지 않는다.

추리소설은 원래부터 내용이 이상하다

　사람은 누구나 자극을 원한다. 스릴러 영화를 보거나 추리소설을 읽는 이유는 실제로는 하지 못하는 경험을 그것으로 충족시키기 위해서일 것이다. 이전에 베스트셀러로 화제가 된 『만가挽歌』[5]와 『비틀거리는 여인美德のよろめき』[6]도 주제는 간통이다. 문학적 시점이나 평가는 별개로 하고, 많은 여성 독자가 그 작품을 읽은 까닭은 간통이라는 서스펜스가 있었기 때문이다. 간통이 일상다반사에 도덕적으로도 허용되는 일이었다면 그 정도로 독자의 관심을 끌지는 않았을 터다. 기존 모럴에 저촉되는 한편,

---

5　하라다 야스코가 1956년에 발표한 소설.

6　미시마 유키오가 1957년에 발표한 소설.

성과 인간관계의 서스펜스와 관련되어 있기에 흥미를 끈다. 간통 행위 자체에 스릴이 있다는 사실을 간과할 수는 없다. 가정에 갇혔던 일본 여성이 그런 소설에 끌린 것은 당연하고, '비틀거림よろめき'이라는 유행어가 많은 여성의 입에 오르내린 것도 심리적으로 이해가 간다. 남성보다도 오히려 여성 쪽에 스릴을 바라는 마음이 강하지 않을까 싶다. 일반적으로 말해 여성은 남성보다 생활 속에서 행동이 폐쇄적이다. 그러한 만큼 밖으로 향하는 눈이 호기심을 띠지 않을까?

그렇다 해도 추리소설은 현실에 더 밀착하지 않으면 독자에게 실감을 주지 못한다. 그러지 못하면 단순한 가공의 이야기일 뿐 중간소설 독자를 얻기는 어렵다. 본래 추리소설 독자 중에는 샐러리맨, 학교 교사, 의사, 학생 등이 많다. 대체적으로 교양이 낮지 않은 사람들이다. 추리소설이 더욱 문학적이 되어야 하는 이유이자 더 지성을 부여해야 하는 까닭이다.

나는 요즘의 추리소설이 너무 동기를 경시해서 불만이다. 트릭에만 중점을 둔 폐단인데, 해결 부분에 형식적으로 슬쩍 동기 비슷한 것을 붙여 놓은 걸로는 놀이에 불과한 글이라고 할 수밖에 없다.

동기를 주장하는 일은 그대로 인간을 묘사하는 것과 통한다고 생각한다. 범죄 동기는 인간이 아슬아슬한 상태에 놓였을 때의 심리에서 비롯되기 때문이다. 기존에 있었던 동기는 일률적으로 개인적인 이해관계, 예를 들면 금전상 다툼이나 애욕 관계에서 생겨났는데, 이 또한 지극히 유형적인 것뿐이고 특이성이 없는 점도 불만이다. 나는 동기에 사회성을 더 덧붙이자고 주장한다. 그렇게 되면 추리소설도 훨씬 폭이 넓어지고 깊이를 더해서 때로는 문제도 제기할 수 있지 않을까?

추리소설은 원래부터 내용이 이상하다. 말하자면 인간관계가 막다른 곳에 놓여 있는 상태다. 그렇기 때문에 추리소설에는 더욱 리얼리티가 필요하다. 서스펜스도 스릴도 수수께끼도, 리얼리티가 없으면 실감도 감흥도 일지 않는다. 특히 현대처럼 인간관계가 복잡해지고 상호조건의 선이 복잡하게 뒤얽히거나 끊어져서 어떤 의미로는 인간이 각자 고립된 상태에서는 당연히 추리소설의 수법이 활용되어야 한다. 그 경우에는 더욱 리얼리티를 부여할 필요가 있다.

추리소설은
문학이 될 수 있는가

처음으로 탐정소설의 재미를 가르쳐 준 것

그 무렵 잡지 《신세이넨》은 해외를 개척하여 정착하는 청년층을 목표로 한 듯한 잡지였는데, 언제나 임시 증간호에는 외국 탐정소설을 특집으로 실었다. 이것이 재미있어서 빠져들어 읽었다. 처음으로 탐정소설의 재미를 가르쳐 준 것은 이런 번역 소설이었다. 지금은 사라진 이름이지만 L. J. 비스튼[1]이 활약했다. 아사노 겐푸, 모리시타 우손, 히라바야시 하쓰노스케, 마키 이쓰마 같은 역자 이름이 지금의 인기 작가처럼 익숙했다. 내가 열일고여덟 살 무렵이다.

---

1 영국 소설가. 1910~1920년대에 일본에 소개된 외국 작가 중 가장 환영받았다.

마쓰모토 다이가 따로 잡지 《신슈미新趣味》를 냈지만 《신세이넨》에 밀렸는지 폐간되었다. 다이는 해외 탐정소설을 빈번히 소개한 선구자 중 한 사람이었으나, 시기가 너무 빨랐는지 그다지 싹을 피우지 못한 사이에 일찍 세상을 떴다. 『크리스티 탐정소설집』의 번역자 마쓰모토 게이코는 다이의 부인으로, 광고에서 이름을 보고 무척 반가웠다. 다이는 스스로도 탐정소설을 썼으나 별로 재미가 없었다. 모리시타 우손도 히라바야시 하쓰노스케도 소설을 썼지만 그들이 한 명번역만큼 재미있지는 않았다. 역자라도 마키 이쓰마와 고사카이 후보쿠(주로 체스터튼의 작품을 번역했다)는 소설로 일가를 이뤘기에 특별했다.

이것으로 알 수 있듯이 그 무렵에는 번역자가 창작 탐정소설을 썼다. 그러나 아무래도 짬날 때 쓰는 듯한 인상밖에 받지 못했다. 그만큼 유치했다.

실제로 일본에도 본격적인 탐정소설 작가가 나왔다고 경탄한 것은 에도가와 란포가 출현했을 때였다. 「2전짜리 동전二錢銅貨」, 「D언덕의 살인 사건D坂の殺人事件」, 「심리 시험心理試驗」, 「두 폐인二癈人」, 「붉은 방赤い部屋」 등이 속속 발표되어 나는 푹 빠졌다. 대단한 천재가 나타났다고 생각했다. 마침 다른 한편으로는 프롤레타리아 문학의 전성기여서, 고바야시 다키지, 하야시 후사오, 무라야마 도모요시 등의 작품과 함께 란포의 작품을 애독했다. 프로 평론가 마에다코 히로이치로와 란포 사이에 논쟁이 있었던 것도 그 무렵이었다.

란포가 「일촌 법사一寸法師」 즈음부터 소위 고단샤의 통속 잡지 위주로 활동하게 되자, 란포에 대한 나의 경도는 사라졌다. 란포의 빛나는 생명은 그때 끝났다고 생각했다. 이 생각은(다소 수정되긴 했지만) 지금도 변함없다.

고가 사부로가 「호박 파이프琥珀のパイプ」를 발표했을 때 역시 감탄했지만, 그 이후에 나온 작품에는 별로 매력을 느끼지 않았다. 인물이 유형적이고, 줄거리 설정도 뤼팽 풍인 저속함을 따라갈 수가 없었다. 다만 「황야의 비밀荒野の秘密」 전반부는 인상에 남는다. 체취가 반대지만, 고사카이 후보쿠에게도 감탄하지 않았다. 좋게 말하면 서재 분위기, 나쁘게 말하면 너무 문외한 티가 나서 질렸다. 대표작이라고 하는 「연애 쌍곡선恋愛双曲線」 등은 좋지 않은 작품이다(이렇게 쓰니, 이 세 사람 중에 란포가 얼마나 우수했는지 알 수 있다).

그 뒤 나를 놀라게 한 사람은 역시 유메노 규사쿠와 오구리 무시타로다. 다만 유메노 규사쿠가 훨씬 먼저 나왔다. 나는 규슈 태생이라 규사쿠가 즐겨 배경으로 삼은 하카타를 잘 알기에 한층 더 흥미를 느꼈다. 「불가사의한 북あやかしの鼓」 등은 지금의 어느 작가도 쓰지 못한다. 시적 정취와 요기를 섞은 분위기를 지닌 작가는 당분간 규사쿠만으로 끝날 듯하다. 굳이 찾자면 히사오 주란에게서 비슷한 것이 보이는 정도다(일본적인 것과 서구적인 것의 차이는 있어도).

오구리 무시타로의 「완전 범죄完全犯罪」를 잡지에서 읽었을 때, 무엇보다도 새로움을 느꼈다. 중국 공산군(지금의 중화인민공화국군이 아니다)에서 배경의 소재를 가져온 것이라 특이함에 놀랐다. 이어서 발표한 작품들에는 저마다 번거롭고 현학적인 주석이 들어 있어서 읽는 사이에 일종의 반감을 느꼈지만, 역시 그 개성적인 강인함에는 끌렸다. 『흑사관 살인 사건黑死館殺人事件』의 문장은 참으로 어려웠다. 그러나 요즘 들어 무시타로의 작품을 다시 읽어 보고 싶어졌다.

오시타 우다로에 이어서 기기 다카타로가 나왔는데, 「푸른색 늑막青色鞏膜」을 읽었을 때 나는 란포의 「심리 시험」에 뒤지지 않는 독후감을 얻었다. 의학자가 아니면 알 수 없는 유전 문제에서 착상을 얻었는데 그것이 이 작가의 강점인 동시에 약점이기도 하다. 이는 「망막맥시증網膜脈視症」 이후 발표한, 의학적 발상에서 나온 작품군의 공통된 점이다. 다만 다카타로의 청신한 시적 정취에는 매우 끌렸다. 「푸른색 늑막」 속 미노부 산의 산기슭 풍물 묘사와 『풍수환風水渙』 중 한 편의 시적 정취에 강한 감명을 받았다. 일본 탐정소설에 지성을(오구리 무시타로의 것은 잡학적인 겉치레였다) 부여한 최초의 인물은 기기 다카타로일 것이다. 「인생의 바보人生の阿呆」에서는 시베리아 철도로 가는 대목까지가 좋다. 같은 의미로 「베니스의 계산광ヴェニスの計算狂」 등이 수록된 『이국적 단편집エキゾチックな短篇集』의 여러 편을 좋아한다. 언젠가 기기 다카타로를 만났을 때 "그런 작품을 또 써 주십시오"라고 말했더니, "응, 쓰지" 하고 웃었다.

일본 탐정소설의 주류

왜 추리소설을 쓰기 시작했느냐는 질문은 이제까지 자주 받았고, 그 답 또한 말로 하거나 글로 썼다.

요컨대 내가 소년 시절부터 이른바 탐정소설을 애호한 것이 그 이유라는 간단한 이야기다. 읽기를 좋아하지 않으면 쓸 수도 없다. 나는 젊었을 때부터 순문학 작품 못지않게 탐정소설도 탐독했다. 물론 여기에 조금도 모순은 없다.

전쟁이 끝난 뒤 일본의 새로운 창작 탐정소설을 읽었으나 살짝 고개를 갸웃거렸다.

전쟁 이전부터도 그랬지만, 전후의 탐정소설에는 아무리 봐도 인간이 그려져 있지 않다. 그려져 있지 않다기보다 작가가 처음부터 그릴 뜻을 포기한 듯 보인다.

탐정소설 작가는 아무래도 등장인물을 인간적으로 완성하는 작업은 염두에 두고 있지 않고, 또 읽는 쪽도 거기에 조금도 불편함을 느끼지 않는 것 같다.

일본의 창작 탐정소설이라고 하면 에도가와 란포가 나온 이래로 거의 그 계통이거나 영향 아래에 놓여 있다. 두셋 정도 개성적인 작가는 있지만, 탐정소설의 주류라고 하면 란포의 아류거나 말류라고 해도 좋다.

란포가 나오기 전에 창작물에 손을 댄 사람은 고사카이 후보쿠와 모리시타 우손 정도다. 그러나 둘의 소설은 솔직히 말해서 읽을 만한 작품이 아니었다. 그 점에서 란포는 창작물의 빛나는 태양이었다. 초기 작품의 인물에는 확실히 인간성이 드러났다. 일상성과 서민성도 있었다.

예컨대 처녀작이라는 「2전짜리 동전」은 실업자가 된 두 청년의 희망 없는 생활을 그렸다. 「심리 시험」에는 가난한 대학생이 등장한다. 「D언덕의 살인 사건」에서는 보잘것없는 마을 헌책방이 무대다.

이윽고 이런 일상적인 설정은 어느새 란포의 창작에서 자취를 감춘다. 어째서일까?

「애벌레芋虫」라는 작품이 있다. 전쟁에서 양 팔다리가 절단된 남자가 애벌레처럼 산다는 이야기다.

이 작품을 읽으면 전쟁에 대한 작가의 증오가 느껴지고 전쟁을 비판했다고 받아들여질 수도 있을 것이다. 사실 그 때문에 이 작품은 전시에 대폭 삭제되는 비운을 맞았다.

그러나 과연 란포는 이 작품으로 전쟁을 비판하려 했을까? 만일 그렇다 해도, 독자는 이 작가에게서 전쟁 비판을 받아들이지 않고 내용의 이상함과 기괴함만 골라내서 흥미를 느꼈을 것이다. 사실 작가의 의도도 본디 전쟁 비판 따위가 아니라 자신의 취향인 기괴성을 주인공의 성욕 형태로 나타내고 싶었던 것이리라.

하지만 이것을 란포가 아니라 일반 소설 작가가 시도했다면 어땠을까? 독자는 통렬한 전쟁 비판으로 받아들였으리라. 즉, 추리소설로 쓴 이상, 독자는 전쟁 비판 따위보다 란포의 이상하고 기괴한 세계에 더 중점적으로 흥미를 갖는다. 다시 말해 반전적인 의도로 쓰였어도 '추리소설'인 한, 작가의 사상적 의도는 독자에게 직접 감동으로 다가오지 않는다.

그러므로 추리소설의 형태로 읽을 때, 독자가 받아들여서 즐기는 것과 작가의 사상적 의도는 서로 분열된다.

나는 왜 추리소설을 쓰기 시작했나

란포는 위대한 창작가였다. 그러나 란포의 특이성이 시류에 영합하자(사실 그 시대는 그런 것을 받아들이는 퇴폐적인 풍조가 있었다. 만주사변이 일어나기 직전이다), 란포는 통속적인 수요와 타협했다. 당시 언어로 에로그로[2]를 강조하기 위해 효과

30

상 이상한 분위기를 설정해야 했고, 그런 까닭에 비일상성의 무대를 준비해야 했다. 이리하여 출현 당시 신선했던 란포의 서민 사회적 요소는 흔적도 없어지고, 황당무계하며 일반 서민과는 아무 관계도 없는 세계가 만들어졌다.

당시의 탐정소설은 그 후로 쭉 보편성을 잃었다. 탐정소설은 오랫동안 일반 사회의 독자에게 배척당하고, 그저 수수께끼 풀이나 트릭에 몰두하는 일부 '광'이라고 불리는 독자를 상대로 한 퍼즐 같은 유희로 전락했다.

나는 진작부터 추리소설이 일반과 관계도 없는 곳에서 행해지는 데 불만을 품었다. 이 불만은 오히려 그런 소설을 계속 쓰는 작가에게 품었다고 해야겠다. 변함없이 빈약하고 속 보이는 형용사, 이래도 안 넘어올 테냐며 밀어붙이는 번잡하고 내용 없는 문장…… 이러고도 소설이냐고 말하고 싶었다.

나는 추리소설이 특별히 문학적이 되어야 한다고 단정한 적은 없다. 문학이 된다면 그 이상이 없겠지만, 딱히 그렇게 규정하지는 않는다. 그러나 최소한 먼저 소설로서 읽을 만하기를 바랐다. 일부 편협한 마니아(외국 번역물을 몇백 권이나 독파했다는 부류의 독자 중에 많지만)를 상대로 하는 수수께끼 풀이 퍼즐 소설이어서는 머지않아 쇠망하여 자멸한다.

2 에로틱하고 그로테스크한 것.

하지만 그런 탐정소설 따위는 자멸해도 전혀 지장 없다. 다만 나는 내가 좋아하는 작품을 읽고 싶었다. 추리소설을 쓰기 시작한 것은, 바로 이런 작품을 읽고 싶다는 마음이 있었기 때문이고 그래서 자급자족하는 의미로 시험 삼아 썼을 뿐이다. 나는 내 시험 작품 안에서 물리적 트릭을 심리적 작업으로 바꿔 놓을 것, 특이한 환경이 아니라 일상생활에서 설정을 찾을 것, 인물도 성격이 특별한 사람이 아니라 평범한 사람일 것을 원했고, 묘사도 '등골에 얼음이 닿은 듯한 오싹한 공포' 류가 아니라 누구라도 일상생활에서 경험하거나 예감할 법한 서스펜스를 요구했다. 간단히 말하면, 탐정소설을 '유령의 집' 가건물에서 사실주의가 있는 바깥으로 꺼내고 싶었다.

내 사고방식에 따른 작품은 다소라도 세간에 공감을 불러일으켰다고 생각한다. 일단 일상성을 지닌 추리소설은 이제까지 없던 넓은 독자층을 개척했다.

그러나 개중에는 이 넓은 독자층에 대한 자신의 엘리트 의식에서인지, 아니면 영광스러운 마니아의 존재를 유지하고 싶어서인지 아무튼 퍼즐식 본격 탐정소설을 원하는 사람이 있다. 이 희망자들은 추리소설의 '순수파적' 존재이자, 수도자처럼 엄격한 추리소설의 계율 구도자다.

본격 탐정소설을 기다리는 목소리 자체는 참으로 훌륭하지만 그런 주장을 내세우는 사람의 좁은 도량은 골칫거리다.

최근에 본격파를 기다리는 목소리가 다시 높아진 것은 소위 사회파라는 호칭으로 불리는 작품군의 현상에 자극받았기 때문이다(즉, 이 작품들에는 추리소설적 흥미가 옅으며, 공연히 소란스러운 사회성이 귀에 거슬린다고 말하고 싶은가 보다. 아무래도 추리작가 또한 사진사와 마찬가지로, 머지않아 사회적 사진 전문과 여성 사진 전문으로 나뉠지도 모르겠다). 하지만 그렇게 호칭으로 성급하게 작품의 개념을 결정해야 하는 데서 호칭과 내용의 괴리가 생겨난다.

추리소설의 숙명

추리소설이 문학이 될 수 있을까 하는 논쟁은 때때로 듣지만, 추리소설이든 연애소설이든 역사소설이든 문학 작품이 될 수 있는 것에는 전혀 차이가 없다. 굳이, 추리소설이, 라고 미리 말하지 않아도 문학적인 작품이 되는 것은 똑같다. 다만 추리소설의 규율 내에서 쓰인 소설이 문학 작품이 될 수 있는가 하는 점을 가상假想해 본다면, 한정 범위는 좁아지고 명확해진다.

알다시피 추리소설에는 그 자체의 룰을 정한, 뚜렷하지 않은 규칙이 있다. 반 다인 같은 사람이 주장하는 스무 가지 규칙 등이다.

추리소설의 틀을 규정하는 데에 이 규칙은 정당하다. 잘 읽어 보면 과연 추리소설은 이래야 하지 않을까 싶고, 이 규칙에서 벗어난 작품은 추리소설이 아닌 것처럼 느껴진다. 그러나 이것은 쓰는 쪽에서가 아니라 독자 쪽에서 실망하지 않도록 마련된 신중한 틀이다.

본격 추리소설이라는 이름이 붙어 있어서 읽어 보면, 당치도 않은 가짜라서 실망을 느낄 때가 있다. 그런 일이 없도록 스무 가지 규칙이 헌법처럼 규정되었다.

이러한 추리소설은 정말로 소중히 다뤄야 한다. 전통적 종교처럼 대대로 법등을 켜 놓아야 한다. 본격의 전당에 등을 꺼뜨려서는 안 된다.

그러나 이런 좁은 의미의 기준만을 추리소설 전반에 요구하면 안 된다. 한쪽 존재를 주장하기 위해 다른 한쪽을 부정하는 논의는 편협하고 이해력이 부족한 이야기다.

속 좁은 논자라도 소설 형식이 언제까지나 똑같이 이어지리라고는 생각하지 않을 것이다. 형식은 내용이 변하면 함께 변해 간다. 소설 형식이 내용을 결정하는 것이 아니라 소설 내용이 형식을 결정한다는 것은 굳이 설명할 필요도 없다. 내용은 시대를 반영하고 사상의 빛을 받아 변모해 간다.

전후 추리소설의 새로운 풍조가 소재를 평범한 생활이나 현실적인 것에서만 따오려고 한 일은 패전 후라는 풍조를 무시하고는 이야기할 수 없다. 또, 전후 사회 기구의 변화는 당연히 추리 소설에도 사회적 요소를 지니게 하였다.

추리소설은 많은 수수께끼를 집어넣어서 쓴다. 그러나 마찬가지로 일반 소설 중에도 수수께끼를 포함한 작품은 많다. 이 수수께끼를 풀어 나가는 과정이 독자의 쫓고자 하는 마음을 부추기고, 진실을 알고 싶어 하는 만인의 욕구와 일치한다.

그렇다면 추리소설과 일반 소설은 똑같은 수수께끼를 다루면서 어떤 점이 다를까?

추리소설의 경우는 마지막에 모든 것을 해결해야 하는 숙명이 있다.

그러나 일반 소설은 반쯤 풀고 나머지를 해결하지 않아도 전혀 상관없다. 아니, 오히려 풀지 않는 편이 뭔가 피어오르는 문학성을 느끼게 하는 것 같다. 또, 일반 소설에서는 실패가 있어도 그렇게 깊이 비난받지 않는다. 추리소설의 경우에 실패는 치명적이다.

그러므로 추리소설만큼 수지가 맞지 않는 이야기는 없다. 어느 잡지에 썼지만, 지금까지 일반 소설은 만약 실패해도 의도가 장대했다면 의도만을 사서 높이 평가받았다. 그러나 추리소설에 의도만을 인정받은 실패작이 있다면 어찌 될까? 그야말로 한 푼의 가치도 없는 작품이 될 것이다. 즉, 추리소설은 완성된 작품이어야만 한다. 물론 결말이 미해결로 끝나서는 안 된다.

마침 곁에 있는 《긴다이분가쿠近代文学》(1961년 3월호)를 훑어 보았더니 우메다 요시로의 「균열龜裂」에 대한 좌담회 기사가 실려 있었다.

사사키 기이치: "(이 작품에는) 추리소설적인 재미가 있다."
하니야 유타카: "다만 추리소설에는 마지막에 모든 것이 확 밝혀지는 카타르시스가 있는데, 「균열」에는 이런 일이 일어날 수 있다는 가능성은 있어도 필연성을 지닌 마지막 해결이 전무하다."

물론 여기에서는 「균열」이라는 작품에 대해 말하는 것이 아니다. 이러한 발언, 즉 추리소설의 경우에서는 마지막에 확 알게 된다는 구조를 말하고 싶다. 수수께끼가 있어도 해결 부분이 없으면 추리소설이 아니다. 그러나 여기에 '문학적' 평가를 얻으려는 추리소설 작가가 있다고 하자. 그는 말미에 해결 부분을 결코 붙이지 않을 것이다. 어딘지 모르게 의미 있어 보이는 것으로 글을 맺으면 충분히 하나의 '문학'이 될 수 있을지도 모른다. 추리소설을 예술적으로 만드는 방법은 모름지기 해결을 쓰지 않고 놔두는 것이다. 물론 농담이지만.

사회소설을 쓸 때 추리적인 기법을 이용하면 어떨까

추리소설은 미지에서 시작된다. 만약 여기에 현대 사회 기구에 대해 쓰려고 마음먹은 작가가 있는데, 그가 전지전능한 신과 같은 관점에서 그 기구를 묘사한다면 그건 더없이 어리석은 짓이다. 또, 사소설적인 좁은 방법으로 현대 사회 기구에 메스를 대려고 한다면 쓰는 방식이 잘못되었다고 해야 할 것이다.

현대 사회가 작가의 공상의 소산이 아닌 한, 현실에서는 작가가 신처럼 다 알지 못한다. 작가는 사회 일부를 부분적으로 스쳐 가는 수밖에 없다. 그리고 스친 것이 무엇인지, 다른 스친 것과 어떻게 관련 있는지, 관련 있다면 형태는 어떠한지, 서로 어떤 기능이 있는지 하나하나 확인하는 방법 말고는 알 도리가 없다.

현대 사회를 그리는 데에는 다원 묘사多元描寫가 적합할지 모른다고 생각할 수도 있겠지만, 이 방법은 자칫하면 현실성을 잃을 수 있다. 사회소설에 현실성을 설정하려면 시점을 소수 인물에 고정하는 편이 가장 좋다. 하지만 그러면 사소설적인 일상생활성과 달리, 거대하고 복잡한 사회 기구를 파악하는 것이 얼마나 부자연스러운 일인지가 겉으로 드러난다. 다케다 다이준의『귀족의 계단貴族の階段』은 심혈을 기울인 작품이지만, 한 인물에게 모든 것을 이야기하게 한 점이 작가의 계산 착오였던 것 같다.

사회소설을 쓸 때 추리소설적 기법을 이용하면 어떨까? 미지의 세계에서부터 조금씩 알아 가는 방법. 스친 것이 무엇인지, 다른 부분과 어떻게 관련이 있는지에 대한 유추. 이를 추리소설 같은 구성으로 그리는 편이 다원 묘사에서 오는 부자연스러움이나 일원 묘사—元描寫로 생기는 부자유를 상당히 덜어 주리라고 본다.

조금씩 알아 간다. 조금씩 진실 속으로 들어간다. 이를 사회적인 것을 주제로 하는 소설에 그대로 적용하면, 일반적이고 평면적인 묘사로 쓸 때보다 진실이 독자에게 다가가지 않을까? 조금씩 알아 간다는 그 부분이 바로 추리소설의 수법을 적용한 것이다.

나는 지난해부터 올해에 걸쳐서 정치, 사회 기구에 대한 것을 기록풍으로 조금 다뤘다. 그리고 일개 소설가 따윈 결코 정치, 사회 기구의 심부深部의 진실을 알 수 없다는 사실을 통감했다. 당연한 말이지만 이 점은 더 강조해도 좋다. 한 개인이 복잡한 정치 내면에 도저히 잠입할 수단이 없다. 정치소설이나 사회소설이라고 불리더라도, 먼저 그것을 쓰는 작가 자체의 규정부터 해야 할 듯하다. 작가의 의도나 자세를 말하는 것이 아니다. 그 작가의 본질과 추구성이 문제다.

그러므로 거기에 적응하지 않는 작가는 정치소설이나 사회소설이라고 못을 박아도 단지 뒤에 그런 배경을 늘어놓았을 뿐, 만들어 낸 작품은 일반적인 인간관계의 드라마에 지나지 않는다.

결코 정치나 사회 자체를 파헤친 것은 아니다.

추리소설의 수법에 관해 장래에 남은 문제

이야기가 딴 데로 흘렀지만 요컨대 지금 추리소설이 변모하고 있는 게 아닐까 하는 생각을 말하고 싶었다. 앞에서도 쓴 대로, 내용이 형식을 결정한다. 형식이나 규칙도 변할 것이다.

추리소설의 변모가 현재는 오히려 일반 소설에 수법이나 구조상 꽤 영향을 주고 있다는 말은 과언이 아니다. 구태의연한 탐정소설이었다면 이러한 현상은 결코 일어나지 못했을 것이다.

하지만 여기까지 쓰고 나서, 작품이 추리소설의 형태를 띤 경우에는 반드시 해결 부분이 필요하다는 점이 또다시 생각난다. 추리소설에 혹시 문학성을 바란다면, 현재로서는 문체나 묘사나 인간 성격을 그리는 법에서일 것이다. 그러나 마지막에 이르러 '수수께끼 풀이' 부분이 들어가면 '문학성'은 돌연 지하로 파고들어 버린다. 수수께끼 풀이만큼 비문학적이고 통속적인 논리는 없다. 그런데다가 이것은 필수조건이다. 추리소설에는 '미해결'이라는 심원하고 매력적인 부분을 그대로 두는 것이 허용되지 않기 때문이다.

어떤 추리소설이 장래에 필연적인 가능성을 암시하는 애매모호한 결말로 끝난다면 독자는 순식간에 분노할 것이다. 추리소설은 구조상 문학성이 쫓겨나는 숙명에 있다.

추리소설의 수법에 관해 앞으로 남은 문제라면 소설의 마지막 부분이다. 끝에 해결 부분을 부여해야 한다는 명제를 어떻게 할 수는 없을까?(도서 추리소설[3]에서 비교적 문학성이 보이는 것은 말미에 수수께끼 풀이가 필요 없기 때문이다.)

결말에 그때까지 작가가 눈물겹도록 설정한 수많은 복선이 그대로 살아 있고, 게다가 그 복선이 마치 하나의 원근도법처럼 마지막에 한 점으로 집약되어 해결로 넘어가는, 그런 비문학적인 작업에 어떤 좋은 방법이 없을까? 나와서 이 점에 혁명을 일으킬 사람은 없을까?

일반 소설에도 해결이 있다. 언뜻 보기에 해결이 없어 보이지만, 실은 문장으로 쓰여 있지 않을 뿐 독자의 심상이 그것을 해결한다.

그러나 현재의 추리소설에서는 해결을 문장으로 쓰지 않고 독자에게 모두 상상하도록 맡기는 것은 허용되지 않는다. 추리소설이라는 구성상 그렇게 되어 있지만, 일반 소설에서도 결말을

---

3 범인과 범행을 먼저 밝힌 다음 거기에 이르기까지의 과정을 보여 주는 추리소설.

상상에 맡기는 것이 가능한 이상, 누군가 천재가 나와서 극진하고 정중하게 수수께끼 풀이 따위를 할 필요가 없고, 나아가 글로 쓴 것과 동등하거나 그 이상의 효과가 있는 결말을 내는 수법을 발견할 수 없을까?

그때야말로 추리소설도 문학이 될 가능성이 있다고 할 수 있으리라.

2장

추리소설의 발상

소설과 소재

추리소설을 쓸 때, 어떻게 작업하는가

추리소설의 역사나 트릭에 대해서는 이미 그 방면의 권위자가 친절하게 쓰고 있으니, 저는 우선 이거라면 나라도 쓸 수 있겠다 싶은 항목을 골라 보았습니다. 즉, 저 자신의 소설 발상이나 작법 같은 것에 대해 써 보려고 합니다.

사람들한테 "추리소설을 쓸 때 어떤 식으로 작업하는가?"라는 질문을 자주 받는데, 발상은 책상 앞에 앉아 신음해도 떠오르지 않습니다. 오히려 트릭이나 아이디어는 욕조 속이나 밤에 잠자리에 들어가 멍하니 있을 때에 번뜩 떠오르는 법이라서, 이것만큼은 아무리 생각해도 이론을 내세운 답이 나오지 않습니다.

예를 들어 버스 안에서나 전철을 타고 있을 때 사소한 생각이 머릿속에 떠오를 때가 있습니다. 이것은 힌트 정도입니다. 탈것은 사람이 붐빌수록 좋습니다. 한가운데에 끼어서 무심해질 수 있지요. 이 무심한 상태가 가장 좋은 조건입니다. 욕조 속이나 잠자리나 화장실도 같은 상태입니다. 이때 떠오른 힌트를 곧바로 수첩에 적어 두면 좋지만, 좀처럼 그렇게 되지 않아서 금방 잊어버릴 때가 많습니다. 나중에 생각해도 잘 떠오르지 않아 아쉬워하는 게 오히려 보통입니다. 그러나 잠깐 떠오른 아이디어 역시 실은 자신이 본 타인의 생활 속에서 떠오르는 힌트인 게 대부분입니다. 즉, 어떤 사람의 생활 속에서 하나의 심리를 끌어내서 그것을 귀납하는 방법입니다.

기무라 기라는 사람이 지금으로부터 삼십 년쯤 전에 『소설 연구 16강 小説研究十六講』이라는 책을 냈습니다. 상당한 명저인데, 거기에서 소설 작법에는 귀납법과 연역법 두 가지가 있다고 한 말을 지금도 기억합니다.

연역법은 하나의 개념이나 진리를 처음에 가지고 있고, 그것을 소설 안에서 특수한 조건에 맞게 구성하는 방법입니다. 귀납법도 마찬가지로 철학 용어인데, 한 객관적 현상에서 보편적인 진리를 끄집어내는 겁니다. 즉, 진리나 개념을 일반 객관적인 사실에서 끌어내는 방법입니다.

저도 소설의 발상과 관련해서 대체로 이 두 가지가 있지 않을까 싶은데, 이 두 방법도 모두 뚜렷하게 나눠지는 것은 아니고 서로 엮여 있습니다. 제 경우에는 귀납법적인 방법으로 하나의 진리나 개념을 얻어도 그것을 있는 그대로 쓰지는 않습니다. 반드시 뭔가 조건을 다르게 바꾸어 다른 형태로 고쳐서 사용합니다.

기쿠치 간의 소설 중에 「투표入れ札」라는 작품이 있습니다. 단편 소설이지만 희곡으로도 있습니다. 줄거리를 보면, 구니사다 주지[1]가 아카기 산에서 쫓겨나 오토 관문을 돌파하여 신슈[2]로 달아납니다. 그때 데려온 부하들을 다 데려가지 못하니 그중 세 사람만 뽑기로 합니다. 하지만 자신이 지명할 수는 없고 투표를 시킵니다. 즉 선거를 하는데, 주지를 따르던 한 부하가 두목을 우러러서 어떻게든 따라가고 싶은 마음에, 매우 비겁한 행위지만 투표지에 자기 이름을 씁니다. 이 작품은 아주 잘 쓰인 소설인데, 소재가 된 꽤 유명한 이야기가 있습니다. 1910년대부터 1920년대에 걸쳐 잠깐 유명했던 어느 작가가 점점 몰락하고 작품 평판도 좋지 않아 세상에서 잊히고 있었습니다. 언젠가 어느 단체에서 임원 선거가 열렸을 때, 어떻게든 단체 임원에라도 자신의 이름을 남기고 싶다는 초조함에 자기 이름을 투표 용지에 썼다고 합니다. 이 이야기를 그대로 쓸 수는 없으므로, 기쿠치

---

1 에도 후기의 협객.

2 나가노 현의 옛 지명.

간이 구니사다 주지의 고단講談[3]의 세계로 가져가서 그린 것입니다. 그런 식으로 어떤 인간 진리를 끌어내어 다르게 바꿔 놓는 방법은 귀납법도 연역법도 아니고 두 가지가 혼연일체된 것입니다.

추리소설을 흔히 쓰는데 동기는 무엇인가

또 제가 곧잘 받는 질문 중에 "추리소설을 흔히 쓰는데 그 동기는 무엇인가?"라는 것이 있습니다.

저는 옛날부터 탐정소설 독자였습니다. 전쟁 전《신세이넨》은 쭉 애독했지만, 오륙 년 전까지의 일본 탐정소설은 읽기에 곤란한 점이 많았습니다. 어떤 점이 곤란했느냐면, 한마디로 말해 너무 심하게 꾸며 냈습니다. 소설에 생활을 쓰지 못하고 인간의 성격을 쓰지 못합니다. 그래서 이야기 속 인물이 유형적이고 기계인형처럼밖에 움직이지 못합니다. 살아서 피가 통하는, 우리와 같은 인간이라는 생각이 들지 않습니다. 그런 현상이 두드러져서, 어떻게든 일본 추리소설도 읽을 만한 게 나오지 않을까, 일반 소설과 똑같이 사람 냄새 나는 탐정소설을 읽고 싶다,

3 군담, 무용담, 복수담 등의 옛이야기에 가락을 붙여 들려주는 예능.

고 생각했습니다. 그때 마침 권하는 사람이 있어서 저도 시험 삼아 써 본 셈입니다. 시험 삼아 써 봤다고는 해도, 쓰는 이상 역시 제 생각대로 해 보고 싶었습니다. 저는 트릭이나 의외성 같은 부분에만 중점을 두고, 다른 것은 죄다 건성으로 넘기며, 묘사도 형식적인 데다 동기도 해결 부분에 슬쩍 나오기만 하는 지금까지의 탐정소설의 방식에 전부터 의문을 품었습니다.

동기는 예외 없이 인간이 저지르는 모든 죄에서 가장 중요한 점이지 않을까요? 동기 없는 범죄는 없습니다. 그리고 동기가 있는 범죄에는, 인간이 가장 막다른 곳에 몰렸을 때의 성격이 나타난다고 생각합니다. 따라서 동기를 추구한다는 것은 바로 성격을 그리는 것이자 인간을 그리는 것과 통한다고 생각합니다. 저는 지금까지 단편 추리소설을 상당수 썼는데, 대부분이 동기를 발견하는 데에서 비롯된 것입니다.

그렇다면 이번에는 어떤 것을 썼는지 실제 제 작품을 각각 예로 들어서 보지요. 일반적으로 범죄는 금전 관계, 애욕, 복수, 자기방어 같은 동기에서 일어나는 것이 많습니다. 우리가 인간 생활을 하는 이상 가장 많이 보는 사례임은 물론이고 이를 부정하지는 않지만, 그 외에 좀 더 인간적인 감정이나 의식에서 생겨나는 범죄도 있지 않을까요. 우리가 평범한 일상생활을 할 때에는 자취도 전혀 남기지 않는 듯 보이지만, 실은 자신도 깨닫지 못하는 의식을 마음 어딘가에 품고 있습니다. 그리고 일단 이상한 사건과 맞닥뜨리면 그 숨겨진 의식이 불쑥 튀어나와 행위로 발전한다고 봅니다. 따라서 숨겨진 의식, 우리가 깨닫지 못하는 곳에 있는 제2의 의식, 깊은 곳에 있는 의식을 끄집어낸 뒤 일어나는 사건이나 범죄야말로 인간성이 상당히 많이 개입할 수 있는 분야입니다. 저는 역사소설도 쓰는데, 그중에 도요토미 히데요시와 니와 나가히데의 관계를 쓴 작품이 있습니다. 나가히데는 오다 노부나가의 가신으로 시바타 가쓰이에와 나란히 오다가의 2대 거두吨頭였지만, 히데요시가 점점 출세하자 서서히 개운치 못한 마음이 듭니다. 시바타 가쓰이에는 히데요시에 맞서 적극적으로 싸웠으나, 나가히데에게는 정면으로 싸울 만한 적극적인 힘은 없었지요. 결국 마지막에는, 히데요시의 말을 듣지 않는 것을 유일한 저항으로 삼다가 죽은 사람이었습니다.

이 이야기는 먼 옛날에 일어난 일이지만, 이 관계는 현대 사회에도 들어맞습니다. 회사에서 동기로 입사한 사원 중 한 사람은 출세하고 다른 사람은 뒤처지는 예가 아주 많을 터입니다. 그럴 경우, 뒤처진 쪽은 체념하는 기분도 들겠지만 세상이 매우 재미없게 느껴지고 몹시 괴로울 것입니다. 제가 쓴 「살의殺意」라는 소설의 발상은 여기에서 왔습니다. 어느 회사에 평사원으로 들어가 겨우 과장 정도까지 올라간 사람이 있는데, 자기 친구는 벌써 영업부장이 되었고 다음 중역 회의에서 중역이 될 거라는 이야기가 들려서 무척 달갑지 않습니다. 그 영업부장이 친한 척

"이봐" 하고 어깨를 두드리면 그것만으로도 참을 수 없는 심정이 됩니다. 왜냐하면 친구 취급을 받는 것이 오히려 자신의 열등의식에 영향을 끼치기 때문입니다. 상대가 우월감을 품고 여봐란 듯이 일부러 친구 같은 말을 해 주면, 옆에서 보기에는 대단한 미담 같지만 본인에게는 참기 힘든 굴욕입니다. 그 상대가 다음 중역 회의에서 중역이 된다는 소문이 들립니다. 더 이상 굴욕을 당하는 건 참을 수가 없다는 심정에 범죄를 저지르게 되는데, 이는 금전, 애욕, 자기방어 이외에 열등감 때문에 일어난 살인이라고 해도 좋지 않을까요.

또, 「얼굴顏」이라는 작품이 있습니다. 어느 영화배우의 이야기로, 미모의 청년이 개성 있는 얼굴 덕에 발탁되어 영화에 출연합니다. 청년이 기뻐할 줄 알았는데, 그는 대단히 두려워합니다. 과거에 떳떳하지 못한 일이 있었기 때문입니다. 온 일본에서 딱 한 사람만이 그 사건을 알고 있습니다. 그러니 자신의 얼굴이 화면에 크게 비치는 영화를 전국 어디에서나 볼 수 있게 되면, 전에 자신을 본 남자가 어디서 그 영화를 보게 될지 모릅니다. 자신을 알아볼지도 모릅니다. 그렇게 되면 자신의 과거 범죄가 탄로 나니 살인을 범하게 된다는 이야기입니다. 일종의 자기방어라는 동기가 되겠지요.

법률서에서 얻은 힌트

'카르네아데스의 판자'라는 이야기에서 힌트를 얻은 「카르네아데스의 판자罪者の舟板」(『마쓰모토 세이초 걸작 단편 컬렉션』)라는 소설이 있습니다. 옛날에 카르네아데스라는 그리스의 철학자가 있었는데 그는 어느 날 제자들에게 문제 하나를 냅니다.

넓은 바다에서 배가 침몰했다고 가정하고, 두 조난자가 널빤지 한 장에 매달려 표류하고 있습니다. 그러나 널빤지 한 장으로 두 명이 버티기는 무리라, 한 사람이라면 살아날 희망이 있지만 둘이라면 가라앉을 우려가 있고 실제로 가라앉고 있습니다. 이 경우 한 남자가 상대방을 바닷속으로 떠밀어서 익사시켰다면 그것은 죄가 될까 안 될까 하는 명제입니다.

이에 대해 여러 답이 있지만, 카르네아데스는 죄가 되지 않는다고 판단했습니다. 평범한 생활이 아니라 긴급 사태이므로 자신의 생명을 지키기 위해서는 어쩔 수 없고, 도덕적으로는 비판받겠지만 그것은 어쩔 수 없다는 판단이었습니다. 이는 현대의 형법 정신이 되기도 했지요. 법률상 '긴급피난'이 바로 그것입니다.

이 이야기를 읽었을 때, 이런 사례는 현대 생활 속에서는 흔하지 않을까, 경쟁 상대나 자신의 지위를 위협하는 상대가 있으면, 자신이 살아야 하니까 없애 버릴 수밖에 없는 예는 세상에

흔하지 않을까, 그렇다면 카르네아데스의 문제 같은 행위는 어느 정도 하나의 합리적인 해석으로 허용되리라고 생각했습니다. 이것은 제가 생각한 게 아니라, 소설 주인공이 생각한 것입니다.

이 소설의 줄거리를 간추리면 다음과 같습니다. 한 역사학자가 전후의 새 민주주의 붐에 편승해 전쟁 전에는 발표하지 않았던 새로운 유물사관적 학설을 발표하여 인기 학자가 됩니다. 그러자 선배, 아니, 거의 선생뻘인 역사학자가 이를 따라합니다. 그러나 최근에 상황이 묘하게 흘러 문부성 등에서 교과서 검정에 시끄럽게 굽니다. 진보적이랄까, 좌익 분위기의 학자는 교과서 저자로 적당하지 않다며, 지금까지 그가 쓴 것이 교과서에 실리지 않게 된 거죠. 교과서에 실리면 인세가 꽤 들어오기 때문에 탈락하면 자신의 생활을 유지할 수가 없습니다. 그런 까닭으로 또다시 자신의 학설을 조금 원래대로 되돌립니다. 즉, 약간 수정하여 부상하려고 합니다. 그러나 선생이 선수를 쳐서 한발 먼저 성공합니다. 원래 국가주의적 역사학자라서 손쉽게 할 수 있지요. 한 사람이라면 그럴 수 있지만 두 사람이 똑같은 일을 하면 눈에 띄므로 할 수 없이 선생뻘인 학자를 없애 버리려고 일을 꾸미기 시작한다는 이야기입니다.

또한 법률서를 읽으면 '일사부재리'라는 조문이 있습니다. 재판이 한번 확정되면 나중에 피고 측에 불리한 사실이 나와도 다

시 심리하지 않는 것입니다. 여기에서 힌트를 얻어서 「일 년 반 만 기다려一年半待って」라는 작품을 썼습니다. 어느 유부녀가 좋아 하는 남자가 생겨서 남편과 헤어지고 싶어 합니다. 그러나 남편 이 헤어져 주지 않자 남편을 죽이려 하죠. 죽이면 죄가 발각되겠 지만 발각되어도 어떻게든 짧은 형기로 마치고, 출소하면 떳떳 하게 좋아하는 사람과 함께 살겠다는 계획을 세웁니다. 일이 뜻 대로 잘 들어맞아 세간의 동정을 불러일으키고 특별변호인도 나 올 상황이지만, 공교롭게도 마지막에 계획이 무너진다는 게 주 제입니다.

신문 기사에서 얻은 힌트

「이층二階」이라는 작품이 있습니다. 어느 동반 자살 사건에서 힌트를 얻었지요. 인쇄소가 있는데, 부인은 남편이 아프기 때문 에 이층에서 정양시키고 자신은 아래층에서 일합니다. 인쇄소 일은 무척 바쁩니다. 여러 잡일 때문에 남편을 충분히 간병하지 못하자 파출 간호사를 고용해서 이층의 남편에게 붙입니다. 위 층에는 자기 남편과 간호사뿐입니다. 한 집 안에서도 이층과 아 래층으로 나뉘어 있고 남편이 병자라 해도 남자와 여자 사이입 니다. 이런 조건 때문에 부인은 묘한 생각이 듭니다.

실제로 부인의 추측처럼 남편과 간호사는 수상한 관계가 되고, 결국 어느 날 이층에 올라가 보니 남편과 간호사는 약을 먹고 동반 자살한 상태였습니다. 유서도 있었습니다. 부인은 유서를 찢어서 불태워 버리고 다시 씁니다. 그 유서에 '우리 부부는 앞날의 희망이 없어서 죽기로 했다, 남편도 동의했다, 그때 간호사가 우리를 동정해서 같이 죽겠다며 말을 듣지 않는다, 여러모로 말렸지만 도저히 듣지 않아서 할 수 없이 간호사도 같이 죽는다'라고 쓴 다음 머리맡에 둡니다. 그러고 나서 같은 약을 먹고, 남편과 함께 죽어 있는 간호사의 시체를 끌어내린 뒤 그 옆에 자신도 눕는다는 이야기입니다. 이 작품에서는 아내의 자리를 지키려는 기분, 남겨진 아내의 처지, 세상은 패배자에게 냉정하다는 두려움에 대해 쓰고 싶었습니다. 신문 기사에서 힌트를 얻었습니다.

앞에 썼듯이 소설의 힌트나 아이디어는 전철이나 버스 안에서 퍼뜩 떠오를 때도 있지만, 신문 기사를 보다가 떠오른 생각을 발전시키는 경우도 자주 있습니다.

몇 년 전 일인데 긴자에서 잡화상 살인 사건이 일어났습니다. 범인 아내의 친정이 규슈에 있어 범인이 규슈 쪽으로 갔다는 정보를 듣고 도쿄에서 온 두 형사가 잠복을 합니다. 그때 언제 나타날지 모르는 범인을 기다리는 잠복 형사도 힘들겠지만, 감시당하는 상대편 가족도 무척 힘들겠다고 생각했습니다. 나중에

그 얘기를 토대로 「잠복張込み」이라는 소설을 썼습니다. 당시까지 소설에 나오는 형사의 모습은 뭔가 틀에 박힌 유형이었습니다. 그러나 형사도 인간이잖습니까. 날마다 맞은편 집 이층에서, 범인이 와야 할 집의 부인의 생활을 보고 있으면, 역시 인정이 생기지 않을까 하고 생각한 데에서 이 소설이 만들어졌습니다.

이렇게 말하니 동기에 중점을 둔 소설만 쓰는 것 같습니다. 그런데 세상에는 좀 더 계획적인 범죄도 확실히 있습니다. 예를 들면 한때 세상을 떠들썩하게 했던 고마쓰가와 여고생 살인 사건이 그렇지요. 아직 범인이 검거되지 않아 수사가 길어지고 있었을 때 신문사 사람이 우리 집에 와서 이 사건을 추리해 달라더군요. 그래서 제가 수사1과 과장이 된 셈치고 생각해 보았습니다. 이 사건은 이렇게나 피해자 신변을 밝혀내고 교우 관계도 다각적으로 조사중이니, 그런 관계에 속하지 않는 사람이 범인일 것이다, 따라서 아무리 조사해도 나오지 않는 곳에 존재하는 사람이 아닐까, 범인이 스스로 편지를 쓰고 전화를 걸고 피해자 물건을 집에 보내서 경찰을 조롱한 것은 그런 자신이 있기 때문이리라 추측했습니다. 후에 이 추리가 대체로 맞았다는 사실을 알았지만, 확실히 수사 선상 밖에 있다는 것은 대단한 이점입니다. 대개의 범죄가 발각되고 범인이 잡히는 까닭은 수사를 통해 그 선상에 올랐기 때문이므로, 처음부터 수사 범위 밖에 있는 상황은 대단히 안전한 것이지요. 추리소설에서는 범인이 알리바

이를 만들고 고심참담하며 어떻게든 수사 당국을 속이려 술책을 부리지만, 처음부터 수사 선상에 오르지 않는다면 그만큼 안전한 일은 없습니다. 그래서 「수사권 외의 조건搜査圈外の条件」이라는 소설이 태어났습니다.

아주 집요한 남자가 같은 회사에 있는 미운 상대를 어떻게든 죽이고 싶어 합니다. 상대를 미워하는 이유로는, 사랑하는 여동생을 속여서 사귄 다음 내버려 그 탓에 누이가 죽었기 때문으로 설정했습니다. 남자는 생각 끝에 시치미 뗀 얼굴로 회사를 그만둡니다. 그리고 오 년[4]쯤 야마구치 현에서 전혀 다른 직장에서 일하며 때를 기다리지요. 오 년 뒤 상경하여, 신주쿠 어딘가에서 그 상대를 해치웁니다. 그 길로 돌아가는 기차에 올라타 잽싸게 야마구치 현으로 가 버립니다. 수사가 시작되어도 오 년 전회사에 있었던 남자에게는 아무도 생각이 미치지 않습니다. 교우 관계를 뒤져도 물론 나오지 않습니다. 회사에 물어봐도 설마오 년도 전에 회사를 그만둔 남자와 연관 짓지는 않아서 완전 범죄가 될 만했지요. 그러나 완전 범죄가 되면 소설이 곤란해지므로 어느 부분에서 탄로 나도록 했습니다.

4 원작에서는 칠 년으로 나온다.

『점과 선』의 트릭

장편으로는 『점과 선点と線』이라는 작품이 있는데, 이 또한 수사권을 행사하지 않도록 트릭을 사용하는 이야기입니다. 보통 살인 사건이 일어나면 감식과가 시체가 놓여 있는 장소로 와서 살피고 수사과 형사도 행적 등을 조사하지만, 자살한 시체라면 범죄가 아니니까 수사를 시작하지 않습니다. 그래서 살인을 자살로 보이게 하면 범인에게 가장 안전하지요. 그렇더라도 자살한 시체 한 구만으로는 약합니다. 이건 타살이 아닌가 하고 의심할지도 모릅니다. 이 경우, 가장 납득이 가는 것이 동반 자살입니다.

처음부터 동반 자살일 경우 당국에서도 설마 두 사람을 함께 죽이지는 않았을 거라고 생각하여 수사하지 않습니다. 범인은 둘이 애인 사이가 아닌데 애인 사이처럼 보이게 죽여야 하므로 무척 손이 많이 가는 트릭을 쓴 셈입니다.

『점과 선』이라는 제목은 인간이란 하나의 점과 같은 게 아닐까 하는 생각에서 붙였습니다. 점과 점을 잇는 선이 친구이고 애인이고 선후배 관계입니다. 그러나 이 선은 어쩌면 타인이 보고 그러한 선을 설정해서 긋지 않았을까, 실제로는 그렇지 않지만 마치 그런 것처럼 타인이 멋대로 선을 그었다고 볼 여지도 있습니다.

"사람은 겉모습만 보고는 모른다"라는 말을 사람들은 곧잘 하는데, 자신이 상상으로 가정한 선을 그어 두고 현실에서 그 선을 조금 벗어나는 일이 있으면 "사람은 겉모습만 보고는 모른다"라는 말을 꺼냅니다.

『점과 선』이야기로 돌아가 보죠. 남자와 여자가 한 장소에서 같은 약을 먹고 죽어 있으면 누구든 이건 동반 자살이라고 보는 게 보통이겠지만, 저는 이 트릭에 자신이 없어서 경시청의 이와타 씨에게 물어보았습니다. 삼사십 년의 경험이 있는 감식과 베테랑이며 시체를 한 번 보면 자살인지 타살인지 딱 맞춘다는 사람입니다. 그런데 이와타 경시가 "어, 그거라면 나라도 속겠는데"라고 말해서 갑자기 자신감이 생겼습니다.

이 트릭을 그럴싸하게 보이도록 하려면, 원래 둘은 애인 사이도 아무것도 아니기 때문에 더더욱 애인 사이처럼 보이게 할 필요가 있습니다. 규슈에서 죽었기 때문에 출발지는 물론 도쿄 역으로 하고, 도쿄 역을 출발할 때에 티를 내지 않고 목격자를 만들어야 합니다. 티를 내지 않고, 라고 한마디로 말하지만 이는 대단히 어려운 일이지요. 마침 '아사카제'라는 규슈행 특급열차가 막 생겼을 때이고 이 열차는 15번 홈에서 발차합니다. 남자와 여자가 15번 홈의 열차에 탄 모습을 아무렇지 않게 다른 사람들에게 보여 줘야 합니다. 하지만 볼일도 없는데 일부러 15번 홈에 가면 도리어 작위적이라는 것을 눈치챕니다. 따라서 요코스카 선을 탈 일이 있다고 하며 13번 홈에 갑니다. 그러나 13번 홈과 14번 홈은 전철 출입이 잦아서 건너편 홈이 내다보이지 않습니다. 여러 시간표를 조사해 보니 마침 5시 57분부터 6시 1분까지, 사 분 동안만 비어 있습니다. 이 사 분 사이에 목격자에게 보이려면 그전부터 일을 꾸며 두어야 합니다. 5시에 두 사람[5]과 얼굴을 아는 사이인 요릿집 여자를 불러서 밥을 사 주고, 시간을 신경 쓰면서 서둘러 5시 몇 분쯤에 도쿄 역에 가는 것으로 정했습니다.

이 두 가지 트릭이 완성되면 이야기의 메인 스트리트가 완성된 것이나 마찬가지로, 그다음은 골목을 만들면 되는 셈입니다. 트릭이라는 것은 복잡하게 보이지만 의외로 간단해서, 대개 누가 글을 쓰더라도 트릭 하나를 설정한 다음 나머지는 독자 여러분이 길을 잃고 헤매도록 여러 속임수를 쓰면 되기에 대단한 일은 아닙니다. 요컨대 메인 스트리트를 만드는 데까지가 문제입니다.

5 원작에서는 요릿집 여자들과 죽은 남자는 알지 못하는 사이로 나온다.

『눈동자의 벽』의 힌트

『눈동자의 벽眼の壁』을 생각했을 때도 마찬가지였습니다. 대체로 지금까지의 탐정소설은 대부분 살인이나 강도 사건을 이용했습니다. 탐정소설은 살인을 이용하지 않으면 매력이 없다는 말을 들었습니다. 그런데 언젠가 검찰청 검사(현 도쿄 지검 특수부장)인 가와이 노부타로 씨가 제게 "지금까지 나온 탐정소설을 읽어 보니 대개 수사1과의 일만 쓰고 있더군. 헌데 2과의 일도 있으니까, 그쪽을 써 보면 어떤가"라더군요.

수사1과는 살인이나 강도 등을 저지른 흉악범 담당이고, 2과는 공갈을 하거나 공무원 부정부패, 사기 등을 저지른 소위 지능범을 담당합니다. 마침 쓸거리가 없어서 우선 저는 협박갈취범 이야기를 써 봤습니다. 회사가 급한 자금을 만들려다가 금융중개를 해 준다는 사기범에게 속아 어음을 뺏긴다는 이야기입니다. 그런데 쓰기는 썼지만 아무래도 지능범만으로는 약하고 역시 살인을 써야겠다는 생각이 들어서, 『눈동자의 벽』은 2과로 시작하여 1과로 끝나는 스토리가 되었습니다.

협박갈취범은 요즘엔 신문에도 빈번히 나오니까 아시겠지만, 제가 이 소설을 쓰려고 조사하러 갔을 때도 도쿄 역 대합실에서 이런저런 거래가 이루어지고 있었습니다. 이 소설이 출판되고 난 뒤에는 투서도 상당히 많이 왔습니다. 돈이란 늘 회사나 상점

금고에 남아돌고 있지는 않으므로, 대부분의 회사는 언제나 자금을 변통하고 있는 게 보통입니다. 예를 들어, 회사가 오사카와 센다이에 지점을 두고 있습니다. 내일은 오사카 지점에서 돈이 들어온다, 센다이 지점에서 이러이러한 송금이 있다고 하여 그걸 믿고 지불을 결정합니다. 그러나 돈은 좀처럼 잘 돌지 않기 마련입니다. 센다이에서도 오사카에서도 아무래도 돈을 보내지 못하겠다는 전보가 오자 당황합니다. 이럴 경우에는 연결 자금을 만들어야 하지만, 이때 은행에 어음을 가지고 가도 대부분의 회사는 은행 대출을 갚지 않은 상태라 좀처럼 대출이 이루어지지 않습니다. 따라서 단 사나흘일 뿐이니, 조금 이자가 비싸더라도 돈을 빌리려고 하게 됩니다.

이럴 때 무심코 고리대금을 의지하면, 그 금융업자의 소개자가 나타나서 어디 어디 은행의 상무나 전무를 안다고 합니다. 간곡히 부탁하면 은행 응접실로 데리고 갑니다. 그러면 한통속인 상무가 나와서 "어음을 가지고 왔나, 보여 주고 올 테니까 잠깐만 기다려라" 하며 어음을 가지고 나가서 그대로 돌아오지 않습니다. 어음은 무인증권이라 일단 발행된 뒤 그것이 제삼자의 손으로 넘어가면 현금이나 마찬가지입니다. 경찰에 신고하려 해도 회사 신용이 걸려 있으니, 억울하지만 참는 경우가 많습니다. 그런 사건이 때때로 있어서 가와이 씨도 여러 건 다뤘다고 하더군요. 그 이야기를 듣고 『눈동자의 벽』의 발단을 만들었습니다.

현대 사회 기구의 추구追求

이처럼 사회적인 방면에 눈을 뜨면, 추리소설의 소재는 아직 얼마든지 있습니다. 물론 앞에서 이야기했듯이 인간관계, 금전 관계, 애욕, 자기방어를 바탕으로도 쓸 수 있지만 그것은 몹시 오랫동안 사용되어 낡은 종류입니다. 좀 더 사회적인, 현대의 복잡기괴한 양상을 쓰기에는 추리소설의 방법이 어느 정도 유효하지 않을까요. 그래서 「어느 하급 관리의 죽음ある小官僚の抹殺」이라는 소설을 썼습니다. 실제로 있었던 사건에 바탕을 뒀지요. 원래 설탕 분야는 역대 내각이 대대로 단물을 빨아먹고 있고, 이것이 선거 자금이 되고 정당 자금이 됩니다. 언젠가 도미니카 설탕 문제도 있었는데, 1952년에도 수입 원당原糖을 할당받으려는 움직임이 공무원 부정 사건으로 발전한 일이 있었습니다. 작은 제당회사가 모여서 한 짓이었지요. 원당은 대개 니혼 제당이나 나고야 제당 등 몇몇 대기업에 대부분이 할당되기에 그런 움직임이 일어난 것인데, 어느 정당과 원당을 할당하는 관청—농림청—사이를 오가던 보스가 이 알선을 이어받아서, 이름은 말할 수 없지만 어느 정당 모 국회의원에게 이야기했습니다. 국회의원은 승낙하고 농림청 사람과 교섭을 벌이지요. 그 설탕으로 얼마나 단물을 빨아먹었는지는 모르지만, 이들 패거리가 갈라지더니 어느 날 경시청에 밀고 전화가 옵니다. 밀고자는 꽤 정확한

정보를 전해 줘서 경시청 수사2과가 움직이게 되었습니다. 상당한 뇌물 수수 사건으로 발전할지도 모르겠다고 생각했기 때문입니다.

말이 난 김에 덧붙이자면, 그 정도로 노회한 일당이 거듭 조심하며 엄중히 지킨 비밀이 어떻게 탄로 났는지 의문스러워하는 분이 많을 텐데, 문서나 전화 등으로 밀고가 들어오기 때문이라고 합니다. 밀고를 하는 이유는 동료끼리 이해관계의 다툼이 일어나기 때문입니다. 서로 이익으로 맺어졌기에 조금이라도 자신이 받을 몫이 적어지면 사이가 틀어져서 곧바로 그런 행위에 나선다는 이야기입니다.

수사가 꽤 진행되었을 때 한 과장이 아타미에서 자살했습니다. 그 때문에 설탕 뇌물 수수 사건은 흐지부지되어 버리지요.

과장은 관공서에서는 대우받지 못하는 사립대 출신으로, 꾸준히 일해서 겨우 지금의 지위에 오른 인물입니다. 장래에 출세할 가망은 없습니다. 나이를 봐도 무리입니다. 나중에 도쿄대를 나온 젊은이가 들어와서 점점 추월해 갑니다. 군대로 치면 간부 후보생과 만년 하사관 같은 것입니다. 과장은 이 사건에서 가장 중요한 인물이었지만, 수사 당국이 아래쪽에서부터 조사하여 어느새 과장의 신변까지 조사의 손길을 뻗치자 아타미에서 자살해 버립니다.

실화니까 말하지만 과장의 죽음이 왜 이상한가 하면, 그는 죽기 며칠 전에 공무로 히로시마에 출장을 갔습니다. 그때 출장 예정으로는 사나흘 동안 현 내의 공장을 시찰하게 되어 있었지만 도착한 바로 그날로 도쿄에 돌아간다며 기차를 탔고, 오사카에서 내린 다음 호텔에서 부인에게 전화를 걸어 예정대로 돌아간다고 얘기했습니다. 그곳에서 아이에게 줄 선물도 샀습니다. 그 뒤 보스에게 전화를 걸어서 이렇게 말했다고 합니다.

"신문을 보니 그 사건이 상당히 진행된 것 같으니까 속히 만나고 싶다."

이는 보스의 자백이므로 실제로 그런 말을 했는지는 모르지만, 여하튼 보스는 그 말을 듣고 과장이 도쿄로 돌아가기 전에 안심시키기 위해, 만날 장소로 아타미에 있는 여관을 지정했습니다. 둘은 각각 동과 서에서 아타미에 도착했고, 도착한 날에 종업원을 물리고 뭔가 이야기를 했습니다. 다음 날에는 아침부터 보스와 보스의 애인이라는 여성과 다른 한 사람을 끼워서 온종일 마작을 하고 밤 12시경에 끝냈습니다. 그 뒤 과장은 안마사를 불렀고, 보스는 여자와 동행이니 옆방으로 들어갔습니다. 요즘에 그런 온천 여관은 방마다 열쇠로 잠그게 되어 있습니다.

과장은 별채에 있는 보스의 방과 이웃한 방에서 안마를 받은 뒤에 잤는데, 다음 날 아침 8시경에 보스가 그 방에 들어가 보니 윗미닫이틀에 매달려서 죽어 있었습니다. 발견한 사람이 종업원이 아니라 옆방에 있던 보스라는 점도 괴이하고, 시체가 들보에 매달린 채 있었던 게 아니라 보스가 보살피려 했다며 다다미에 내려놓은 것도 현장을 일부러 어지럽혔다고 할 수 있습니다. 또 정말로 자살하려는 사람이 아침부터 즐겁게 마작을 할까요? 다음 날 아침—3시부터 5시 사이인데—자살할 사람이 안마사를 부를 리가 있을까요? 유서도 없었습니다. 부인에게는 예정대로 돌아가겠다고 전화하고 자식에게 줄 선물도 샀습니다. 이런 정황을 고려하면 도저히 자살로 보기는 힘듭니다.

　과장의 죽음으로 사건 수사는 중단되었습니다만, 추리를, 아니, 의심을 해 보지요. 옆방에 있던 인물이 뭔가 일을 꾸며서 과장을 죽였다면 그 덕에 한숨 돌린 어느 성省의 고급 관리나 정계의 높으신 분은 분명히 감사할 겁니다. 이는 보스라는 인물이 그들에게 은혜를 베풀어 패를 하나 얻은 것이 되기도 합니다. 이렇게 생각하면 현대만큼 복잡한 세태는 없습니다. 우리가 곧잘 하는 말이지만, 현대처럼 사회 시스템이 빈틈없이 딱 짜맞춰져 있으면 인간 개인은 소외되어 시스템 밖으로 밀려납니다. 인간관계는 얼핏 보기에 밀접해 보이지만, 실은 오늘날처럼 서로 고독하고 사이가 단절된 적이 없습니다. 따라서 우리가 이런 것을 그리려고 할 때 추리소설적인 수법을 이용하면 비로소 진정한 섬뜩함, 두려움을 그릴 수 있습니다. 그런 의미에서 앞으로 추리소설의 틀이 더욱 넓어져, 많은 사람들이 이 방법으로 현대와 현대를 살아가는 인간을 그렸으면 합니다.

실종 사건의 수수께끼

1959년 1월 중순경 A신문사가 주최하는 강연 때문에 홋카이도에 갔을 때, 삿포로에 도착하자마자 이상한 이야기와 맞닥뜨렸습니다.

순사 한 명이 실종된 사건이었습니다. 그 사람은 하코다테니시 서 경비계에 근무하는 고지마 유조 순사(27세)인데, 지난해 12월 초부터 도쿄 스루가다이의 니콜라이 학원에서 수업을 받다가 겨울방학이 되어 홋카이도로 돌아왔습니다.

12월 21일 아침 나나에하마(하코다테 근처)에 있는 본가에 도착하여 그날 밤은 거기에서 지내고, 22일에는 하코다테 시의 친누나 집에 묵은 뒤, 23일 오전 11시경 "본서에 간다"라고 말하고 참고서 몇 권만 들고 나갔습니다. 그날은 저녁부터 여기저기 돌아다니며 술을 마셨고 다음 날인 24일 오전 4시쯤에 혼자서 하코다테 역까지 택시를 타고 가서 대합실 쪽으로 걸어갔다는 것입니다. 거기까지의 행동에는 목격자도 있어서 확실했습니다. 그러나 그 뒤는 행방이 완전히 묘연합니다.

내가 갔을 때에는 벌써 이십 일이나 지난 상태였지요. 식구들은 아마 집에 연락하지 않고 멋대로 여행이라도 갔을 거라며 낙관적으로 생각하고 있었습니다. 그러나 등원일인 1월 12일, 오전 10시가 되었어도 니콜라이 학원에 결국 모습을 보이지 않아

본가에 연락이 갔고 대소동이 벌어졌습니다.

홋카이도의 신문은 생존이 의심스러워졌다는 소식을 알렸습니다. 소식 불명이 되었다고 해도 곧바로 사망설과 연결하거나 자살이나 타살을 생각하기에는 지나치게 빠른 것 같기도 합니다. 그런데 반성해야 할 점이 있습니다. 자기 집 식구가 어디 갔는지 모를 경우에 친구 집에 있을 거라든가 이번 사건처럼 연락 없이 마음대로 여행을 갔을 거라고 쉽게 생각하는 점입니다. 그런 사고방식이 실은 가장 무서운 게 아닐까 싶습니다.

한 남자나 여자가 자신의 주위 환경에서 완전히 분리되어 고립된 상태에 빠지는 일은 일상생활에서 종종 일어날 수 있습니다. 일주일, 이주일씩 없어지진 않더라도, 저 같은 경우 때로는 이삼일 집을 떠나서 지내기도 합니다. 그 경우에 우리 집 식구들은 어차피 일 때문에 사정이 있겠거니 여기고 어딘가에 있을 거라며 안심합니다. 그러나 이 사이의 행동은 당사자인 저밖에 모르는 것으로, 일종의 진공 상태라고도 할 수 있습니다.

이 상태를 좀 더 잘게 쪼개 보면 이렇습니다. 도시의 샐러리맨이 정시에 집을 나와서 회사에 간다, 회사에서 집으로 돌아온다, 그 왕복 도중에 예기치 못한 사람과 딱 마주쳐서 그 뒤에 딴 곳으로 가자는 권유를 받고 따라간다. 이런 일은 자주 있습니다. 누군가가 권해서 다른 방향으로 간다는 사실은 회사 사람도 모르고 가족도 모릅니다. 즉, 자신밖에 모릅니다. 이 사람의 행동은 당사자밖에 모르니까 연락할 길이 없습니다. 이런 경우는 생각해 보면 무척 많습니다.

실종된 하코다테 서의 순사는 외사[6] 담당이어서 하코다테 항에 드나드는 외국 배의 선원들 신원도 조사하고 있었습니다. 그런 사정을 바탕으로 상상해 보면, 소설 쓰는 사람들은 가장 먼저 순사가 불량 외국 선원의 신원을 조사하다 그때 어떤 사건의 단서를 잡은 게 아닐까 하고 의심합니다. 그 때문에 살해당했다는 생각은 충분히 할 수 있습니다. 이것이 소설적인 공상일지는 모르지만, 실제로 개인이 주위 환경으로부터 완전히 격리되는 사태는, 실종이라는 사건과 연결되어 얼마든지 가능합니다.

예컨대 이런 일이 있었습니다. 도쿄 기치조지에 사는 한 대학 조교수가 어느 날 아침, 평소처럼 책을 가득 넣은 가방을 들고 전철에 탔습니다. 이 사람이 전철을 탄 모습을 기치조지 역의 승강장에서 아는 사람이 언뜻 보았습니다. 그러나 그 후의 행방을 전혀 모릅니다. 집에서도 학교에서도 이렇다 할 짐작 가는 곳이 없었습니다.

이 사람은 그로부터 몇 달 뒤에 시즈오카 현 산림에서 백골 시체로 발견되었습니다. 그때는 가출 당시와는 양복도 다르고 책을 넣은 가방 대신 화가가 들고 다닐 법한 스케치북을 가지고 있

6 외국 및 외국인에 관한 일.

었다고 합니다. 이 사건은 일단 자살로 결론이 났습니다. 그러나 과연 정말로 자살인지, 아니면 타살인지는 모릅니다. 자살이라는 증거도 없고 타살이라는 결정적인 증거도 없기 때문입니다.

지금 이야기한 것처럼 많은 실종 사건은 가족, 친구, 지인, 회사 관계 등 주위의 관계있는 사람들에게서 떨어진 순간 일어나는 게 아닐까 합니다.

오카야마 시에서 열여섯 살짜리 점원이 원인이나 동기가 전혀 밝혀지지 않은 채 처참하게 살해당한 일이 있었습니다. 오카야마 시에는 고라쿠엔이라는 유명한 공원이 있는데, 거기에서 참살당한 시체가 발견되었습니다. 그는 내성적인 성격에 친한 친구가 전혀 없었던 사람이라고 합니다. 매일 밤 8시쯤 근무처인 가게를 닫고 곧바로 집에 돌아가는 것이 평소 생활이었습니다. 그러나 그날 밤은 고라쿠엔에 갔습니다. 점원이 왜 집과 전혀 반대 방향에 있는 고라쿠엔에 갔는지에 대해서는 전혀 짐작 가는 바가 없습니다. 이 사건은 아직껏 범인이 밝혀지지 않았고 미궁에 빠진 듯합니다.

행방불명이 되면 그 사람이 무엇 때문에 그곳에 갔는지 모르는 경우가 자주 따라붙습니다. 그래서 연고가 있거나 지인이 있는 곳이거나 혹은 전에 간 적이 있어서 생기는 장소에 대한 정보를 전혀 갖고 있지 않았을 텐데도, 그런 생각지도 않은 곳에서 나타나는 일이 종종 있습니다. 이런 일은 앞에서도 이야기했듯, 우리가 현재 살고 있는 일상생활 속에서 때때로 일어납니다. 우리는 그런 일에 만성이 되어 있지만 때로는 연락이 끊어진 진공 상태의 공포를 깨닫고 몸서리를 치기도 합니다.

이전에 검사 가와이 노부타로 씨와 둘이서 밤에 나카노의 호젓한 뒷골목을 걸은 적이 있습니다. 그때 가와이 검사가 제게 이렇게 말해서 웃었습니다.

"오늘 밤 자네와 이렇게 함께 있다는 건 아무에게도 알리지 않았어. 혹시 지금 여기서 내가 자네한테 살해당해도 모를걸."

쇼덴 사건[7]이나 조선 뇌물 수수 사건[8]으로 이름을 날린 귀신 검사의 얼굴도 순간 불안한 듯이 보였습니다.

같은 오카야마의 고라쿠엔에서 일어난 사건인데, 1956년 9월 2일 한낮, 공원 입구 옆 공중화장실에 머리를 얻어맞아 죽은 남자가 있었습니다. 쇠망치 같은 것으로 맞은 머리가 깨졌다고 하니, 참으로 잔학한 방법입니다. 피해자 신원은 지문에 의해 사기 전과가 있는 A로 밝혀졌지만, 범인은 지금도 잡히지 않았습

---

7 1948년 대기업 화공 회사인 쇼와 덴코가 전후 부흥자금 대출을 위해 정부 고관 및 금융 기관에 뇌물을 뿌린 사건.

8 전후에 일본 정부가 해운업 재건을 위한 법안을 통과시켰는데, 이때 해운업자들이 법안 통과를 위해 관계자들에게 뇌물을 뿌린 사건.

니다.

　최초에 쓰러진 남자를 발견한 사람은 젊은 유부녀였다고 합니다. 여자가 화장실에서 나오다가 문득 옆을 보니, 화장실 안에서부터 디딤돌에 걸쳐 엄청난 피가 흐르고 있었습니다. 그래서 당장 공원 사무소에 연락했고, 사무소에서 경찰에 신고했습니다. 이후 이 수사에 동원된 경관은 총 일만 명, 참고인은 천육백 명으로, 대규모 사건이었습니다.

　이때 당국은 전단지 오만 장을 인쇄하여 시민에게 협력을 구하고 특히 첫 발견자인 젊은 유부녀가 나타나기를 기대했지만, 어째서인지 여자는 모습을 드러내지 않았습니다. 그것도 실은 사정이 있었다는 것이 나중에 밝혀졌습니다. 그날 여자는 남편과 산책하다가 사건과 맞닥뜨렸습니다. 그러나 이 젊은 부부는 까닭이 있어서 별거 생활을 하다가 모처럼 만나서 공원에서 시간을 보내고 있었습니다. 이런 일이 알려져 봤자 좋을 게 없기에 두려워서 나타나지 않았다고 합니다.

　이런 경우도 의외로 많습니다. 우연히 현장을 목격했지만 그것을 말하면 자신의 비밀을 드러내야 합니다. 사건과 자신은 본래 아무런 관련도 없습니다. 먼저 자신의 처지를 방어하는 게 중요하다고 생각하는 것은 인지상정이겠지요.

　우리는 언제 어느 때 그런 미묘한 처지에 설지 알 수 없습니다.

일상생활의 공포

우리는 신문에서 매일같이 살인 기사를 읽지만, 잘 생각해 보면 기사에서 다루는 그런 사건은 언제 우리 자신에게도 일어날지 모릅니다. 오늘 무사하다고 해서 내일도 무사하리라 장담할 순 없습니다.

몇 년 전, 간다에 위치한 아르바이트 살롱의 여급이 도쿄 나카노의 연립주택에서 살해당한 사건이 있었습니다. 보도에 따르면, 만취한 모 신문사 기자가 그날 밤 여급의 이불 속으로 기어들어가 잠들었는데 아침에 깨 보니 옆에서 자는 여자가 시체였다는 것이 사건의 시작입니다.

만일 저 같은 사람이 이 일을 소설로 집필해서, 만취한 남자가 심야에 여급의 방으로 간 다음 한 이불에 들어갔으면서 여자에게 손 하나 대지 않았고 다음 날 아침에 깼더니 여자는 이삼일전에 살해당한 시체였다고 쓴다면, 곧바로 그런 바보 같은 일이 어디 있느냐는 식으로 두들겨 맞을 겁니다. 그러나 정말로 '사실은 소설보다도 기이'합니다.

만약 이불 속에 들어가서 하룻밤을 보낸 남자에게 알리바이가 없었다면 일이 어떻게 됐을까요? 밤중에 멋대로 방에 들어가는 남자라면 당연히 그 방 주인과 뭔가 있다고 여기는 게 당연하므로, 치정 관계 선에서 첫 번째 용의자로 지목되겠지요. 이 사건의 경우 남자에게는 알리바이가 있었고 나중에 진범도 잡혔기 때문에 다행이었지만, 혹시 내가 이런 처지에 놓이고 게다가 이렇다 할 알리바이가 없다면, 하고 생각하니 형언할 수 없는 두려움을 느낍니다.

1950년이라면 조금 오래된 이야기지만, 도쿄 오쿠보에 도구라 겐지라는 스물여덟 살 남자가 부인과 살고 있었습니다. 도구라는 공장 노동자였고 일하는 공장은 쓰루미에 있었습니다. 이틀 밤 동안 빈집털이범이 두 번 그의 집을 털어서, 두 번째에는 미곡 통장과 저금 통장과 현금 칠백 엔을 도둑맞았습니다.

훔친 남자는 그로부터 이틀 뒤 오전 11시경, 마찬가지로 딴 곳에서 훔친 카메라를 팔려고 간다 가지마치에 자리한 오야마라는 카메라 가게에 갔습니다. 이럴 때는 그 카메라가 당사자 것인지 증명이 필요합니다. 남자는 증명을 하려고 요전에 훔친 도구라의 미곡 통장을 이용했습니다.

그 뒤에 카메라를 도둑맞은 당사자가 마침 간다를 지나갔는데 도둑맞은 자기 카메라가 가게에 나와 있었습니다. 그래서 곧장 신고했습니다. 그 때문에 도구라는 경찰에게 불려가서 사정을 설명했습니다.

그로부터 일주일쯤 지나 경찰에서 호출이 왔는데, 이번에는 형사가 갑자기 "네가 한 짓은 다 밝혀졌다. 그러니 죄다 불어"라고 하는 겁니다.

카메라를 산 가게 주인이 도구라를 보고 "카메라를 팔러 온 사람은 확실히 이 사람이다"라고 했기 때문입니다. 도구라의 필적을 전문가에게 보였더니 분명히 도구라의 글씨라고 합니다. 이 감정가는 제국은행 사건 때 히라사와의 필적을 감정한 그 사람입니다.

이처럼 확실한 두 증거를 토대로 알리바이를 조사했습니다. 마침 그 전날 밤 도구라는 쓰루미의 공장에서 철야를 하는 바람에, 다음 날 9시 45분 전철을 타고 돌아왔습니다. 당시 9시 45분 전철을 타면 간다에는 10시 48분에 도착합니다. 10시 48분에 간다에 도착해서 서두르면 11시까지 오야마 카메라 가게에 도착할 수 있습니다. 그러면 오야마 카메라 가게 주인이 10시부터 11시 사이에 카메라를 샀다는 주장과 정확하게 일치하는 셈입니다.

이때 가족의 증언이 있었지만, 알다시피 이해관계가 매우 밀접한 가족의 증언은 법적으로는 효력이 약해서 확실한 증거로 잘 인정되지 않습니다. 그러므로 알리바이가 없는 셈입니다. 게다가 도중에 아는 사람을 한 명도 만나지 않았습니다. 결국 경찰에서 검사국으로 보내, 징역 칠 개월을 받았습니다.

다행히 이 뒤에 범인이 잡혀서 경찰이 실책을 범한 사건이 되었지만 범인이 잡히지 않았으면 어떻게 되었을까 생각하니 오싹합니다.

지금까지 추리소설이라고 하면 대개 권총이 울리거나 마약 거래가 있거나 살인이 있는, 우리 일상생활과는 관계 없는 내용이 쓰인 것이었습니다. 그러나 바로 말해, 그런 거칠고 무섭게 만드는 데 중점을 둔 소설은 하나도 무섭지 않습니다. 그보다도 생활에 밀착하여 우리 자신이 언제 말려들지 모르는 현실적인 두려움을 그리는 편이, 아무리 담담하고 조용한 문장으로 쓰여 있어도 훨씬 큰 전율을 느끼게 합니다.

내 「창작 노트」

제 발상법을 쓴 김에 구체적인 예로 「창작 노트」를 내보입니다. 물론 발표할 생각 없이 썼고 어디까지나 제 나름대로 잊지 않기 위해 한 메모입니다. 혼자 생각하고 짐작한 내용을 간략히 적은 것이지요. 독자분들에게는 이해가 안 되는 부분이 있을 겁니다.

저는 날마다 꼼꼼하게 일기를 쓰기가 힘겨워서 생각이 날 때 써 둡니다. 힌트가 떠오르면 일기장에 적는 습관이 생겼지요. 자연히 일기에도 힌트집에도 속하지 않는 것이 생겼습니다. 이 노트에 대해서는 뒤의 글을 읽기 바랍니다.

글 뒤에 * 표시가 붙은 것은 발표에 즈음하여 붙인 주석입니다. 보시는 대로 작품이 된 것도 있고 안 된 것도 있습니다. 작품이 된 것을 읽은 분은 어쩌면 다른 흥미를 느낄 수도 있습니다. 좀 더 상세하게 아이디어를 메모해 두었으면 좋았겠지만 타고난 게으름과, 뒤의 글에 적은 이유로 이렇게 애매모호해졌습니다.

양해를 얻지 못했으나, 글 속에 실명이 언급된 분들에게 혹시 폐를 끼쳤다면 깊이 사과드립니다.

X월 X일

가마쿠라 도케이지 절에 가다. 다카사키 씨 동반.

써늘한 객실에서 주지 이노우에 젠조 씨가 고문서를 꺼내어 보여 준다. 이노우에 씨, 안경을 쓰고 마른 모습에 차가운 느낌의 스님. 제일고등학교第一高等学校를 나온 뒤 도쿄 대학 인도철학과를 나온 사람인 듯.

도케이지로 뛰어 들어오는 여자는 현재 남편과 헤어지고 재혼을 목적으로 하는 사람이 대부분이라고 한다. 긴미쇼[1], 시라스[2] 등의 관청, 관리의 사택 따위가 절 안에 있다. 서류 수신인 이름은 '마쓰오카 고쇼 관리님'[3]이라고 되어 있다. 절 문 앞에 숙박소

1 에도 시대에 용의자의 죄상을 조사한 곳.

2 죄인을 문초한 곳.

세 채가 있고 돈놀이하는 집(절에 머무는 여자들을 상대한다)이 있었다.

대나무 숲. 잡목림.

좁은 길을 걸으면 단풍이 흩어져 쌓인 가운데에 은행이 떨어져 있어서, 발에 밟혀 으깨지는 소리가 난다. 석공이 화톳불을 피우고 묘석을 조각하고 있었다. 엔가쿠지 절의 산림이 맞은편에 보인다.

주지, 지난달 자살한 학생 이야기를 한다. 니시다의 묘 앞에서 약을 먹고 연필로 유서를 쓴 뒤, 기숙사 노래를 부르며 산을 내려와서 문까지 몇 걸음 남은 길바닥에 쓰러졌다. 달이 뜬 밤이었던 듯.

달이 뜬 밤에는 달빛이 대나무 숲에서부터 비단을 투과한 것처럼 비쳐서 실로 좋다고 한다.

가마쿠라로 나와 커피를 마시고, 리치노안이라는 달걀말이 프라이팬을 사서 돌아오다.

X월 X일

도케이지 절 주지 이노우에 젠조 씨로부터 편지. 지난번 불충분했던 조사를 보충하는 의미로 아래의 글을 보내다.

---

3 옛날에 도케이지 절 자체를 마쓰오카 고쇼(松岡御所)라는 호칭으로 불렀다.

호리몬도, 처자식을 가마쿠라 비구니 절(도케이지)에 남겨 두자, 아키나리, 사람을 가마쿠라에 보내어 이들을 묶어서 끌어가려 한다. 비구니 절의 주지(세월을 생각하면 벳텐 히데야스 스님일 것이다) 크게 노하여, 이 절에 온 자라면 어떠한 죄인도 내놓지 않는다. 그런데도 도리에 어긋난 무리가 지극히 무도하구나. 아키나리를 없애든가 이 절이 몰락하든가 둘 중에 하나라고, 이 일을 덴주인 님에게 호소하고 일이 돌아가는 것을 막아야 하는데에 이르다. (『무장감장기武将感状記』)

　오쿠보 나가야스[4]와 이에야스에 대해 구상하다.

　벼락출세한 나가야스의 사치. 가까이 다가오는 다이묘들.

　나가야스에게서 얻을 것은 얻고(금, 은) 차가운 눈으로 지켜보는 이에야스—이에야스를 주체로 하여 그릴 것.

　*이것은 《별책 분게이슌주別冊文芸春秋》에 「산사山師」라는 작품으로 썼다. 기술자의 쓸쓸함이 테마인 글.

X월 X일

　이노우에 야스시의 자택을 방문하다. 네 시간쯤 이야기하다.

　순간적으로 의식이 끊기는 간질 환자를 주제로 생각하다.

---

4 전국 시대의 무장.

X월 X일

오전에 사토 하루오를 방문하다. 작년 가을 규슈 여행의 인상 등을 이야기하다.

"내 문학은 산에 비유하면 아소와 같다. 후지, 아사마처럼 하나로 이루어진 산이 아니라, 평원이 있고 외륜산이 있는 복잡한 산의 모습은 난해하다는 사토 문학과 닮았다."

X월 X일

실제의 생활과는 전혀 다른, 발표할 것을 예상하고 쓰는 허구의 일기.

실제 생활 묘사와 일기의 문장을 병행해서 쓴다. 겉치레 인간성.

(문사, 예술가, 학자, 사상가)

*이것은 어쩌면 작품이 될지도 모른다.

X월 X일

종일 거리를 방황하다.

A라는 젊은 남자가 주인집 첩에게 유혹받고, 동반 자살을 꾀하다 발견되어서 니혼바시에 묶여 창피를 당하는 벌을 받는다. 그 뒤 히닌非人[5]에게 넘겨진다. 히닌의 계급 제도는 상당히 까다롭다.

B라는 히닌이 A를 미워한다(여자의 일로).

광산의 금 캐기에 동원되어, 그곳에서 A는 B 때문에 폐갱 밑 바닥으로 떨어진다. 암흑 속에서 괴로워하던 A는 인상까지 완전히 변한 뒤 탈출한다. A는 몇 년 뒤에 관리가 되어 출세한다. B는 우연히 그 하급 관리로 일하게 된다. A라는 것을 처음에는 모른다. 그 아내는 예전에 A의 여자였다. A는 이 부부에게 특히 극진하다. 그리고 조금씩 공포를 가한다(A의 소지품을 하나하나 놓아 둔다). 부부가 A라는 사실을 깨달았을 때(손 모양을 떴다) 부부는 살해당한다. A는 무사히 관리 자리에서 물러나 여생을 보낸다.

* 이 일부분은 「사도로 유배 가는 길佐渡流人行」에 썼다.

X월 X일

제국호텔에서 회사 칵테일파티 있음.

○호화로운 호텔(도쿄 회관이라도 좋음).

어느 모임에 와 있는 초로의 신사. 우연히 화려한 결혼식을 본다. 옛 애인(신부가 아니라 초대받은 사람).

어느 남자가 동업자와 함께 큰돈을 훔친다(또는 회사에서 횡령한다). 돈은 절반씩 나누고 앞으로 반드시 인연을 끊기로 약속

5 에도 시대의 천민 계층.

한다. 남자는 세심한 성격이다. 시골에 틀어박혀 눈에 띄지 않는 장사를 하며, 동업자의 거처, 행동을 흥신소에 부탁해서 달마다 보고받는다(이 때문에 상당한 돈을 쓴다). 협박하거나 범죄를 폭로할까 두렵기 때문이다. 동업자는 반년은 얌전히 지낸다. 그러고 나서 일 년 동안 낭비한다(사치와 여자). 일 년 반째부터 무일푼이 된다. 옛날의 '남자'를 찾으려고 각지를 떠돈다. 남자는 보고를 통해 그 사실을 빠짐없이 안다. 동업자의 발길이 가까워지면 거처를 멀리 옮긴다. '남자'와 '동업자'—의 심리 싸움. 거기에 한몫하는 흥신소 직원.

　*회사는 아사히 신문사. 나는 아직 아사히 신문사의 사원이었다. 이것이 이 년 뒤에 「공범共犯者」이 되었다.

X월 X일

『쓰레즈레구사徒然草』 71단.

　또 어떨 때는 지금 남이 말하는 것도, 눈에 보이는 것도, 내 마음속도, 이런 일이 언젠가 있었던 것처럼 느끼고, 언제인지는 생각나지 않아도 분명히 있었던 일처럼 생각되는 건 나만 그러는 것일까.

　*착각 심리가 재미있어서 이 문구를 여러 차례 차용했다.

X월 X일

기술자.

호소카와 다다오키를 섬긴 총포의 명인 이나토미 이치무(이가 伊賀[6])는 오사카의 호소카와 저택에서 가라샤[7]를 따라 순사殉死해야 했을 때, 그곳 사람이 그 기술을 아깝게 여겨 목숨을 구해 주어 저택을 탈주한다. 세상 사람들 이를 비웃는다. 다다오키, 이치무를 추방한다. 이에야스는 다다오키에게 양해를 구하고 이치무를 슨푸[8]로 불러 스스로 포술을 배운다. 이치무를 향한 이에야스의 냉혹한 눈과 기술을 배우려는 열심인 눈. 그리고 그런 기술을 가진 자에 대한 연민의 눈.

*이것은 「특기特技」라는 제목으로 《신초》에 발표.

X월 X일

후추로 가서 야마가미 하치로를 방문하다.

바람이 강한 날. 모르는 길. 바람이 세서 짜증을 부른다. 이

6 지금의 미에 현 서부.

7 아케치 미쓰히데의 딸로 다다오키와 혼인했으며, 적이 인질로 삼으려 하자 남편의 짐이 되지 않으려 자결했다.

8 지금의 시즈오카 시.

웃도 모른다. 오히려 멀리 있는 집이 알고 있다. 쉬고 있는 조정 경기장.

수영장의 삼각파도와 빨간 깃발. 부근 공장의 (매립용 무개 화차) 나른한 소음. 모든 게 조금씩 어긋나 있다.

작은 집. 빌린 방 두 칸. 병풍에 붙은 낡은 사진 화보. 선반에 잔뜩 쑤셔 넣은 책과 어디선가 보낸 듯한 'XX선생'이라는 꼬리표만이 학자의 주거를 보여 준다.

*야마가미 하치로는 갑옷과 투구 연구가다.

X월 X일

'K이등병'. 현지 소집한 수습 의무관. 위생병의 비웃음. 약자에 대한 분노. 의무관의 반발. 불운한 K. 프로이모니? 때늦음. "평소에는 고참병이라도 본분을 지켜"라고 한다. 약자의 저항에 분노한다. 경성 병원의 한 병실. 뇌증脳症. 번호를 센다. 죽음을 모른다. 가족의 편지. 원대에 보고하러 돌아간다. 한겨울 달. 주번인 병원 의무관. 제등과 경례.

*전시에 나는 소집을 받고 위생병이 되어 경성에 있었다. 이것은 그때의 체험. 후에 「임무任務」라는 작품으로 《분가쿠카이文学界》에 발표했다.

X월 X일

이토에서 연회. 기노미야 사社 기숙사에서 원고를 쓴다.

유리 너머 풍경. 유리를 한 장(필터) 끼우고 보는 풍경은 현실감이 없고, 빼내면 무서우리만치 현실이 다가온다.

'옛 여자' 조사 보고서.

A가 의뢰한 '여자'의 조사 내용이 B의 것과 뒤바뀌어서 보고서로 온다. A는 B에게 여자를 빼앗겼다는 사실을 처음으로 알고 B와 절교한다.

*이것은 콩트로 쓴 다음 교도 통신사를 통해 지방지로 보냈다.

전철 안에서 무신경하게 푹 자고 있는 남자.

몇 번이나 옆자리 남자한테 쓰러진다. 그 무신경함과 불안정함에 짜증을 느낀다. 실은 어떤 사건 때문에 그 남자는 초조해하고 있다(의식 뒤편에 있는 현대의 불안정). 남자(군복, 오십대, 수염 난 얼굴)의 상태를 보지 않으려 해도 아무래도 시선이 끌린다. 몇 번이고 쓰러지는 남자 때문에 신경이 곤두서고 뒤통수가 욱신거린다. 차라리 죽이면 멈추니 안심할 수 있을 것 같다. 기분이 진정되겠지. 견디지 못하고 남자의 목을 조른다.

*「발작發作」이라는 제목으로 《신초》에 발표.

X월 X일

'불로장생' 약의 발견과 인구 문제의 딜레마. 의학의 진보는 '불로장생' 신약을 창조했다. 당분간 일본 인구가 늘어나지 않는 해가 계속되어도 현재로서는 허사. 이 딜레마에 괴로워하다 박사는 신약을 파괴한다. 풍자적으로 쓴다(인구 문제를 다치 씨에게, 신약 문제를 기기 씨에게 물어볼 것).

*이것은 작품이 되지 않았다.

막차 버스를 기다리는 남녀의 심리(버스가 고장으로 오지 않기를 마음속으로 바라는 감정의 갈등).

미터기를 꺾지 않고 손님을 태우는 택시를 지켜보는 장사꾼 남자. 손님의 이모저모. 그리고 그 후에 일어나는 우연이 수상하다는 것을 발견. 사건의 발전.

*작품이 되지 않았고, 다른 형태로 쓰고 싶다.

엔도 슈사쿠의 아쿠타가와 상 축하회(호텔 테이트)에 간다. 젊은 세대뿐. 후카오 스마코. 일찌감치 회장을 나와서, 호텔 앞에서 택시를 기다린다. 좀처럼 오지 않는다. 말을 해야 할까 말까. 옛날에 읽은 스마코의 시 등.

어느 남자가 스마코의 시를 읽고 거기에 영향을 받아서 인생을 바꾼다. 적어도 바뀌었다고 믿는 인생을 보낸다. 우연히 스마코를 모임에서 만나 함께 택시를 기다린다. 택시 온다. 서로 사양하다 둘이서 탄다. 이십 분간. 자기 이야기를 할까 말까. 결국 얘기하지 않고 내린다. 떠나가는 택시의 미등. 자신의 인생을 변하게 한 시인은 순식간에 멀어져 간다.

　*사소한 감상 정도. 소설로 발전하지 않았다.

　X월 X일

　엽총을 가지고 산속의 쓸쓸한 온천장에 있는 남자. 배낭에 식료품 따위를 담고 남몰래 살고 있다. 시집 같은 걸 읽는다. 맡긴 것을 가지고 도망친 범인.

　*이건 아직 미련이 남았다.

　후나바라―오쿠이즈에서 논다. 오카리바야키[9].

　메추라기와 각시송어 구운 것, 토란, 밥은 깨를 뿌린 다음 쪼갠 대나무에 채운다. 노천에서 굽는다.

　*「푸른 단층靑の斷層」이라는 소설의 무대에 사용했다.《올 요미모노オール読物》에 발표.

　기와. 이와이 고지 씨. 학력이 없다. 서른 지나서 야간중학교.

---

9 멧돼지, 들새 등의 고기와 야채를 철판에서 구운 요리.

제도를 배운다.

그의 발견, 새것과 오래된 것을 구분하는 법. 평면도보다 측면도(촉감으로 아는 융기, 부푼 곳). 꽃잎과 꽃술의 원의 비례. 당초唐草 기와의 중심 무늬의 변천.

관광객 상대로 인력거를 끄는 사람으로 하는 편이 재미있다.

*나는 고고학에서 제재를 따온 소설을 몇 편 썼다. 이 이야기
   도 쓰고 싶은 테마 중 하나.

X월 X일

'코골이'에도 시대. 덴마초의 옥은 좁아서 옥에 들어온 사람이 많을 때는 누워서 자지 못한다. 그래서 병자나 코골이가 심한 자는, 밤중에 여러 명이서 물에 적신 종이를 코와 입에 대고 눌러서 질식사시킨다. 의사도 옥지기도 사정을 거의 알지만 '급병사'라는 신고를 그대로 통과시킨다.

은가에 숨어 있는 다섯 사람 중 코 고는 자의 공포.

*「코골이いびき」로 《올 요미모노》에 발표. 나중에 희곡으로 써
   서 《분가쿠카이》에 발표.

X월 X일

과학수사 연구소의 시체 밀랍 견본. 언젠가 본 적이 있는 여자의 얼굴, 찾고 있던 얼굴.

그는 한 수수께끼의 Key를 토막내서 모든 소설에 쓴다. 게다가 가장 관계없고 흔한 데에—예를 들면 '시대소설' 속에 있다는 식으로.

*앞의 테마는 지금도 생각하고 있다.

류호.

신겐의 둘째 아들, 난세의 상극을 초월. 게다가 그 파도에서 벗어나지 못한다(노부타다[10] 때문에 잡혀서 참수).

*다케다 신겐의 유복자 류호의 이야기는 언젠가 조사해서 쓰고 싶다.

X월 X일

애정을 거절당한 남자가 호색한에게 부탁해서 여자를 유혹하게 한다. 그는 보고를 듣고 그 남자를 죽인다—여자, 양갓집 딸.

*기억하지 못하지만 이것도 작품으로 썼다.

오자를 써서 월급을 손해 본 이야기. O의 성격, 그 아내의 성격을 쓴다.

---

10 전국 시대 무장 오다 노부나가의 장남.

제목 '오자'가 좋지 않다.

—흥행사. T, O, 나. 모두 피해자이자 가해자. 이 세상의 복잡한 상호관계를 처음으로 앎.

*이것은 콩트용.

X월 X일

이부세 마스지를 방문하다. 장기. 1승 3패.

나카노의 '호토토기스'에 간다.

소설은 줄거리.

산기슭의 한 지점에 서면 산악의 전체 모습을 널리 바라볼 수 있다고 생각했지만, 산은 역시 등반해 보지 않으면 알 수 없음.

현재, 생명 있는 소설은 모두 줄거리가 있음.

물감은 그대로 짜내면 안 됨. 팔레트에서 한 번 죽여야 함.

기쿠치 간의 훌륭함.

X월 X일

노 교겐能狂言 살인 사건.

시테와 쓰레[11] 형식에 의한 교겐은 뭔가를 암시하지 않나? '무

---

11 노와 교겐은 일본의 전통 예술이며, 시테는 주연, 쓰레는 조연을 말한다.

대'의 구조도 크게 사용할 수 있지 않을까?

*아직 힌트 정도.

X월 X일

야쿠자의 첩. 그 남자(두목). 젊은 제비족. 결혼 계획이 잡혔다며 규슈에서 애인을 불러들인다. 종업원 대신. 도망친다. 요리점에 입주 근무. 남자, 아침, 전화하고 만나러 온다. 밤, 진정하지 못한다. 남자의 속옷 빨래도 가지고 돌아간다. 남자에게 돈을 댄다. 담배 사는 데도 삼십 분.

*모 여성 편집자에게 들은 이야기.

X월 X일

구상화와 추상화. 안심, 안정, 허심虛心, 방심할 때에는 시선이 구상화로. 의문, 사고思考, 두려움, 괴로울 때에는 추상화로. 시선 이동 실험.

*이것은 범인의 심리적 실험으로 쓰고 싶었다.

X월 X일

시간표 마니아, 살인 사건의 발각.

*『점과 선』의 원형적 힌트.

유녀. 단골손님이 너덧 명 있다. A는 동석한 손님 B에 대해, 혹은 그 행동을 유녀에게 듣거나 그 방에 남겨진 것을 통해 알고 B에게 흥미를 갖는다.

　*이것은 그런대로 괜찮다고 생각하지만, 아직 글로 쓸 수 없다.

X월 X일

　흉기를 알리지 마. 참마 캐기 사건.

　모범 청년. 일요일마다 군대에서 돌아와서 농사를 돕는 청년. 형수와 은밀한 사이. 아무도 그것을 모른다.

　*지바 현에서 실제로 일어난 살인 사건. 미해결. 노형사에게 들은 이야기.

X월 X일

　고니가 그려진 스테인드글라스. 블라인드 창. 샹들리에. 고풍스러운 벽난로 선반. 당초 문양이 뻗어나가는 천장. 히말라야삼나무. 정자. 도기陶器 걸상. 광. 낡아 빠진 양탄자. 거무스름한 벽 무늬. 전부 호화로움과 고풍스러움의 쇠잔.

　*교토 여행의 인상. 주간지 《조세이지신女性自身》에 발표한 「사랑과 공백의 공모愛と空白の共謀」의 배경으로 삼았다.

X월 X일

노년의 미남자. 여위어서 비칠거린다. 어딘가 기개가 남아 있다. 교시[12]를 연상시킨다. 희고 통통하게 살찐 여자. 쉰 살 정도. 테 없는 안경. 주젠지 호반에서.

아무도 없는 해 질 무렵의 호수 위. 보트 한 척이 호수 가운데로 노를 저어 나간다. 심한 안개. 숙소 등불이 보이지 않는다. 안개 속 목소리.

*닛코 여행의 인상. 나중에 「하얀 어둠白い闇」의 힌트가 되었다.

X월 X일

보험 외판원 여자.

수수료, 십만 엔당 사천 엔 비율. 보통 삼십만 엔에서 오십만 엔 사이. 이십 년. 댐의 남자들—밤에는 내기 바둑, 내기 장기, 내기 마작에 몰두한다. 휴일에는 마을로 내려가서 한 번에 일만 엔 정도 쓴다.

여자 외판원은 밤에는 기숙사에서 잔다. 낮에는 휴식 시간에 대기소에 가서 이야기를 한다. 매우 반가워한다. 도쿄 이야기를 듣고 싶어 한다. 백화점에서 싸구려 토산품을 사 가지고 간다.

---

12 하이쿠 시인인 다카하마 교시.

청년들은 도회지 아가씨를 얻고 싶어 한다. 소개해 달라는 부탁을 받는다. 다수는 현지의 농가 아가씨를 아내로 삼는다. 불만. 체념할 수 없는 마음.

유혹. 편지를 준다. 주소를 가르쳐 주지 않는다. 얼버무린다. 회사 앞으로 보낸다.

가까이에 있는 온천장에 찾아오기도 한다.

"왜 혼자 안 와?"라고 한다.

산의 남자를 동경하기도 한다. 순진함. 든든함. 도시의 약삭빠른 남자(또는 남편)와 비교.

*여성 보험 권유 사원에게 들은 이야기. 「일 년 반만 기다려」
　로 《주간 아사히週刊朝日》에 썼다.

X월 X일

시정市政 신문의 보스.

보스는 시의회 의원 중 유력자가 된다. 뒤를 맡긴 편집장이 어느새 실권을 쥐고 강대해져서, 이번에는 보스가 그들에게서 떨어져 나가 거꾸로 공갈을 당한다.

*「종이 이빨紙の牙」로 《니혼日本》에 썼다.

X월 X일

시부카와 로쿠조.

재인才人. 음모 사이에서 자신의 재능을 그릇되게 쓴다.

*덴포天保[13]의 괴물 시부카와 로쿠조 이야기는 지금도 재미있다.

X월 X일

집주인이 졸라 댄다. 세 평에 부모자식 다섯 명. 아기 소리를 시끄러워한다. 반침에 넣어서 재운다. 붉은 오줌을 누고 죽어 있었다. (아이의 작문)

*T씨에게 들은 이야기. 언젠가 작품으로 쓰고 싶다.

X월 X일

《분게이文芸》의 문단 하이쿠 모임. 후카가와의 '미야카와'에서.

o 어두운 등불 밤의 추위 있도다 여행길 숙소(만타로가 뽑음)

o 흩어진 버들 국화꽃과 노니네 떨어지면서

o 저 새 놀라서 모래를 흩뿌리니 반짝이누나(만타로가 뽑음)

o 장지문 닦는 위를 사람 목소리 지나가도다(만타로가 뽑음)

*서툰 하이쿠 또한 나의 흥이 되네.

13 에도 시대 연호.

X월 X일

지치부노미야[14]를 탐방한 편집자 이야기.

일문일답. 사장이 손본다. 규방 이야기. 교열을 요구하러 간다. 미야는 금세 얼굴이 파래진다. 그 자리에서 찢으라고 한다. 그 말대로 찢는다. 돌아오는 차 안에서 원고지에 사표를 쓴다.

*「구술필기口述筆記」로《소설 고엔小説公園》에 발표.

호류지 절의 다마무시노즈시[15] 문짝에 그린 그림.

위에서 아래로 그림이 진행되는 〈사신사호도捨身飼虎図〉와 아래에서 위로 그림이 진행되는 〈시신문게도施身聞偈図〉는 완전히 구도가 정반대. 위에서 아래로 그리면, 마지막에 투신할 높은 장소가 없어지기 때문일까?[16] 이상한 표현 양식.

이 설화의 스릴성과 피해야 할 점. 다니 신이치 저『일본 미술사 개설日本美術史概説』.

*다니 신이치 씨에게서 직접 들었다. 아직 구상하지 못한다.

종교와 창부. 모 신흥종교의 전도. 신바시에서 불러 세우다.

14 다이쇼 일왕의 차남인 지치부노미야 야스히토.

15 불상을 모시는 궤로 아스카 시대부터 전해 내려오는 일본의 국보.

여관. 종업원, 익숙하다. 돌아감. 차. 정직을 설명한다. 정직한 여자인 듯. 오천 엔으로 권번의 종업원에게 간다고 한다. '목마름'은 있다지만 실제일까. 가난한 옷차림.

*거리의 창부 이야기. 단 다방만.

X월 X일

아사야마 니치조.

*전국 시대의 괴승. 상세한 전기 없음.

안코쿠지 절 에케이[17].

* 「발돋움背伸び」(《별책 주간 아사히》)에 썼다.

---

16 석가가 전생에 설산동자라 불리며 수행을 하고 있을 때, 사람을 잡아먹는 나찰이 읊고 있는 글귀를 듣고 깨달음을 얻는다. 나찰에게 나머지를 들려주면 자신의 몸을 먹게 해 주겠다고 약속한다. 이후 나머지를 듣고 깨달음을 얻은 석가는 다른 이들을 위해 바위에 그 내용을 적은 뒤 절벽에서 나찰에게로 뛰어내린다. 그때 나찰은 제석천으로 변하여 석가를 구하고 그를 시험하기 위해서 한 일이었다고 말한다. 〈시신문계도〉는 이 설화를 그린 것으로, 그림 하나에 총 세 명의 석가가 그려져 있다. 나찰의 낭송을 듣는 석가의 모습이 아래쪽에 있고, 그 왼쪽 위에는 바위에 글을 적는 석가의 모습이 있으며 또 그 위쪽에는 절벽에서 뛰어내리는 석가의 모습이 그려져 있다.

17 전국 시대의 승려이자 다이묘.

X월 X일

이십 년 전에 죽인 상대의 소지품을 가진 여자와 결혼하는 범인. 여자의 고향에서 있었던 사건. 고향에 간다. 주재 순사—여자의 눈으로.

*작품이 되지 않았다.

X월 X일

〈야바타이국고耶馬台国考[18]〉 사건.

*이건 아직 버리지 않았다.

X월 X일

A는 고후긴반[19]을 명받았다. 와 보니 모두 절망한 인간뿐이다. 그중에 혼자 초연한 인간이 있다. 이름은 B, 완전히 깨달음을 얻은 건지 비웃는 것인지 알 수 없는 이상한 인간이다. 생활은 풍족한 듯하다.

A는 시모베 온천에 탕치하러 갔다. 그곳에서 아름다운 여인과 노인을 만난다. 여인은 산으로 돌아간다. 노인은 산지기라고

18 야바타이국은 삼국지 위지왜인전에 기록된 일본의 고대 국가.

19 에도 막부의 직명.

듣는다. 사오일 지나서 마을 사람의 차림새를 한 B를 목격한다. B는 광산에 대한 지식이 있는 게 아닌가 싶다. 실은 그 자신이, 형이 고후 번에 있다가 실종되어서 그것을 수사하러 왔다. (편지가 왔다. 내가 사라져도 찾지 마라. 이제부터 시모베로 치료하러 간다. 에도의 XX라는 곳에 묘를 써라.)

B는 A에게 협력을 제의한다. B는 광산이 있는 곳을 모른다고 한다. 마지막 수단으로 A는 XX 지명을 말한다. 둘은 일부러 말에서 떨어져서 상처를 치료하러 시모베에 가고, 마을까지 가서 노인에게 XX까지 안내를 부탁한다. 노인은 안내인을 붙여 준다. 그때 노인의 처는 이상한 눈으로 A를 응시한다. 그날 밤 B가 노인과 술을 마시는 사이에 노인의 처는 A가 있는 곳에 와서 지분거리고 A는 거기에 넘어간다.

A와 B는 안내인을 따라가다가 사람이 발을 들인 적이 없는 산지에 버려진다. 탈출은 못한다. 헤매고 있으니 노인과 그 일당이 나타나서 오두막으로 안내한다. 오두막에는 눈이 도려진 형이 산송장이 되어 있다. 노인은 그 모습을 가리키며 너도 똑같은 운명이라고 한다.

처형 장소는 따로 있다. 거기로 끌려가자 노인의 처가 와서 목숨을 구걸한다. 노인은 질투에 사로잡힌다. 질투로 노인의 계산이 빗나간다. 죽일 장소가 아닌 곳에서 처를 죽인다. 여인의 절규에 몇백 마리 이리 떼가 습격한다.

둘은 앞 못 보는 형을 떠메고 덧없이 산을 내려온다.

*《올 요미모노》에 발표한 「고후 근무甲府在番」의 메모.

X월 X일

무서운 아버지.

① 골동품점. 첩을 둔다. 자식 셋. 장사가 안 되어 생활비를 보내지 못한다.

② 첩, 세 아이를 데리고 온다. 본처의 히스테리. 세 아이를 마루방에 재우고 부부는 모기장 안에서 잔다. 여자는 달아난다.

③ 아기에게 피마자기름을 먹여서 쇠약하게 만든 뒤 손을 얹어서 질식사시킨다. 의사는 영양불량으로 사망했다고 진단한다.

④ 둘째인 딸은 도쿄에 버린다. 두 명 해결한다. 처는 나머지 한 명을 빨리 해결하라고 조른다.

⑤ 큰아들은 다섯 살. 버려도 이름과 주소를 말한다. 만주의 팥소에 청산가리를 쌀알만큼 섞어서 먹인다. 한때는 심하게 약해졌지만 낫는다. 그다음에는 우에노 공원에서 모나카를 사서, 아리스가와노미야 동상 아래에서 하나를 먹이

고 다른 하나에 청산가리를 넣는다. 아이는 토한다. 억지로 밀어 넣으려 하지만 통행인이 보고 있어서 그만둔다. 황혼의 쓸쓸한 풍경과 기분.

⑥ 처 조른다. 에노시마에서 보트를 타고 나가 전복시키려고 계획한다. 헤엄칠 줄 몰라서 자기는 자신이 없다. 그래도 흔들린다. 애처로운 노력. 아이는 운다. 부근에 어선. 포기하고 돌아온다. 처 화낸다.

⑦ 해안에서 밀어 떨어뜨린다. 절벽 아래에 새우잡이 배가 있어서 결심이 서지 않는다. 밤이 되기를 기다린다. 아이, 잔다. 던진다. 그날 밤, 마쓰자키의 숙소에 있을 때 체포된다. 마지막 열차에 늦은 탓. 아이는 소나무에 걸려서 구조된다.

⑧ 이 아버지는 옥중에서 발광하여 사망. 어머니는 수감중이라고 한다.

*검사 가와이 노부타로 씨에게 들은 이야기. 「귀축鬼畜」으로 《별책 분게이슌주》에 발표.

X월 X일

『눈동자의 벽』

주인공은 모 회사 회계과 차장으로 한다(애인 있음).

① 도쿄 역의 1, 2등 대합실.

② 회사, 연결 자금으로 할인 어음의 환금을 서두른다.

　○ 긴자 뒤편 바의 마담.

③ A는 어느 남자의 명령으로 협박 갈취를 한다(그는 도쿄대 졸. 스물일고여덟 살, 인텔리 신사로 보임).

④ 회계과장, A의 특징을 파악한다.

　○ 과장 책임 자살.

⑤ 공모남. 은행에는 국회의원의 명함으로 응접실을 빌린다 (국회의원을 기다린다 하고).

⑥ 명함으로 국회의원을 조사한다. 명함 몇천 장. 히라사와 사건과는 다르다.

　○ 어음 이서인. 어디로 흘러가는 자금인 걸까?

⑦ A에 대한 추적 몹시 심함. 신변 위험해진다.

　○ 불심 검문하는 경관을 사살. 여인숙. 형사 일단 나가서 돌아온 참.

⑧ 나가노 산중에서 소사燒死. 뼈뿐.

⑨ 수상함―시즈오카에서 차 상자 발송.

　　　세누마 변호사의 불분명함.

　　　　〃　　의 공포

⑩ 차 상자 수취인―특징을 좇는다. 위장 자살인가?

⑪ 위장 자살을 하고 도망친 것으로 결정.

⑫ 호텔의 남녀와 옆방 남자 손님.

⑬ 여자를 추적. 사도로. 사도 기선 특2등실.

⑭ 투쟁.

고시바 야스오―공안

⑮ 현대의 '벽'

대형 트럭에 육천만 엔을 백만 엔 다발로 셋, 어음 할인, 공정, 하루 이자 2전 1리.

*『눈동자의 벽』의 메모. 예정된 마감이 가까워져서 허둥댔다.

X월 X일

이시카와 가즈마사[20].

문화인(외교가). 미카와 무사[21]의 편협함.

더 이상 견디지 못하다. 히데요시가 하는 보증의 의지가 되지 않는 결과. 여자에 대한 남자의 무책임과 닮았다. 주눅 든 생활.

*「군의群疑」로 《킹キング》에 발표.

---

20 전국 시대의 무장.

21 도쿠가와 이에야스를 따른 미카와 지역 출신 무사들로 용맹하고 의협심 강하기로 유명하다.

X월 X일

A는 공장 유치. B는 반대. 공장 실현. B는 시의회 의원을 이끌고 싸운다. 공장을 괴롭힘. A는 B를 진정시킨다. 공장은 A를 고맙게 여긴다. A는 공장에 자재를 전부 반입한다. A와 B가 짜고 친 계획.

*「종이 이빨」의 일부에 사용했다.

X월 X일

『점과 선』

야스다 다쓰오(기계 공구, 야스다 상회 주인).

'고유키' 종업원.

오토키, 에미코, 아키코.

사야마 겐이치 과장 보좌.

도리카이 주타로, 후쿠오카 서 형사.

이시다 요시오 부장(동생, 일본항공기에 타는 명의만 야스다 대신).

후타바 관.

주임, 가사이 경부.

미하라 기이치, 경시청 수사2과

왜 오토키를 죽여서 자살한 사야마 옆에 놓아 뒀을까? 그것은 반대다. 그러므로 사야마는 자살이 아니다.

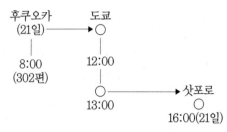

『점과 선』의 시간표 1

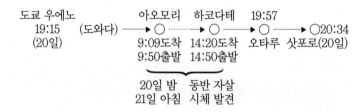

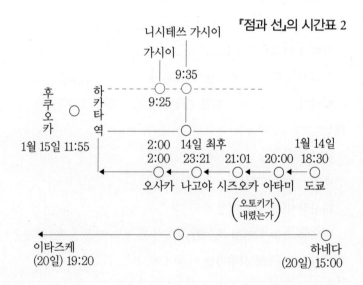

『점과 선』의 시간표 2

처, 료코.

폐병 환자의 머리.

시간표광.

단바야 여관.

사야마, 스가와라라는 가명으로 묵는다. 20일 오후 8시경, 여자 목소리가 사야마라고 하지 않고 '스가와라'를 부른다.

*『점과 선』의 메모. 언제나 난잡.

X월 X일

야마노우에 호텔에서 감찰원 A박사의 이야기.

황산크롬 수조에 담그면 십여 시간 만에 백골로 변한다. 살은 회백갈색을 띤다.

물속에 시체를 담그고 끊임없이 움직이면 사후 반점이 적다. 사후 경직도 늦다. 서너 시간 정도.

검찰의의 감정. 되도록 시간을 줄여서 잡는다—자살의 경우 사후 시간을 짧게 말한다—개인차는 있다.

검찰의의 번민. 자신의 감정에 대한 불안—자살이라고 보지만 타살은 아니었을까?

시체 얼굴은 누웠을 때는 늙어 보인다. 정상적인 위치로 일으켜서 보면 정상 연령에 가깝다.

사후 장시간 경과하여 백골로 변했을 경우, 옷으로 연령, 시기를 판단한다.

―4월의 따스한 시기였지만 한랭전선이 통과하여 옷을 여러 벌 껴입은 적이 있다. 그래서 겨울로 착각한 예.

익사체는 옷을 껴입고 있다. 물은 차갑다는 관념.

니혼대생 살인의 경우, 가족은 주장할 때 범인의 인상착의를 피해자에 가깝게 이야기했다. 허구라서 어느새 피해자가 모델이 되어 있었다.

교과서가 한 권도 없었다. 침입한 입구는 있어도 출구가 없었다.

익사체는 자살인지 타살인지 판정하기 어렵다. 바지 앞 단추가 열려 있으면 소변을 보다가 잘못해서 떨어졌다고 본다. 과실로 사망했다고 상정한다.

시체를 황산크롬에 하루 밤낮 담그면 완전히 백골로 변한다. 흐르는 물로 씻고 말리면 냄새가 없다.

햇볕이 드는 고온다습한 곳에서는 반년(여름)에서 일 년이면 완전히 백골로 변한다(무취).

백골의 검안.

① 입지 조건.

② 뼈에 치명적인 손상 유무. (가) 두개골 (나) 좌늑골(심장부)
　　(다) 목

③ 성별.

④ 연령.

⑤ 사후 시간.

동물 등에게 먹혔으면 백골화가 빠르다.

X월 X일

S 이야기.

심부름 온 여자아이, 열 살, 또랑또랑하다. 익숙하다. 짚신 같
은 나막신. 연못의 돌에 대한 질문, 정리되지 않은 형태의 메모.
생각해 보면, 일부러 쓸모없는 것처럼 한다. 그 인상^{印象}을 안다.
아내 날품팔이꾼. 아버지는 소설을 쓰고 있다. 가지고 와서 보
는 『헤이본^{平凡}』, 숙소 종업원들이 총출동하여 본다.

짐작건대 경찰에서 쫓겨난 게 아닐까.

*「점点」(《주오코론中央公論》)이라는 제목으로 작품을 썼다.

X월 X일

중매인의 질투.

마루하시 씨 이야기. 53세의 아름다운 친구.

상대는 나무꾼 같은 남자. 결혼한 날 밤, 우울한 기분으로 잔
다.

끝난 mense 이야기.

*고쿠라에 돌아와서 들은 이야기. 「봄의 피春の血」(《분게이슌
주》)라는 작품으로 썼다.

X월 X일

어느 온천 여관의 우두머리 하녀.

그녀는 '가가야'를 일류 여관으로 만들었다. 도쿄에서 온 손님
이 이런 시골에 있기에는 아깝다며 도쿄에 오라고 권하고 술집
을 열게 한다. 손님에게도 계산이 있었다. 도쿄에서는 실패하고
남자하고도 헤어져서 도구라로 돌아왔다. 가가야 여주인은 이제
그녀를 받아 주지 않는다. '노토야'에서 여자가 가가야의 우두머
리 종업원이었던 경력을 사서 우두머리 종업원으로 삼았지만,
전부터 있던 종업원들에게 배척당하여 지금은 삼류 여관의 종업
원이 되었다.

*노토 여행의 소견.《신초》에 발표.

X월 X일

가나자와의 금박 가게.

금을 금박으로 늘이려면 큰 망치, 작은 망치로 친다. 탕, 톡
톡, 탕, 톡톡 하는 소리를 들으면 '가나자와에 왔구나' 하는 느낌
이 든다. 아사노가와 강의 북쪽, '시치렌쿠' 상가에 금박 가게가
많았다. 지하수 관계로, 사이카와 강 쪽에는 없었다. 마루 아래

에 받침대 돌(흑요석처럼 단단한 것)을 고정해 놓고, 윗부분을 마루 위의 판 위로 15센티미터 정도만 내놓는다. 사발을 엎어 놓은 듯한 원뿔 모양. 주인이 한손에 금박을 쥐고 작은 망치로 친 다음, 그것을 돌리면서 맞은편의 조수(아내나 아들)가 큰 망치로 친다. 그 소리가 이루 말할 수 없이 좋은 음색을 낸다. 금박 가게는 즈미—금종이—를 늘이는데 이 금종이 도매상을 즈미야라고 했다. 박은 백 장 정도를 겹친 뒤 위와 아래에 샤미센 몸통(고양이 가죽)을 끼워 둔다. 금 4돈으로 오백 장 정도 만들었다. 오백 장을 '한 자루'라고 불렀다. 금 1돈은 한 평 정도의 크기로 펴진다. 자르는 모양으로는 사방 약 13센티미터의 정사각형과 11센티미터의 정사각형이 있었다. 즈미야는 사방 3센티미터 정도의 금종이를 건넸다. 수타법은 사십 년 전까지 있었지만, 지금은 롤러식 기계 타법으로 바뀌었다.

　*재미있어서 메모했다. 가나자와 여행.

　X월 X일

　마쓰다 곤로쿠 씨(마키에시[22]) 이야기.

---

22 옻칠을 한 위에 금은 가루를 뿌려 무늬를 나타내는 일본 특유의 공예를 마키에라고 하며 이를 전문으로 하는 사람이 마키에시.

구전되어 온 것, 비전은 스승이나 사형에게서 몰래 얻는다. 사형은 비웃으며 가르쳐 주지 않는다. 아무도 없는 곳에서 훔쳐 보고 기법을 익힌다.

스승이 옻을 칠하고는 은을 붙이고, 옻을 칠하고 은(녹슬게 한다)을 붙이고 옻을 칠한다. 무엇 때문인지는 모른다. 그다음 에 그것을 자르면 단층이 생겨 있어서 흥미롭다.

"어떠냐, 재미있지. 뭔가에 쓸 수 있을 것 같다"라고 한다.

마쓰다 씨, 오사카로 옮겨온 뒤 짐 속에 섞여 들어간 그 판을 본다. 어느 날 그 옻칠 판이 떨어져 약품 속에 들어가자, 은이 녹아서 사이에 구멍이 생겨나 더욱 재미있는 무늬가 된다.

어느 날 오래된 옻칠 판 감정을 부탁받는다. 학자에 따라서는 시대를 올려서 보거나 내려서 본다. 옻칠 판은 은으로 글자를 상 감했던 모양이지만 누군가가 은을 떼어 내려고 벗겨서, 패인 것 을 조금 짐작할 수 있는 정도. 글자 주위는 옻칠까지 벗겨졌다. 그러나 은의 녹이 배어 있는 모습으로 보아 녹이 깊숙이 침투했 으리라고 추측한다. 사 년간 보관한다. 밤중에 문득 스승이 얘 기한, 전의 예가 생각난다. 곧바로 벌떡 일어나 실험한다. 약품 을 조합(아마 묽은 황산을 주로 한 것일 듯). 따로 시험 작품을 만들어서 해 본다. 진품의 한 글자를 약품으로 칠해 본다. 아무 것도 나타나지 않는다. 두 번째 글자에는 약품을 조금 진하게 칠 한다. 여기에도 나타나지 않는다. 세 번째 글자에는 조금 강한 액을 칠한다. 두 번째 글자가 희미하게 나타난다. 해냈다고 생각했다. 세 번째 글자는 확실하게 나타났다. 두 번째, 첫 번째 글자에 칠하자 이것도 뚜렷하게 나타났다.

마침내 모든 글자가 나타났을 때는 밤이 샜다.

그러나 곧 사라질지도 몰라서 재빨리 모든 글자를 베껴 쓴 다음 글자체를 모사하고, 마지막에는 위에서 덧대고 베낀다. 글자는 사라지지 않는다. 의뢰주, 우연히 와서 보고 속이지 말라며 화낸다. 곤로쿠도 화가 나서 글자를 베낀 종이를 가지고 도쿄로 돌아간다. 도쿄미술학교 교장 마사키에게 보이니, 틀림없이 남북조 시대의 특징이 있는 글자로, 현대인은 쓸 수 없는 서체라고 한다. 드디어 소유자에게 말하고 진상을 전한다. 실물, 현재 박물관에 있으며, 스미요시 다이묘진에게 기원한 명문銘文으로 쇼헤이 XX년의 금석문이다.

*마쓰다 곤로쿠 씨는 예대 교수. 자택 방문 때의 이야기.

X월 X일

정신병원에서 젖먹이를 길러서, 미치광이만 있는 환경 속에서 자라면 정신은 어떻게 될까?

선거를 위한 현금 수송 이야기.

가명을 잊는다. 또는 틀린다.

묘지의 시체를 바꿔치기한다. 신원을 알 수 없다.

남자는 처와 A라는 여자를 두고 있다. 처는 A의 존재를 알지 못한다. A는 창부형. A에게 쓰는 성행위 도구가 죽은 처 머리맡에 있었다.
*모두 힌트 정도.

X월 X일
머리 4.4킬로그램.
몸통 26.5킬로그램, 길이 72센티미터.
왼팔 2.8킬로그램, 길이 67센티미터.
팔목 2.6킬로그램, 길이 16.7센티미터.
대퇴부 왼쪽 다리 7.3킬로그램, 길이 70센티미터.
　　　　오른쪽 다리 8킬로그램, 길이 78센티미터.
*메모.

X월 X일
여관에서 죽은 남자.
여자는 '종업원'으로 변장해서 당번에게 시체를 건넨다.

*「사랑과 공백의 공모」의 테마.

X월 X일
본적 미상   이름.
① 본적   확인 신고를 해야 한다.
② 알아낸 경우   추완 신고.
③ 모르는 경우, 한 번 조회한다.
　도저히 모를 경우, 미결 서류(영구 보존).
*《호세키宝石》 연재중인 『제로의 초점零の焦点』을 위한 메모.

힌트를 활용하는 법

참고가 되었으면 해서 실물 견본을 보일 생각으로 제 메모 노
트를 내놓았는데, 제 경험으로 봐서 메모를 꼼꼼하게 하는 것은
매우 중요합니다. 하지만 이제껏 보신 대로 저는 아주 자세히 메
모하지는 않습니다. 너무 용의주도한 메모는 나중에 오히려 거
기에 구속받기 때문에 결과가 안 좋더군요. 그러므로 그때 문득
떠오른 것, 남에게 들은 것, 생각난 힌트를 그대로 적어 두기만
하는 정도에서 멈추는 게 암시로 뛰어들어 발상을 발전시키기에
좋습니다.

힌트는 전에도 쓴 대로, 제 경우엔 멍하니 아무것도 생각하지 않고 두뇌가 해방된 느긋한 상태일 때 문득 떠오르므로, 이것만큼은 열심히 책상에 매달려 머리를 싸안고 있다고 해서 떠오르지는 않습니다. 그러니까 떠오르면 당장 그 자리에서 가지고 있는 수첩에든 뭐에든 메모를 합니다. 갑자기 솟아난 만큼 금세 기억에서 희미해질 때가 아주 많아서, 나중에 대체 그건 뭐였을까 하고 생각해 내려 해도 생각나지 않을 때가 있을 정도입니다. 그러니 되도록 늘 노트를 준비해 두고 생각나면 곧바로 한 마디든 두 마디든 간단히 메모하는 게 중요합니다.

이 메모는 금방 써먹으려 하지 말고 한동안 시간을 둔 뒤에 꺼내 봅니다. 글을 썼을 때 일단 끝마친 글을 곧바로 그 자리에서 수정하지 않고, 이상적으로는 일주일 정도 책상 속에 넣어 두었다가 다시 읽어 보고 글을 고치는 편이 효과적인 것이나 마찬가지입니다. 처음 썼을 때의 상태에서 해방되어서 객관적이고 냉정하게 고칠 수 있으니까요.

이 메모도 시일이 지나고 나서 꺼내 보면, 그때는 대단히 좋은 아이디어다 싶어서 메모했더라도, 그 정도까진 아니었군, 뭐야, 이런 건가, 하고 실망하기도 합니다.

이렇게 나중에 보고 느끼는 것이 실수 없이 느끼는 방법으로, 뭔가 떠올랐을 때는 머리가 거기에만 열중해서 아무래도 주관에 사로잡히기 때문에 그다지 재미있지 않은 것도 무척 재미있다고 믿어 버립니다.

　그렇게 하여 시간을 두고 다시 봤을 때 역시 재미있게 느껴지는 힌트야말로 정말로 좋은 힌트겠지요. 그러면 이번에는 그것을 어떤 식으로 발전시켜 가면 좋은지, 사소한, 불과 한 조각 정도밖에 안 되는 힌트를 어떻게 부풀리고 살을 붙이면 한 작품으로 잘 다듬어낼 수 있는지의 단계에 들어가는 것입니다.

　대체로 추리소설은 다양한 소설 중에서도 픽션다운 요소를 가장 많이 갖고 있기 때문에, 작가 쪽에서 이야기를 만드는 형태를 많이 취합니다. 때문에 자칫하면 꾸며 낸 이야기가 되는 경우가 실제로 흔합니다. 추리소설을 지망하는 사람이 가장 경계해야 할 일입니다.

　그럼 '꾸며 낸 이야기 같다'고 독자가 느끼지 않게 하려면 어떻게 해야 할까요. 우선 첫 번째로는 문장을 되도록 사실적으로 쓸 필요가 있습니다. 포의 작품을 예로 보더라도 「검은 고양이」나 「어셔 가의 몰락」이나, 나이아가라 폭포로 사람을 넣은 통을 굴리는 「아몬티야도 술통」이나 철저한 픽션임에도 불구하고 읽는 사이에 독자의 가슴에 사무치게 호소해 오는 것이 있습니다. 포의 사실적인 필력이 그렇게 만드는 게 아닐까 싶습니다.

　어떤 힌트가 생겨났다면 다음에는 그 힌트를 어떤 세계로 가지고 가서 살려낼지 생각해야 합니다. 즉 힌트는 우리 일상 경험 속에 존재하는 것에서 떠오를 때가 비교적 많지만, 그러한 만큼 곧바로 경험과 결부시키면 재미가 없습니다. 그러므로 형태를 바꿔서 전혀 다른 세계로 가져갑니다. 그러려면 작가는 되도록 폭넓게 독서하고 여러 세계에 대해 어느 정도 지식을 갖도록 공부할 필요가 있습니다.

노트에 메모를 적을 때는 되도록 행간을 넓게 띄는 편이 좋습니다. 힌트란 그렇게 잔뜩 있는 것이 아니므로 기껏해야 한두 줄밖에 쓸 수 없을 때가 많습니다. 그러니 줄과 줄 사이를 많이 띄어 두면 나중에 생각나는 대로 추가하기가 편합니다. 하지만 이 또한 어디까지나 잊지 않기 위한 메모 정도로 해 두고, 상세한 줄거리 구성은 다른 노트에 적는 것이 좋습니다. 그렇게 힌트 일람표가 완성되어 나중에 들여다보면, 그 안에 소설로 쓴 힌트도 있고 너무 시시해서 버린 힌트도 있습니다. 또 개중에는 아무래도 어려워서 소설로 쓰지 못하는 것도 있어서, 나중에 혼자서 읽어 보는 일도 흥취가 있어서 의외로 재미있습니다.

추리소설의 문체

어떤 힌트가 머리에 떠올랐으면 잊지 않도록 적어 둔 뒤 계속 들여다보고 스스로 즐기며 재료를 부풀려 갑니다. 한 아이디어에서 구체적인 스토리를 구성하는 기술은 소설가에게 가장 필요한 소질 중 하나일 거라 생각합니다.

줄거리 구성을 사실적으로 해야 한다고 했는데, 이번에는 그 것을 표현하는 문장에 대해 생각해 봅시다. 이 경우 문장도 어디까지나 사실적인 스타일로 써야 합니다.

판타지나 그 밖의 환상적인 느낌을 띤 소설 또한, 환상적이면 환상적일수록 사실적으로 억제해서 그려야 이미지가 선명하게 떠오릅니다.

꾸며 낸 이야기일수록 표현이나 문장의 필치는 어디까지나 현실적인 것이어야 합니다. 허구의 불을 타오르게 하는 것은 현실의 장작입니다. 과장된 형용사나 쓸데없이 돌려 말하는 말솜씨는 필요 없을뿐더러 오히려 효과를 떨어뜨립니다.

사람에 따라서는, 소설 내용의 이상함을 강조하기 위해 종종 틀린 표현을 사용하기도 합니다. 그런 사람들의 글을 보면 형용사가 너무 지나치고 이래도 안 넘어오겠냐는 식으로 연발하면서 독자에게 다가오지만, 안타깝게도 형용사를 과장했기 때문에 문장에서 받는 빤한 인상만 강하고 소설 내용의 인상은 희미해져서 전혀 기억에 남지 않는 역효과가 납니다.

연극을 보러 갔을 때 아무리 줄거리가 이상하거나 무서운 비극이어도, 연기하는 배우 자신이 앞서서 관객을 울리려고 하거나 웃기려고 하면 관객은 결코 끌려들어 가지 않습니다. 오히려 그들이 열연하면 할수록 속이 빤히 들여다보이는 느낌이 들어서 흥이 깨진 경험은 누구한테나 있지 않을까요.

그런 점에서는 소설도 똑같이 말할 수 있습니다. 형용사는 과장하면 안 된다, 지나치게 많아서도 안 된다, 수수한 표현, 억제한 문장이 훨씬 효과적이다, 라고 누구에게나 되풀이해서 말합니다.

애초에 추리소설을 쓰는 이상, 트릭이나 의외성이 중요하다는 사실은 필수조건이며 물론 부정하지는 않습니다. 그러나 여기에서 생각해야 할 점은 '추리소설'이라 해도 역시 '소설'이라는 것입니다. "당연한 얘기잖아"라며 웃는 분도 계실지 모르지만 실은 이 '당연한 것'이 꽤나 어렵습니다. '추리소설'을 쓰려면 먼저 '소설'을 써야 합니다. '뛰어난 추리소설'은 반드시 '뛰어난 소설' 이어야 합니다. 그러려면 그저 트릭의 기발함이나 의외성의 재미에만 의존해선 안 됩니다. 추리소설이라는 명목을 내세워서 추리의 어려움으로 독자에게 도전하려고 해도, 역시 인물의 성격 묘사, 정경 묘사, 생활, 사회 같은 것을 선명하게 그리지 않으면 앞으로의 눈 높은 독자는 만족시키지 못하며 새로운 독자를 얻기도 어렵습니다. 추리소설에 뜻을 둔 사람은 단순히 추리소설이 가진 한 면만 중요시하지 말고, 먼저 소설을 쓰려는 수련을 할 필요가 있겠지요.

앞으로의 추리소설

처음 추리소설을 쓰기 시작했을 때부터 지금까지 저는 동기를 테마로 한 소설을 주로 썼습니다. 동기를 경시하면 소설이 우리 생활과 관계가 먼 '꾸며 낸 이야기'가 된다고 생각했기 때문입니다.

외국도 그렇다고 하는데, 요즘 들어 일본에서도 트릭의 수수께끼 풀이만을 주로 한 '본격 탐정소설'이 쇠퇴하여 약해지는, 새로운 경향으로 흘러가고 있습니다. 이유로는 여러 가지를 생각할 수 있지만, 새로운 트릭이 그리 무한정 있는 게 아니라는 점을 가장 먼저 들 수 있습니다. 결국 새로운 트릭이라 해도 기존의 트릭을 뒤집은 것이나 다른 트릭과 연결하여 그 조합에서 새로움을 느끼게 하는 것이 많기에, 엄청난 천재가 나타나 기존에 없던 뭔가를 만들지 않는 한 새로운 트릭은 품절이라고 해도 지나치지 않은 듯합니다.

"요즘 추리소설은 옛날만큼 재미가 없어"라는 독자의 한탄을 곧잘 듣는데, 이 말은 트릭의 씨가 말라서 추리소설이 점점 일반 소설에 가까워졌다는 한탄이겠지요.

추리소설이 일반 소설에 가까워졌다는 이야기는, 문학성 운운은 접어 두더라도 저 또한 애호가로서 쓸쓸하게 여깁니다. 뭐라 해도 추리소설의 요소는 일반 소설의 요소와는 또 별개의 것입니다. 추리소설에 추리소설의 독자적인 매력이 있는 것은 다른 소설에 각각의 요소, 각각의 매력이 있는 것과 마찬가지로, 이 특유의 것이 없다면 추리소설은 참으로 시시해집니다. 트릭이나 의외성은 저도 중요하다 생각하며, 동기를 중요하게 여긴다 해도 결코 트릭이나 의외성의 중요함을 부정하는 것은 아닙니다.

앞으로의 새로운 추리소설은 어떻게 나아가야 할지 생각해 보자면, 우선 스토리의 재미가 듬뿍 담겨 있고 거기에 지금 이야기한 트릭의 재미나 의외성을 더한 것이 되지 않을까요. 동기 면에서 보면, 지금까지는 개인적인 동기를 다룬 작품들이 강세였습니다. 금전적 트러블이나 애욕, 보물찾기, 복수 등 개인적인 이익이나 감정과 결부된 동기가 많았지만, 앞으로의 추리소설은 개인에서 좀 더 사회로 넓힌, 사회악이랄까 사회 조직의 모순이랄까 그런 데에서 동기를 찾는 경향으로 흘러갈 것이라고 봅니다.

그러한 사회적 모순이나 조직적 악을 그릴 경우, 지금까지와 같은 일반적인 묘사로는 다 그려내기 어렵겠지요. 따라서 앞으로는 사회적인 소설—사회소설이라고 해도 좋지만—분야에서도 점차 추리소설적인 구성이나 수법을 받아들여서 그리는 것이 크게 유행할 듯합니다.

이것은 추리소설의 추구하는 성질이 독자의 흥미를 강하게 끈다는 증거이고, 하나의 수수께끼에 부딪혀서 그것을 해명하고 싶어 하는 감정은 예나 지금이나 마찬가지일 테니까요.

　다만 그 수수께끼 풀이가 단순한 퍼즐의 해답이 아니라, 현대의 사회적 모순은 어디에서 오는지, 그 조직 안에서는 어떠한 일이 일어나고 있는지에 대한 추구로 변하지 않으면, 추리소설의 수수께끼도 사회적 성장은 이루지 못할 것입니다.

창작 노트 2

이전에 「창작 노트」를 어떤 잡지에 공개한 적이 있다. 소설 연재 도중에 한 번 쉬고 싶어서 궁한 나머지 내놓았다. 작가의 뒷이야기는 어떤 독자에게든 재미있어 보인다.

여기에서는 다소 겹치는 부분도 있으나 그 속편으로 한 번 더 내놓기로 한다. 한 소설가의 취재 비화로 가볍게 읽어 주시길 바란다.

힌트가 떠오를 때

예전부터 뭔가 생각하려면 장소는 잠자리, 목욕탕, 화장실로 정해져 있다. 세 곳 모두 인간이 고독해지는 장소이기 때문일 것이다. 이럴 때 문득 힌트나 아이디어가 떠오르는 것은 지금도 그다지 변하지 않았다.

마스다 고조 9단에게 들은 이야기인데, 대국할 때 수가 막히면 곧바로 화장실에 가는 기사가 있다고 한다. 이것은 반외盤外작전도 뭣도 아니고, 실제로 그 기사는 화장실에 다녀오면 묘수를 둔단다.

유카와 박사¹가 중간자 이론을 착상한 것도 이불 속에서라고 한다. 우리 경험으로 봐도 목욕탕에 들어가 있을 때는 무심한 상태가 되는데 이때 의외로 좋은 생각이 떠오를 때가 많다.

하기야 요즘은 이 세 곳에 한하지 않는다. 나는 전철 안이나 산책중에 재미있어 보이는 생각이 떠오를 때가 많다. 전철이라 해도 늘 다녀서 낯익은 노선이 아니면 다른 데로 눈이 가서 안 되고, 다소 지루한 상태라야 사색이 가능하다. 이런 의미로는 만원 전철 안에 끼여서 옴짝달싹하지 못하는 상태가 좋다.

산책할 때도 늘 다니는 길인 편이 생각을 한군데로 모으기 쉽다. 눈은 경치나 통행인을 보고 있지만 아무것도 보이지 않는 상태가 된다.

서머셋 몸은, 작가는 반드시 여행을 해야 한다고 여러 차례

---

1 노벨상을 수상한 이론 물리학자 유카와 히데키.

말한 바 있다. 인간을 관찰하는 데 여행만큼 좋은 방법은 없다는 의미의 말이다.

그러나 이것은 처음 가는 고장이나 진기한 지방을 여행할 때의 이야기로, 일반적으로 아이디어를 생각할 때는 늘 보던 평범한 경치가 있는 장소를 걷는 게 가장 좋다. 산책을 한다면 같은 길을 몇 번이고 왕복한다. 전철을 탄다면 출퇴근하는 사람처럼 같은 코스의 전철을 타는 것이 제일이다.

나는 기회가 있으면 되도록 다른 사람의 이야기를 들으려고 한다. 택시에 타면 사고를 일으키지 않을 정도에서 운전기사 뒤에 대고 말을 건다. 상대방의 직업이 여러 사람과 접하는 일일수록 힌트를 얻을 때가 많다.

그러려면 잘 듣는 사람이 되어야 한다. 재미없는 이야기라고 생각해서 중간에 하품을 하거나 고개를 돌리면, 나중에 나올지 모르는 재미있는 이야기에 대고 이쪽에서 도중에 문을 닫아 버리는 꼴이 된다.

잘 듣는 사람이 되려면 어떻게 해야 할까? 몸을 앞으로 내밀고 상대방 이야기에 귀를 기울이며 적당히 맞장구를 친다. 다카하시 아나운서가 한 이야기인데, 맞장구칠 때 같은 말을 반복하면 안 된다고 한다. 네, 네, 하고 듣기만 해서는 소용이 없다. 대답 또한 상대방 이야기를 끌어내기 위해 적당히 변화를 주어야 한다.

그러므로 의미는 같아도 대응하는 법이 달라진다. "네", "음", "저런", "과연", "그래서요", "허참, 어째서", "음, 그거 재미있네요" 하는 식으로 일일이 대답을 바꿔야 한단다. 이렇게 하면 상대도 끌려들어가서 무심코 말이 많아진다고 한다.

이때 혹시 듣는 사람이 이야기를 기억했다가 나중에 쓰려고 수첩을 꺼내면 실패다. 상대는 순식간에 경계하며 돌처럼 입을 꾹 다물어 버린다. 기억해 두고 싶은 대목이 있으면 요점의 갯수만큼 손가락을 꼽아 둔다. 그렇게 하면 나중에 수첩에 적을 때 우선 이야기가 누락되는 일은 없다. 손가락 다섯 개를 꼽았는데 이야기를 네 가지밖에 떠올리지 못해도, 남은 하나에 대해 열심히 생각하면 자연스럽게 기억이 되살아난다.

「사이고사쓰」, 「피리 항아리」, 『구형의 황야』

「사이고사쓰西鄕札」를 쓴 것은 백과사전을 우연히 폈을 때, 동명의 항목에 눈길이 갔기 때문이다. 내가 읽고 싶은 부분이 있는 곳의 맞은편 페이지에 '사이고사쓰'라는 이름이 보여서 무심코 읽어 보았다. 세이난 전쟁[2] 때 사이고 군이 져서 휴가日向 지방으로 퇴각했는데 사이고사쓰란 이때 지방 물자를 징발하기 위해 발행한 일종의 군표라는 해설이 있었다.

'……사쓰 군이 노베오카에서 패하여 가고시마로 퇴각하니 신용은 완전히 땅에 떨어져서, 그 때문에 동 지방의 사이고사쓰 소지자는 막대한 손해를 입었다. 난이 끝난 뒤에 이 손해를 보상해 달라고 정부에 요청했으나 도적군이 발행한 지폐인 까닭으로 받아들여지지 않았다.'

해설은 이렇게 이어졌다.

흥미가 생긴 것은 이 마지막 부분이다. 예전에 이와사키 야타로[3]가 고향이 같은 고토 쇼지로[4]에게서 신정부가 한사쓰[5]를 사들인다는 얘기를 주워들은 뒤, 당시 헐값이었던 각 번藩의 한사쓰를 몽땅 사 모아서 큰 이익을 얻고 마침내 미쓰비시 상회의 기초를 만들었다는 이야기를 읽었다. 사이고사쓰의 경우에도, 이것을 매점해서 한밑천 잡으려는 상인이 당시에 분명히 있었을 것이다. 그리고 그런 상인과 정부 관원 사이에 사이고사쓰 수매를 둘러싼 거래가 있었으리라는 것은 짐작이 간다. 여기에 정부

---

2 메이지 유신을 주도한 규슈의 사족 사이고 다카모리가 메이지 신정부에서 실각한 뒤, 지방 무사들을 모아서 1897년에 일으킨 반란.

3 메이지 초기의 실업가로 미쓰비시 재벌의 창업자.

4 사카모토 료마 등과 함께 쇼군이 지닌 권력을 왕에게 이양하는 대정봉환운동을 실현시킨 정치가.

5 각 번이 발행하여 영내에서 통용시킨 지폐.

에 거듭 청원하는 지역 사람들을 얽히게 하면 소설의 스토리가 되지 않을까 하는 생각이 착상의 시작이었다.

읽은 책에서 힌트를 얻기도 하지만, 나는 이처럼 스스로 보고 들은 것에서 힌트를 얻곤 한다.

내 초기 작품 중에는 고고학자의 세계에서 제재를 얻은 작품이 많다. 「단비斷碑」, 「돌뼈石の骨」, 「피리 항아리笛壺」 등이 그렇다. 어느 고고학자에게 들은 이야기를 토대로 하고 나도 여러 가지로 조사를 하여 이 작품들을 만들었다. 특히 「단비」는 거의 사실에 들어맞게 썼다. 「돌뼈」도 대체로 사실대로다. 주인공은 아직도 일선에서 활약중인 학자라서 실명은 공개할 수 없지만, 학계에서 관료주의가 어떻게 재야 학문을 압박하는지를 써 보고 싶었다.

「피리 항아리」는 어느 날 고대 제기祭器 '하조'의 실물을 보고 생각이 떠올랐다. 하조는 스에키[6]의 일종으로 주기酒器라고 할 수 있다. 몸통에 작고 동그란 구멍이 나 있고 그 용도는 이제까지 의문이었으나, 최근에 한민족이 자주 썼던 주기의 일종이라는 것이 밝혀졌다. 구멍에 대나무 통을 꽂아서 안에 든 술을 입으로 빨아올리는 방식이다. 그런데 그 구멍에 직접 입을 가져다

---

6 일본 고분 시대의 대표적 토기. 한반도에서 건너간 도공들이 기술을 전파했다. 가야 토기로부터 고스란히 영향을 받았다고 한다.

대고 불면 피리 소리 같은 것이 난다. 피리 항아리란 내가 그 점에서 떠올려 붙인 이름으로, 항아리에 일종의 낭만성을 담으려는 목적이었다.

이상은 힌트라고 할 수는 없지만, 어느 학자의 이야기를 듣는 사이에 떠올랐다.

나는 오래된 절을 좋아하여 나라나 교토를 곧잘 도는데, 절의 흰 벽이나 낡은 기둥에서 많은 낙서를 본다. 일본인의 곤란한 습성이지만, 그 낙서도 오래되면 당사자에게는 하나의 추억이 되지 않을까. 이런 생각에서 젊었을 적에 애인과 온 어느 여자가 벽에 둘의 이름을 나란히 낙서한 뒤 훗날 중년의 유부녀로 다시 그곳을 방문하여 예전 낙서를 보고 과거 연애를 그리워한다는 힌트가 떠올랐다. 그러나 이것으로는 작품이 되지 않는다. 다만 그와 비슷한 변형을 『구형의 황야球形の荒野』에서 사용했다.

이전에 아타미에 갔을 때, 기차 창으로 보니 트럭이 기차와 평행으로 국도를 달렸다. 짐을 실은 트럭 위에는 누추한 차림을 한 인부가 서넛 타고 있었다. 멀리서 이즈의 산이 이어졌고 푸른 바다가 보였다. 그런데 그 트럭이 시야에 들어오자 언젠가는 나도 그 트럭 위에 탈 운명에 처할지 모른다는 예감이 들었다. 순간 목격한 이 장면이 광막한 인생에 대한 불안감을 느끼게 했다.

이때 나는 트럭에 탄 인부보다는 약간 풍족하게 생활하고 있었다. 그러나 그 생활이 언제 무너질지 모른다는 은근한 불안감이 트럭의 인부에 가상假像을 맺었다—하지만 이 정도로는 그저 그때의 감상 정도이고 소설이 되지는 않는다. 힌트로는 그리 나쁘지 않다고 여겨도 소설에 사용하기에는 조건이 잘 맞지 않는다.

「시장 죽다」, 「배 속의 적」

지금은 텔레비전이 유난히 발달했다. 우리는 거실에서 텔레비전에 나오는 뉴스로 세상의 모든 주요 사건을 눈으로 볼 수 있다. 그런데 뉴스 화면에는 주제 인물 외에 전혀 상관없는 제삼자가 함께 방영될 때가 많다. 예를 들면 군중 속의 얼굴이다. 시청자 가운데에는 이 군중 속에서 아는 인물, 게다가 현재는 소식이 완전히 끊어진 지인의 얼굴을 발견할 수도 있다. 과거의 관계 때문에 꼭 그 남자를 만나고 싶은 경우도 있을 것이다. 화면에는 그 고장도 함께 비춰 주니까 지명도 확실하다. 그 사람은 어떤 사정 탓에 아무한테도 알리지 않고 상대 남자를 만나러 간다. 그러나 제삼자는 그 인물이 전혀 관계없는 장소에 무슨 용건으로 갔는지 판단하지 못한다—이런 생각으로부터 「시장 죽다市長死す」라는 소설의 힌트를 얻었다.

니와 나가히데에 대해 쓰여 있는 사서를 읽은 적이 있다. 나가히데는 노부나가의 가신으로, 시바타 가쓰이에와 더불어 중신이었다. 기노시타 도키치로[7] 같은 자는 시바타柴田와 니와丹羽 양쪽 성을 합쳐서 하시바羽柴라는 성을 얻었을 정도였다. 히데요시가 점점 성장하자, 선배인 가쓰이에는 히데요시에 대한 증오로 마침내 시즈카다케 산에서 싸우고 자멸한다. 나가히데는 가쓰이에만큼 행동적이지는 않았지만, 그래도 후배 히데요시의 대두에 마음이 편치 않았다. 나가히데는 분명 마음 약한 문화인 같은 남자였을 것이다. 그는 시즈카다케의 전쟁에서는 오히려 히데요시의 편이었을 정도다. 그 이래 히데요시에게 속기도 하고 치켜세워지기도 하며 에치젠 기타노쇼[8]에 커다란 봉토를 받았지만, 여러 해 동안 쌓인 울분은 가라앉지 않아 히데요시가 관백이 되고 나서 겨우 소극적인 저항을 시도했다. 나가히데는 히데요시가 세 번 소환해도 응하지 않고, 사자를 만날 때는 병이라며 요 위에서 책상다리를 하고 맞았다고 한다. 지금으로 말하면 담석증을 앓고 있었던 듯한데, 죽을 때 자신의 배에 칼을 꽂아 안의 돌을 꺼낸 뒤 이 돌이 오랜 세월 자신을 괴롭힌 적이라며 칼로 난도질했다고 한다. 그 돌은 인간의 모습과 닮았다고 사서에 나오는데, 나는 돌을 히데요시의 얼굴로 구상했다. 나가히데의 가해

7 도요토미 히데요시의 첫 번째 이름.

8 후쿠이 시의 옛 이름.

자는 히데요시니까 그를 향해 일종의 복수를 했다는 이야기로 만들었다. 나가히데는 가쓰이에나 다키가와 가즈마스[9]처럼 히데요시에게 정면으로 저항하지는 못했지만, 그 원한은 몸 안에 퍼지고 있었다. 이것이 「배 속의 적腹中の敵」이라는 작품의 테마다.

그런데 나가히데의 이 심리는 오늘날의 사회에서는 어디에든 있는 것으로, 특히 회사나 관청 등의 집단생활에서 한층 더 구체적으로 보인다.

이렇게 보면, 사서를 읽고 도처에서 현대적인 테마를 발견할 수 있다. 특히 전국 시대는 인간의 실력 투쟁 시대이자 훗날의 도쿠가와 시대처럼 제도도 채 정비되지 않은 시기여서, 소위 알몸의 인간끼리 서로 맞붙으므로 이런 면이 가장 흥미롭다.

시체 처리 문제

도쿄 분쿄 구 오쓰카에 있는 경시청 감찰의무원은 도내의 변사체를 부검하는 곳으로, 여기 부검의가 해 주는 이야기 또한 참고가 될 때가 많다. 대체로 익사체는 옷을 여러 겹 껴입고 있다

9 오다 노부나가의 총애를 받은 무장.

고 한다. 자살자의 머릿속에 물은 차갑다는 관념이 있었기 때문으로, 죽음을 각오했어도 물의 차가움은 싫은 것이다. 또 사후 오랜 시간이 지난 경우에는 복장으로 사망 시각을 판단할 때가 많다. 하지만 이 또한 날씨가 좋지 않았다면 잘못 볼 때가 있다고 한다.

어떤 사건에서 노파의 변사를 검증했는데 옷을 많이 껴입고 있어서 겨울철에 죽었으리라고 감정했다. 그러나 사실은 4월 중순에 사망한 것으로, 마침 한랭전선이 통과하여 노파가 고리짝 바닥에서 솜을 두툼하게 넣은 방한용 옷을 꺼내 입었다는 사실이 나중에 밝혀졌다. 대체로 감찰의의 감정은 사후 경과 시간을 되도록 보수적으로 보는 경향이 있다고 한다. 그러나 이 또한 감정하는 의사의 성격에 따라 당연히 개인차가 난다. 어느 의사는 사후 경과 시간보다 조금 초과되게 말하며 그 반대의 경우도 있다. 감찰의에게 물어 보니 자신의 감정에 절대적인 자신이 없을 때가 있다고 한다. 즉 자신의 눈에 대한 불안감이다. 자살이라고 생각하지만 타살은 아닐까 하는 식의 염려가 남는다고 한다. 과학자라도 인간이니까 당연하다.

이곳에서 부검한 변사체의 사건 가운데 색달랐던 것은, 센주의 피혁 공장에서 일하던 노동자를 짙은 황산크롬이 담긴 통 속으로 밀어뜨려 살해한 건이다. 짙은 황산크롬은 피혁업자가 가죽 무두질용으로 사용하는데 이 원액 속에 시체를 열몇 시간 담가 놓으면 백골로 변하고 약간 남은 살도 회백갈색을 띠어서, 마치 일 년 정도 지난 시체와 같은 현상이 나타난다고 했다. 이 이야기에서 『눈동자의 벽』의 트릭을 떠올렸다.

나도 감찰의무원에서 두세 번 시체 부검을 봤다. 변사체에 따라서는 장기 일부를 떼어 낸다. 그러고 나서 수분을 제거한 뒤 파라핀 포매[10]를 하고 대패로 얇게 밀어 착색한 다음에 현미경으로 자세히 조사한다. 독물 반응을 정밀 검사하는 것으로, 여기에서 시체의 각 부분을 파라핀으로 포매하고 대패로 깎은 다음 공중에 뿌린다는 힌트를 떠올렸다. 이를 『그림자 지대影の地帶』의 트릭으로 이용했지만, 지금 돌이켜 보니 포매 작업을 좀 더 정밀하게 조사하여 썼으면 좋았겠다는 후회가 든다. 과학적 처치는 어지간히 조사해서 쓰지 않으면 엉성해지는 경향이 있다.

나는 도쿄로 온 후 어머니를 잃었는데 이때 구청 수속이 무척 간략해서 놀랐다. 본디 관공서 업무는 대단히 번거롭지만, 매장 허가증을 받는 단계가 되면 수속이 아주 간단히 끝난다. 의사가 써 준 사망 진단서를 받아서 구청 창구에 내면 곧바로 매장 허가증을 받을 수 있다. 이때 담당자는 사망 진단서를 발행한 의사에게 조회하지도 않는다. 이에 의문을 품고 많은 의사에게 물어봤

---

10 조직에 파라핀 등을 스며들게 하여 굳히는 것을 포매법이라 한다. 이렇게 하면 조직을 얇게 절단할 수가 있다. 현미경으로 관찰할 때 쓴다.

지만, 구청에서 자신이 발행한 사망 진단서에 대해 조회한 적은 한 번도 없었다고 한다.

이렇게 되면, 의사 이름을 사칭하거나 실제로 있는 의사가 아니어도 적당한 이름으로 의사라 꾸미고 사망 진단서를 써도 구청에서는 모르지 않을까 싶었다. 변사체가 되면 번거롭지만 병사면 간단히 끝난다. 이 의문에서 힌트를 떠올려서 『나쁜 놈들るいやつら』에 써 봤다. 생각하기에 따라서는 이만큼 완전한 범죄는 없다. 시체를 숨기려고 꾸밀 필요도 없고 알리바이를 만드는 고생도 없고 경찰에 쫓길 일도 없다. 이 이상의 완전 범죄는 없을 듯하다.

이는 구청 창구도 우리와 마찬가지로 의사라는 직업을 절대적으로 신뢰하기 때문이다. 그러나 어떤 의미로 오늘날만큼 인간 상호간에 불신을 갖는 때는 없는데, 여기에서는 하나의 맹점을 만들고 있는 것 같다.

시체 처리라고 하면 살인자 대부분이 이 고민을 안고 있다. 포의 「검은 고양이」는 시체를 벽 속에 넣고 그 위를 바르는 이야기다. 그런데 실제로는 이만큼 곤란하고 힘든 일도 없다. 대부분 흙 속에 파묻는다. 시체를 무거운 철판에 동여매어 '요쓰야 괴담[11]'의 이에몬이 한 것처럼 물속으로 가라앉혔는데 시체에서 가스가 발생하는 바람에 사슬이 끊어져서 시체가 바다 표면으로 떠오른 일도 있다. 이 실제 사건은 1920년대 말 무렵 오사카에서 일어났다. 영화 〈태양은 가득히〉에서도 살인자가 시체를 닻과 함께 싸서 바닷속에 빠뜨린다. 아무도 오지 않을 만한 산속에 구덩이를 파고 묻는 게 가장 안전하다고 생각되지만, 이렇게 되면 거기까지 운반하는 게 큰일이다. 자동차로 나르면 금세 꼬리가 잡힌다. 그런 까닭으로 시체를 토막내어 부분으로 나누고 각지에 묻을 생각도 한다.

시체가 계속 자기 주위에 있으면 곤란하므로, 멀리 운반하기 위해 고리짝이나 트렁크에 넣어 옮기는 방법을 생각할 수 있다. 일전에 일어난 사건에서는 범인이 고리짝에 담은 시체를 홋카이도로 보낸 뒤 자신이 거기에서 받아 벽지에 묻을 셈이었으나, 수송 착오로 도중에 시체가 발견되어 체포되었다. 대체로 고리짝이나 트렁크에 넣는 경우는 범인 검거율이 높다. 용기 자체에 실마리가 남기 때문이다. 나는 피해자가 자신의 시체가 들어갈 고리짝을 짊어지고 우에노 역 소화물 창구에 나타나고, 이것을 부치고 나서 이틀 뒤에 도호쿠 본선의 작은 역에서 같은 고리짝에 담긴 시체가 되어 나타나는 트릭을 생각했다(「목마른 배색渇いた配色」). 이상의 사건에서 떠올린 트릭이다.

---

11 일본의 유명한 괴담. 무사 이에몬이 다른 여자와 결혼하려고 아내에게 이혼을 요구한다. 어떤 흉계에 속아 독을 먹고 얼굴이 흉측해진 아내는 결국 자살한다. 후에 이에몬이 아내의 원령을 보고 놀란다는 것이 이 괴담의 주요 골자이다.

「만엽비취」, 「옅은 화장을 한 남자」, 「목소리」, 「귀축」

『만엽집万葉集』[12] 또한 추리소설이 될 수 있다. 보통 이런 옛 노래나 하이쿠 등은 그 자구字句가 암호적으로 추리소설에 쓰이기도 한다. 노래의 뜻 자체를 풀이하여 선학의 해석을 깨뜨린 학설을 응용한 추리소설도 한 분야라 할 수 있다. 『만엽집』 13권에 있는 〈누나카와 강 저 바닥에 있는 구슬. 이것은 찾아서 얻은 구슬. 이것은 주워서 얻은 구슬. 더없이 소중한 그대, 늙어가는 모습이 애처롭구나〉의 이설을 이용하여 살인 사건을 쓴 작품이 「만엽비취万葉翡翠」다.

원래 이런 경우는 나처럼 학식이 얕은 사람이 어설프게 해석하면 이상해진다. 역시 적절한 학자의 의견을 묻고 납득할 만한 해석을 해야 한다. 역사적 사실의 해석을 테마로 한 작품으로는 다카기 아키미쓰의 『칭기즈 칸의 비밀成吉思汗の秘密』이 있다.

추리소설 중에는 조금 특이한 형태의 인물을 내놓는 작품이 있다. 그러나 특이한 형태라 해도 거기에는 보편성이 있어야 한다. 광인이어서는 안 된다. 가령 성격이 이상하다 해도 그 성격은 누구나 납득해야 한다. 즉, 보통 사람의 마음속에도 있지만 미처 의식하지 못하는 심리여야 한다. 말하자면 심층심리를 '특

12 일본 역사상 가장 오래된 가집(歌集).

이한 사람'으로 구상화하는 것이다. 그렇지 않으면 독자의 공감을 얻지 못한다. 특이한 성격의 주인공은 우리에게도 있으면서 의식하지 못하는 심리의 대표자여야 한다. 따라서 결국 특이한 인물도 보통 사람이라는 말이 된다. 「옅은 화장을 한 남자薄化粧の男」는 특이한 사람만 있는 어느 가족의 이야기를 쓴 것인데, 몹시 기이한 사람들이 행동하는 심리를 노렸다.

여러 가지를 썼는데, 힌트나 아이디어는 조금만 관찰하면 누구라도 떠올린다. 다만 이를 소설로까지 발전시키려면 상당히 애를 써야 한다.

예로부터 추리소설 작가가 트릭 때문에 여러모로 고생하는 것은 다 아는 대로고, 에도가와 란포가 엮은 『속 환영성』의 트릭집을 읽으면 그 사실을 잘 알 수 있다. 하지만 그 트릭도 대부분이 다 나온 느낌이다.

그러나 물리적 트릭(나 자신은 별로 좋아하지 않지만)은 정체 상태에 빠졌다 해도 심리 면의 트릭은 아직 개척의 여지가 있는 듯하다.

직업적인 관성도 한 가지 재료가 된다. 나는 오랫동안 신문사에 근무했는데, 신문사 전화 교환원이 많은 사원의 목소리를 기억하는 것을 알고 놀랐다. 아마 이백 명 정도의 목소리가 그 사람들의 기억에 있지 않을까. 여보세요, 라고만 해도 무슨 부 무슨 과의 누구라는 것을 금세 알아차린다. 교환원들의 이런 직업적 경험에서, 신문사를 그만두고 결혼 생활을 시작한 여자가 우연히 전화 목소리를 듣고 훗날 그 기억에 의해 범인을 맞힌다는 내용을 착상했다. 「목소리声」가 바로 그 작품이다.

직업적인 것이라면, 우리가 경험하지 않은 직업 안에는 다양한 재료가 굴러다닌다. 나는 석판 인쇄에 대해 조금 아는데, 지금에 와서는 이 기술도 뒤떨어진 것이 되어 대부분 아연판으로 바뀌었다. 그러나 이십 년 전까지만 해도 원판은 모두 독일에서 수입한 돌이나 일본의 대리석 등이었다. 물기를 튕기는 성질이 있어서 석판용으로 사용한 것이다. 원판 돌에 베낀 인쇄 무늬는, 휘발유로 돌 표면을 한 번 지우고 다시 연마석으로 깎아 내서 제거한다. 그러나 사용함에 따라 돌이 점차 닳아서 두께가 얇아지면, 프레스에 걸 때 깨지니까 그대로 폐기하기도 한다. 그런데 여기에 한 번 더 아라비아고무를 칠한 뒤 잉크를 올리면 휘발유로 지운 무늬가 떠오른다. 따라서 얼핏 평범하여 아무것도 없는 것처럼 보여도, 연마석으로 제거하지 않는 한 무늬는 숨어 있다.

나는 「귀축」에서 이 내용을 사용했다. 아이가 사방치기에 그 대리석 조각을 썼는데, 조각 중 하나에 어떤 범행이 일어난 장소인 인쇄소를 가정할 수 있는 상표 무늬가 떠오른다는 줄거리다. 우리 상식에 없는 특수한 직업에는 이런 재료가 다양하게 있다.

직업이란 그저 표면에서 관찰하기만 해서는 알 수 없다. 한 번 경험해 보지 않으면 트릭으로 생각날 만한 지식을 얻을 수 없다. 이상, 내 빈약한 힌트를 여기에 넉살좋게 늘어놓았다. 물론 어디까지나 독자가 사소한 흥미를 느꼈으면 하는 생각에서 썼다.

3장

현대의 범죄

검은 노트

이 에세이는 1958년 9월부터 1959년 8월에 걸쳐서 일 년 동안, 신문 기사에 나타난 복잡한 범죄에 대하여 한 소설가의 감상을 기술한 것이다.

고마쓰가와 여고생 살인 사건

1958년 8월 17일, 도쿄 고마쓰가와 고등학교에서 일어난 여고생 살인은 일본 범죄 역사상 유례없는 일이라고 각 신문과 주간지가 보도했고, 나 역시 사건이 아직 해결되지 않았을 때 의견을 들으러 온 방송 관계자에게 같은 이야기를 했다.

이 사건이 범죄 역사상 공전의 일인 까닭은 범인이 피해자인 여고생(16세)을 살해하여 학교 옥상의 스팀 파이프가 지나가는 터널형 구멍 안에 밀어 넣고, 그 사실을 요미우리 신문사에 전화로 알린 데서 비롯된다.

범인은 그 후 피해자 집에 빗과 거울을 우편으로 보냈다. 둘 다 피해자의 소지품이 분명해서, 전화 내용의 구체성과 진범이 수사 당국에 '도전'하는 것이 확실해졌다.

범인은 요미우리 신문사에 네 번 전화를 걸었다. 전화를 건 번호는 (56)0993이다. 사회부 직통이고 외부 사람은 잘 모르는 번호라고 한다. 보통은 신문사에 전화하는 경우 대표번호로 건다. 그리고 교환대에서 각 부서로 연결해 준다. 범인이 어떻게 직통번호를 알았느냐면, 처음에 대표번호로 걸었을 때 교환원이 이름을 물어도 상대가 말을 하지 않으니까 이쪽으로 걸라며 가르쳐 주었기 때문이라고 한다. 이후, 범인은 네 번 모두 그 번호로 걸었다.

신문에 보도된 내용뿐이지만, 수사본부는 피해자의 교우 관계를 좁히고 있었다고 한다. 그 이유로 범행 현장이 학교 옥상이라는 특수한 장소로 일반인은 가지 않는다는 점, 피해자에게는 남자친구가 있었다는 점, 피해자 아버지 이름을 알고 있고 그 이름 앞으로 우편을 보낸 점 등을 들었다. 사실 그날 저녁 피해자가 사람을 기다리는 표정으로 복도에 서 있었다고 증언한 이가 있었다(피해자는 정시제定時制 여고생).

피해자의 교우 관계에 대한 수사본부의 추적은 철저했겠지만 범인의 단서는 전혀 잡히지 않았다. 한편, 범인은 거울과 빗뿐 아니라 편지도 넣었지만 수사본부는 이를 발표하지 않았다. 그러나 범인이 신문사에 전화로 그 사실을 알리자 신문사가 경찰과 교섭하여 마지못해 발표하게 한 상황이었다. 경찰은 편지 끝에 묻은 검은 반점이 혈흔이라는 사실도 눈치채지 못하고 범인의 전화 내용으로 새삼스럽게 알게 된 꼴이었다. 편지 발신인은 '홋타 게이시로'였고 왼손으로 쓴 필적이었다. 물론 가명이었다.

일본인 중에는 자기와 관계없는 일에도 떠들어대는 사람이 많아서 신문사에 빈번히 "내가 범인이다"라는 전화가 걸려 온다. 그러나 진범은 반드시 (56)0993으로 전화를 거니까 요미우리 신문사는 이 전화의 사내 사용을 금지하고 녹음기를 준비하여 대기했다.

8월 23일 이른 아침, 요미우리 신문사의 '범인 전용' 전화가 울렸다. K기자가 수화기를 집어 드는 동시에 테이프 레코더가 돈다. 그 사실을 전혀 모르는 범인은 기자의 유도에 넘어가서 장황하게 이야기하기 시작했다. 삼십이 분간의 실로 긴 통화였다. 이 녹음의 일부를 경시청이 각 방송국으로 퍼뜨려, 일반 시민에게 "이 목소리를 들은 기억은 없나?"라고 묻게 했다. 몽타주 사진의 수배는 드물지 않지만 '범인 목소리'의 수배는 전에 없는 일이다. 이 점도 일본 범죄사에 남을 것이다.

나는 방송국에서 그 녹음을 가지고 왔기에 들어 봤는데 몹시 침착하고 젊은 목소리였다. "탐정소설을 읽나?"라고 질문하자 "그런 건 안 읽어. 난 오로지 세계문학이야"라며 문학 문답을 시작해 도스토옙스키의 『죄와 벌』 이야기를 꺼냈다. 정말로 유쾌해 보이는 말투로, 마치 문학청년끼리 찻집에서 이야기하는 듯한 어조였다. 실제로 상당히 책을 많이 읽는 것 같다는 사실은 이야기하는 분위기로 알았다.

"완전 범죄야. 난 확실히 자신 있으니까. 전에도 한 번 한 적 있다고."

전화로 호기롭게 말한 범인은 우쭐해져서 단서를 주었다. 회사에 근무하고 있고 8시 출근이라는 것, 목소리가 스무 살 전후고 시타마치下町 말씨[1]를 쓴다는 것. 그리고 범인이 기자의 시간 끌기 전술에 넘어가 장시간 이야기하는 사이에 경찰이 수배하여 순찰차가 공중전화로 달려갔다. 이미 사라진 뒤였지만 앞사람의 통화가 끝나기를 기다리던 아이가 범인의 특징을 목격하여 수사 범위가 좁아졌다.

범인이 '자신 있는' 나머지 생각지 못한 실책을 하는 것은 탐

---

1 상공업이 발달한 시타마치에서 주로 서민층이 쓰던 도쿄 방언.

정소설의 상투 수법 중 하나지만, 실제로도 일치했으니 재미있다. 나는 범인의 자신감은 자신이 절대적으로 안전한 위치에 있는 데서 나오는 거라 보고, 피해자의 교우 관계에 속하지 않는 사람일 거라고 방송에서 말했다. 즉, 경찰이 교우 관계, 지인 관계를 아무리 조사해도 나오지 않는 선상의 인물이라고 했다.

이 점은 거의 맞아서, 범인은 같은 고등학교의 정시제 학생 이진우(18세)였고 피해자하고는 전혀 모르는 사이였다. 이 원고를 쓸 때, 범인은 이전에 일어난 미해결 식모(23세) 살인도 자백했다는 보도가 나왔다. 이 사건도 피해자하고는 아무런 면식이 없고 스쳐 지나가다 저지른 범죄였다.

식모 살인도 실은 발견자가 범인이었다. 이 또한 탐정소설에서는 평범해졌는데, 어쩐 일인지 수사 당국은 대충 조사만 하고 풀어 주었다. 그래서 제2의 살인이 일어난 것이다. 첫 번째 범죄가 미궁에 빠지니까 범인은 '자신'을 가졌다.

마치 통속 탐정소설을 그대로 옮겨 놓은 것 같지만 그가 탐정소설을 읽지 않았다는 점은 흥미롭다. 전화 문답에서 K기자가, 전에 한 적이 있다는 사건은 궁에 빠졌는가, 라고 묻자 범인은 "그렇다"라고 했다. '궁에 빠지다'라는 것은 미궁에 빠졌다는 뜻의 형사 용어로 일반 독자는 잘 모른다.

마지막으로 범인은 《요리우리 신문》에 「나쁜 놈」이라는 제목으로 단편 소설을 응모했는데, 그 안의 묘사는 식모 살인의 체험에서 나왔다고 추정된다. "축 늘어진 놈의 목을 혼신의 힘을 다해서 졸랐다. 놈의 목이 부드러운 흙에 점점 빠지는 것을 느끼자"는 그중 한 구절인데, 상상으로는 쓸 수 없는 실감이 서려 있어서 무섭다.

최초에 범인이 신문사에 살인한 시체가 있는 장소를 가르쳐 준 이유는 신문을 봐도 관련 기사가 통 나오지 않아서, 어쩌면 목을 조른 상대가 다시 살아난 것은 아닐까 하는 불안 때문이었다고 한다. 이것은 범인의 자백을 들은 경시청의 데라모토 수사 1과 과장이 해 준 이야기인데, 범인의 '불안'한 심리가 나타나서 흥미로웠다. 이 불안은 살인범이 피해자 장례식에 참석하거나 현장 부근을 배회하는 심리하고도 통한다.

무엇이 이 청년을 범행으로 몰아붙였을까? 청년은 극심한 가난 속에서 자랐고, 독서욕이 강해서 세계문학에 마음이 끌렸으며 훔쳐서라도 책을 읽으려 했다. 훔쳐서라도, 라는 대목에서 이미 성격이 일그러진 면이 보이는데, 책을 읽으며 상당한 지식을 얻어 오히려 가정에서나 학교에서나 고립된 모양이다. 중학교 시절이 가장 즐거웠다고 수기에 썼는데, 이야기 상대가 될 만한 급우나 연상 친구가 있었다면 일이 이렇게 되지는 않았을 것이다. 고독한 청년의 더 이상 견딜 수 없는 마음이 범죄에 눈을 돌리게 한 하나의 요소라고 여겨진다. 세계문학, 특히 러시아 문학을 좋아한다는데, 러시아 문학이 지닌 일종의 암울함이 그의 환경과 이어지는 면을 가진 것도 그냥 넘길 수 없다.

범행 후, 그는 아무런 동요도 없었고 실로 천연덕스러웠다고 한다. 직장 동료들이 전화 목소리를 듣고 저 사람 목소리 같다고 생각했지만, 실로 태연하게 "내 목소리랑 닮았네"라고 말하는 소년의 태도에 경찰에 신고하기를 망설였다는 이야기도 그의 예사롭지 않은 성격을 보여 준다. 이 일그러진 성격은 어디에서 왔을까?

나는 어머니가 벙어리였던 점, 극도로 가난했던 점이 영향을 끼쳤다고 본다. 수기는 가족에 대한 애정으로 가득 차 있었는데, 가족과 매우 가까운 소년의 유형은 대체로 외부에 대해서는 냉정하다. 대략적인 표현이 되겠지만, 취직난이나 사회에 나온 뒤에 겪었으리라 예측되는 불우함 등 현대 기구의 틀 바깥에 놓인 청년의 허무감이 이 범죄의 배경에 있지는 않을까? 재일조선인이라는 특수한 위치도 그의 허무감을 한층 더 조장했으리라. 전화 및 수기의 내용을 보면 그는 가정이나 친구 사이에서 우월감을 품었던 듯하다. 우월감을 가졌지만 자신의 재능이 현대 사회에서는 보답받지 못하리라는 사실도 알았을 것이다. 욕구가 채워지지 않는, 폐쇄된 조건에 이상 성격이 형성된 요인이 숨어 있지 않을까?

그렇다 해도 범죄 자체는 더없이 이상한 것으로, 책임을 단순히 사회의 죄로 돌릴 수는 없다. 그러나 청소년 범죄자 대부분이 가정에서는 고독하고 사회에서는 고립되어 있다는 사실을 함께 생각해 보면, 이번 사건이 우리에게 시사하는 바가 어디에 있는지 알 듯하다.

신흥 종교 살인 사건

가와사키 시 신마루코에 대우주신기개명대본부大宇宙神気開明大本部라는 신흥 종교가 있다. 한 신자가 평소에 신앙을 멀리 한 것을 사죄하러 그곳으로 나섰다가 시체가 되어 자택으로 되돌아온 사건이 1958년 10월 10일에 일어났다.

신자는 요코하마 선거船渠의 노동자로 아쓰기 시에 사는 모리 노리오(43세)다. 같은 해 2월에 노리오는 친척과 친구의 충고로 이런저런 말이 많은 이 종교에서 탈회했다. 그러나 부인 다카(40세)는 여전히 열성이었고 자신이 위장병으로 자리보전하는 까닭도 남편이 신앙을 버렸기 때문이 아니냐고 걱정한 끝에, 노리오에게 재입회할 것을 약속하게 한 뒤 10월 10일에 신마루코의 대본부로 보냈다.

노리오가 칠하지 않은 나무 상자에 담겨서 돌아온 것은 11일 아침 일이었다. 가와사키 시청에서 절차를 거친 매장 허가증까지 붙어 있었으나, 근처에 살며 시체 인수에 입회한 친척이 수상하게 여기고 경찰에 신고하여 이 사건은 표면화되었다.

아쓰기 경찰서에서 달려온 형사들이 아내를 달래고 얼러서 관을 열어 보니, 역시 폭행 흔적이 뚜렷이 남아 있었다. 반대하는 다카를 영장에 의한 강제 부검이라고 납득시키고 그날 밤 부검하자, 사인이 폭행에 의한 뇌내출혈로 밝혀져서 가와사키 시 나카하라 서가 상해치사 사건으로 수사에 착수했다.

그 결과, '사죄' 행사라 칭하며 대본부 간부들이 모리를 때리고 차는 폭행을 가한 모양이라고 판명되어, 14일 아침, 부교조 및 간부 둘이 상해치사 용의로 체포되었다.

소설이라면 몰라도 실생활에서는 드문 참혹한 사건이다. 그러나 참혹함은 여기에 그치지 않았다. 부검한 모리의 시체가 자택으로 전해졌고, 밤샘 의식을 시작한 12일 밤, 부인 다카가 충격으로 용태가 변하여 급사했다. 신흥 종교가 두 사람의 목숨을 앗아간 것이다.

이 경우 시체 인수에 입회한 친척이 똑같이 열성적인 신자였다면 어땠을까? '사죄'가 이뤄지지 않아 신의 노여움을 산 것이라며 무서워하기만 하고 사건은 표면화되지 않았을 것이다. 이런 이상한 사건도 광신자의 눈으로 보면 조금도 이상하지 않다. 신자는 일종의 착란 상태에 있기 때문이다. 신흥 종교에 으레 따르기 마련인 수많은 미신적 행사가 착란 상태를 일으킨다.

대개의 신흥 종교는 그런 행사에서 신자를 착란 상태로 유도

하고 상식의 눈을 흐리게 해서 이루어진다. 광신자는 일종의 병에 걸린 것이나 마찬가지지만, 병과 다른 점은 어떤 이상한 행동도 종교의 이름 뒤에 숨어서 세상을 일단 납득시킬 수 있다는 것이다. 게다가 종교 내부의 일은 세상의 눈에서 은폐되어 있다. 이런 상황에서는 다양한 범죄가 가능하지 않을까? 오시오 헤이하치로[2]의 도요타 미쓰기 사건[3]을 비롯하여, 과거 일본 역사 속에도 이런 사교邪敎 범죄는 많다. 서양에는 라스푸틴 같은 예도 있고 괴기소설 따위에 자주 나오는 흑미사 등의 정체 모를 의식도 있다. 흡혈귀 이야기도 일종의 토속신앙의 산물이다.

사교는 기묘한 사건이 일어날 수 있는 이상한 환경이라서 추리소설에도 빈번히 쓰였다. 일본에서는 오구리 무시타로가 즐겨 사용했고, 해외에서는 딕슨 카의 작품에 자주 나온다. 딕슨 카가 카터 딕슨이라는 다른 이름으로 쓴 『독자여 속지 마라』에는 멀리 떨어진 장소에 있는 인간을 기도로 죽일 수 있다는 미신이 등장한다. 일종의 예언이다.

---

2 에도 말기 유학자로 막부 관리까지 지냈으나, 막부의 수탈과 대기근으로 사람들이 고통받자 무장 봉기를 일으켰다.

3 미쓰기라는 여성을 중심으로 한 수상한 사교가 성행했으나 헤이하치로에게 추방당한다.

예언은 신흥 종교가 내세우는 명목 중 하나다. 지진이나 태풍 따위를 예언하며 자신들의 신을 업신여기니까 이런 재난이 일어난다고 한다. 예언할 수 있을 정도의 살아 있는 신이라면 인류를 위해 자연재해를 막아 주면 좋겠는데 그런 말은 하지 않는다. 또하나 내세우는 명목은, 의사 대신 병을 고쳐 주는 현세 이익이다. 이 현세 이익을 표면에 내세우는 것이 신흥 종교와 보통 종교의 다른 점이다.

이번 모리 사건에서도 아내가 열성적이었는데, 일반적으로 현세 이익에 매달리는 사람은 여성이 많고 히스테리적인 광신자가 되기 쉬운 사람도 여성이다. 이런 사건에서 가장 처리하기 어려운 점은, 가해자가 종교를 위해 저질렀다고 믿는 이상 죄의식이 없고 따라서 자신이 범한 죄를 두려워하지 않는다는 것이다.

범죄가 세상에 드러나지만 않는다면 범죄자에게 공포심이 전혀 없으니까 이는 완전 범죄가 될 수 있다. 모리 사건에서도 의사가 확실하게 사망 진단서를 쓰고 그에 따라 시청은 매장 허가를 내주었다. 그러나 범죄 사건일 경우 일반 의사는 사망 진단을 내리면서 잘못을 범하기 쉽다.

의사는 자신이 언제나 진찰하는 환자의 몸에 대해 잘 안다. 용태가 좋지 않은 병자가 급사한 경우, 바쁜 와중에 불려가서 갑자기 시체를 보게 되면 먼저 잘 아는 병명이 선입관으로 크게 작용한다. 게다가 법의학 지식이 있는 의사는 별로 없다. 아무래

도 그 선입관에 지배당하기 쉽다. 의사의 책임만 따질 수는 없지만, 그렇기 때문에 일반 병사나 사고사로 묻히는 살인이 세상에는 꽤 많지 않을까? 나도 「권두시를 쓰는 여자卷頭句の女」라는 작품에서 그렇게 이용해 본 적이 있다.

이 문제로 생각나는 것은 언젠가 제국호텔에서 미국 귀금속상이 살해당한 사건이다. 처음에는 실내에서 발이 걸려 쓰러진 피해자 위로 큰 플로어 스탠드가 넘어져, 피해자가 거기에 맞아 일어난 사고사로 봤다.

하지만 오사카의 감찰의가 부검한 결과, 타살이라는 것이 밝혀졌다. 부사장이 사장을 살해한 사건이었다. 무거운 플로어 스탠드에 머리가 깨졌다는 최초 진단은 완전히 착오였다. 실은 온몸 삼십여 군데에 이르는 타박 때문에 일어난 내장 출혈이 사인으로, 주먹으로 맞아서 살해당한 것이었다.

의사의 사망 진단서만 믿었다면 범인은 지금도 미국에서 편안히 지냈으리라.

가시와기 젊은 아내 살인 사건

1958년 11월 18일에 신주쿠의 가시와기에서 일어난 젊은 아내 살인은 일본에서는 드물게 알리바이 문제가 사건의 중심이 되었다.

개요를 적어 보면, 11월 19일 오전 1시 반. 신주쿠 구 가시와기 1-182, 후지미소 연립 별관 1호실에서 양재사 오토모 마스오(26세)의 처 후미코(25세)가 삼노끈으로 교살당한 것이 발견되었다. 발견자는 니시오쿠보에 사는 사촌 부부와 함께 귀가한 남편 오토모 마스오였다. 피해자는 잠옷 차림으로 잠자리에 들어가 있었고, 시트 위에는 신발 자국이 두세 개 남아 있었다고 한다. 옆방에서 자던 생후 일 년 된 교코는 무사했지만, 이부자리 위에 서랍장 서랍 두 칸이 내팽개쳐져 있었다.

서랍장 속 현금 육만이천 엔과 방 기둥에 걸어 놓았던 사진기와 손목시계가 없어진 상황은 전형적인 강도 살인 사건이었지만, 피해자가 별로 저항하지 않은 점, 안에서 물건을 찾아다닌 흔적이 보이지 않는 점, 서랍장 속 지갑에 손을 대지 않은 점 등 때문에 강도를 위장한 살인으로도 보였다. 게다가 다음 날 아침, 남편 마스오가 자살을 암시한 편지를 남기고 가출해서 그가 범인이 틀림없다는 설이 강해졌다.

그러나 부검 결과, 후미코의 사망 시각은 밥을 먹고 네 시간이 지난 오후 10시부터 11시 사이로 정해졌고 그 시간의 오토모의 알리바이가 확인되어 이 설은 흔들렸다. 오토모가 가출 전에 한 증언에 따르면, 사건 당일 밤 8시 반쯤에 외출하여 양복 대금을 수금한 뒤 동업자를 방문하여 오지까지 갔다가, 돌아오는 길에 사촌을 근무처에서 불러내어 1시 반까지 술집을 돌며 보냈다고 한다. 조사해 보니 모두 사실이라는 것이 밝혀졌다. 방문한 집에서 다음 집까지 가는 사이에, 증언대로 걷거나 국전[4]을 타지 않고 택시로 자택을 왕복하여 벌인 흉악한 범행이라고 쳐도, 엄밀한 조사를 통해 낼 수 있는 시간은 십오 분이라는 사실이 드러났다. 아무리 안개가 짙은 밤이어서 목격자들을 피했다 해도 십오 분 안에 이런 흉악한 범행은 무리다. 오토모를 범인이라 하기는 불가능했다.

소규모 살인 사건에서 이렇게까지 알리바이가 면밀하게 문제시된 일은 최근에는 드물다. 크리스티가 눈 속을 스키로 가서 시간을 단축하여 알리바이를 만드는 트릭을 장편에서 사용했는데, 그런 경우를 가정하여 증언에 따른 소요 시간과 택시를 타면 단축되는 시간을 일일이 비교하며 경찰이 범행 가능성을 캐 봤으니 무척이나 추리소설 같다. 게다가 범인은 역시 오토모 마스오였다.

첫째 주에 범인의 수기로 보이는 편지가 반으로 잘린 형태로 요도바시 경찰서와 요미우리 신문사에 도착했다. 오토모가 일단 아키타로 멀리 도망쳐서 거기에 있는 지인에게 대필을 시킨 뒤

4 구 국철 중 대도시 주변의 근거리 전철을 통칭하는 말.

도쿄로 가지고 와서 신바시에서 우체통에 넣은 잔꾀였지만, 편지지에서 오토모의 지문이 검출되어 완전히 어리석은 잔꾀로 끝났다. 26일 밤, 메지로에 자리한 여관에 묵고 있을 때 체포된 오토모는 모든 것을 자백했다.

범행은 오토모가 외출하기 전에 저질렀다. 아내를 죽이고 나서 시체와 만 한 살 된 어린 딸을 남기고 양복 대금을 수금하러 나갔다. 오토모는 후미코에게 애인이 생긴 듯해 질투해서 벌인 범죄라고 주장했지만 보험금을 원했기 때문인 것도 같다. 그 점은 제쳐 두더라도 이 사건에서 흥미로운 점은 범인 오토모가 꾸민 알리바이가 실제로는 아주 유치했다는 것이다. 가짜 알리바이가 장기인 크로프츠의 작품 중에도, 격정으로 인해 계획에 없던 살인을 저지르고 나중에 알리바이를 꾸미는 예가 있지만, 이럴 경우 범인은 가장 먼저 사망 시간이 확인되지 않도록 꾸민다. 실은 나도 사망 시간을 오인하도록 하는 트릭을 다루며 고생했지만 오토모는 전혀 그러지 않았다.

그러나 완전히 우연으로, 부검에 의한 사망 시간 추정에 한 시간 반의 오차가 생겼다. 그 때문에 치졸하기 짝이 없는 알리바이가 철저하게 계산된 알리바이 같은 양상을 보였다. 그런 점에서 이 사건은 추리소설적으로도 흥미롭다. 앤소니 버클리의 단편 중에 면밀하게 계획한 살인이 아주 사소한 우연으로 발각되는 걸작이 있지만, 이 사건에서는 우연이 범인의 편을 들었다.

추리소설 속 범인이었다면 이 우연에 매달려서 경찰에게 보호받고 세상 사람의 동정을 사는 상황이겠지만, 실제 범인은 어리석은 잔꾀를 부려서 잡혔다. 이 사건에서 힌트를 얻어 소설을 쓴다면, 차라리 범인에게는 아무런 공작도 시키지 않는 편이 낫다. 몇 가지 우연이 겹쳐서 완전무결한 알리바이가 생기면 가장 어안이 벙벙할 사람은 범인 자신이다. 겨우 우연을 이용할 생각이 들어서 약을 먹고 자살 미수를 하여 보호받으려 하지만, 양을 잘못 조절해서 죽어 버리는 이야기라도 만들면 얄궂은 작품이 탄생할지도 모른다. 그러나 그 경우 겹치는 우연이 거짓이 되지 않고, 리얼리티를 느끼게 하려면 대단히 어려울 것이다. 비커스의 『100만 분의 일의 우연』처럼 우연을 이용하여 독자를 깜짝 놀라게 하려면 쉽지 않다.

현실에서 일어난 사건의 범인은 추리소설 속 범인과 비교해 합리성이 한참 결여되어 있다. 현실에서 가장 합리적인 범죄는 발각되지도 않고, 따라서 언론도 떠들썩하게 하지 않고 묻혀 버리는 것일지도 모른다.

게다가 추리소설의 합리성은 범인이 반드시 잡히는 합리성이기도 하므로, 유치한 범죄자가 기껏해야 통속 추리소설을 흉내 낸 잔꾀를 부려 준다면 간단히 꼬리를 잡을 수 있으니 그 편이 사회를 위해서는 다행이리라.

이 사건에서 문제가 되는 것은 사망 시간 추정에 왜 착오가 일

어났는가 하는 점이다. 법의학의 후루하타 다네모토 교수에게
이 점을 물어보았더니 사망 시간 추정은 당사자의 경험이 어느
정도인지, 사용한 방법이 새로운 것인지 예전 것인지에 따라 종
종 차이가 난다고 한다. 이는 완전히 내 상상이지만, 사건이 단
순해 보여서(사실 단순했지만) 수사 측에게도 권위자한테 수고
를 끼칠 필요는 없다는 기분이 은근히 작용하지는 않았을까?

화차 강도 살인 사건

1959년 정초, 운행중인 화차貨車 안에서 강도 살인 사건이 발
생했다. 홋카이도 나요로 본선 유베쓰 역 구내의 말을 실은 화
차 안에서, 말을 데리러 온 남자가 둔기 형태 흉기에 이마가 깨
져서 죽은 농업 종사자 고바야시 요시오(25세)를 발견했다. 엔
가루 서에서 조사해 보니 소지한 돈 일만 몇천 엔이 없어져 있었
다. 이에 강도 살인 사건으로 간주하고 수사를 시작했다.

고바야시가 왜 화차에 타고 있었냐면, 이 사람은 마부로, 근
무처 일이 끝나고 말을 돌봐 주기 위해 함께 타고 있었다. 이때
다른 화차에는 마찬가지로 마부인 다마다 미노루(25세)가 타고
있었다. 고바야시의 시체가 발견되었을 때 다마다의 모습은 보
이지 않았다. 당연히 혐의는 다마다에게 갔고, 수사는 다마다의

행방을 좇았다.

그러나 다마다의 행적을 전혀 잡지 못하고 있는 동안, "화차 안에서 살해된 사람은 고바야시가 아니라 다마다 아닐까?"라는 말을 꺼내는 동료가 있었다. 시체가 소지한 금전 전표도 다마다 이름으로 되어 있어서 친어머니를 불러 소지품을 확인하게 하자 장갑은 다마다의 것이 분명하다고 했다. 이때 시체는 이미 화장한 뒤였다.

열흘 뒤에 수사본부는 시체가 다마다 미노루이고 살인 용의자가 고바야시 요시오라고 발표했다. 피해자와 범인이 뒤바뀐 것이다. 어째서 이런 실수가 생겼는가 하면, 시체를 발견한 신고자가 '이 화차에는 고바야시가 탔다'는 선입관에 근거해 "고바야시다"라고 증언했기 때문이다. 거기다 통지를 받은 가족이 슬픔과, 피투성이 모습으로 인한 공포 때문에 시체 얼굴을 똑바로 보지 못했고 그런 상황 속에서 "요시오가 맞다"라고 하여 수사 당국은 별 의심 없이 시체를 고바야시 요시오로 판정한 것이었다. 수사진의 실태라는 비난은 면하기 어렵다.

용의자 고바야시 요시오는 홋카이도 수사 당국이 실수를 발표한 날에 도쿄 우에노 공원에서 수면제를 먹고 자살했다. 도쿄에서 고바야시는 죽기 전 "다마다를 죽인 사람은 내가 아니다. 나는 도와주고 입막음 대가를 받았을 뿐이다"라고 편지를 써서 지인에게 보냈지만, 죽으면서까지 극악한 놈이 되고 싶지 않은 심리에서 한 이야기일지도 모른다.

실제 사건은 이상과 같지만 추리소설이라면 어땠을까? 물론 독자는 수사 당국의 유치한 미스로는 만족하지 않는다. 시체가 있던 화차에 고바야시가 탔으니까, 라는 선입관과, 가족이 잔혹하게 죽은 얼굴을 똑바로 보지 못하고 고바야시라고 증언한 데까지는 소설에도 사용할 수 있지만, 그 이상의 확인에 객관적인 방법이 빠지면 소설의 가치는 제로다. 그래서 지금까지의 소설에서는 시체 얼굴을 엉망으로 망가뜨려 인상을 알아보지 못하게 하든가 목을 잘라 버리는 수법을 사용했다. 가족이 '두려움' 때문에 죽은 얼굴을 제대로 보지 못하는 것은 이른바 우연이고, 추리소설에서 '우연'이 경멸받는 사실은 독자가 이미 아는 대로다. 추리소설의 '범죄'는 실제 사건보다 훨씬 합리적이고 그만큼 어렵다.

범인을 피해자로 만들어 시체로 오인하도록 하면 '자살'로 위장하기보다 안전하고, 이야기로도 변화가 있다. 그래서 지금까지 나온 탐정소설 작가들은 여기에 흥미를 가졌지만, 쌍둥이나 서로 쏙 빼닮은 타인으로는 재미가 없고, 결국 시체 얼굴을 망가뜨리거나 불탄 시체로 하든가(크로프츠『폰슨 사건』. 고사카이 후보쿠의 작품에도 뭔가 있었던 것 같다), 또는 목 없는 시체(대표작은 엘러리 퀸의『이집트 십자가의 비밀』. 비슷한 예 다수)로 하는 것 말고는 없었다. 이 이외에 범인과 시체를 바꿔치기 하는 트릭을 발견한다면, 그것만으로도 그 추리작가는 독특한 지위를 얻을 것이다.

'목격자'의 눈

1959년 1월 18일 치 《주간 아사히》에 다음과 같은 기사가 실렸다.

간단히 쓰면, 1958년 9월 14일 오후 3시경, 나고야의 회사원 히비노 가오루가 일행 셋과 함께 기후 성 근처를 산책하는데, 갑자기 한 남자가 나타나서 단도로 히비노의 왼쪽 허벅지를 찌르고 시계와 지갑을 빼앗아 달아났다. 기후나카 서에서 수사했는데, 시내 전당포로부터 "용의자로 보이는 남자가 시계를 이천 엔에 잡아 달라며 왔다. 그때 보여 준 집세 통장에 나카무라 이치로라고 쓰여 있었다"라는 신고가 있었고, 이와 별개로 그 범행이 있던 시각에 범인으로 보이는 남자가 현장 부근을 달려가는 것을 보았다는 신고가 있었다.

기후나카 서는 나카무라 이치로(27세)를 체포했지만 본인은 부인했다. 피해자에게 나카무라를 보여 준 결과 "닮았다"는 증언을 얻었고, 목격한 노인도 "이 남자다"라고 말했다. 경찰은 물적 증거가 없는 채 검찰로 넘겼다. 또 그 노인은 현장 부근을 달리던 범인으로 보이는 남자에게서 "석양에 비친 뺨의 흉터를 선명하게 봤다"고 증언했는데 그 말대로 나카무라는 뺨에 흉터가 있었다. 나카무라는 기소되어 구치소에 수감되었다.

그러나 그 뒤 이치노미야 서에서 이 사건의 용의자가 또 한 명 나왔다. 이 사람은 모리 조이치(26세)라는 남자로 범행을 자백했다. 지검은 나카무라와 모리가 쌍둥이처럼 빼닮은 것에 경악했다. 결국 진범은 모리로 결정되었다. 나카무라는 요컨대 '착각당한 남자'였다. 기사에 따르면, 피해품 시계에 대해 관계자가 오해했다는 등의 이야기가 있어서 상당히 흥미롭지만 내가 여기에서 쓰고 싶은 이야기는 목격자의 눈을 믿을 수 없다는 점이다.

전에 언급한 카메라 절도 용의로 형을 받은 신주쿠의 도구라 겐지 사건도 목격자의 눈을 믿을 수 없다는 사실을 보여 주는데 이때는 도구라와 범인의 얼굴이 별로 닮지 않았다.

일상의 평범한 생활에는 소설 이상의 공포가 있다.

한편, 무코지마의 '무차별 살인'의 범인은 아직 잡히지 않았다(1959년 2월 14일 현재). 이것도 주간지와 지방지에도 소개되었으므로 자세히 쓰지 않겠다. 내 예감으로는 아무래도 미해결 사건이 될 것 같다.

피해자와 범인 사이에 인과 관계가 없는 범죄가 얼마나 수사하기 곤란한지 새삼 생각해 본다. 보통 범죄라면 금전 관계, 연애 관계, 이익 관계, 원한 관계 등의 선이 있으니 그것을 더듬어가면 범인이 드러나지만, 일상에서 아무 관계가 없는 사이에는 이 선이 없기에 얼른 짐작이 가지 않는다. '무차별 살인'은 정신 이상자의 충동적인 범행으로 생각하므로 범인과 피해자를 잇는 상호관계의 선은 전혀 없다. 수사가 난항에 처할 터이다. 네리마에서 일어난 비슷한 사건도 아직 미해결인 듯하다.

이 무차별 살인 사건에서는 숯 가게 아들이 의심을 받았다. 목격자의 증언이 원인이었는데, 이 때문에 숯 가게 아들은 신문기자 오십여 명에게 쫓기고 마침내는 아버지가 경찰에 보호를 요청하기까지 했다. 이 일이 역효과를 불러서, 다음 날 신문에 요란하게 범인 취급을 당하며 크게 실렸다. 신문은 경찰의 인권 존중을 말하기 전에 우선 스스로 반성해야 한다.

이런 종류의 범죄가 있으면 무조건 '정신이상자' 취급을 하지만 이렇게 획일적으로 정하는 방식은 불만이다. 자전거로 젊은 여자를 앞지를 때 상대 어깨를 쿡 찔러 보고픈 정도의 기분은 어떤 젊은이에게나 있지 않을까. 범인이 날붙이를 준비한 까닭은 그 감정이 심해졌기 때문이지, '정신이상자'라며 보통 사람과 특별히 구분하는 것은 곤란하다. 『지킬 박사와 하이드』를 읽는 것은 그런 심리가 독자의 의식 밑바닥에도 흐르고 있기 때문이다.

미타카 권총 사건

요즘 신문을 보면 살인이 상당히 성행한다는 느낌이 든다. 도쿄 경시청은 1959년 6월 현재, 특별수사본부를 여섯 곳 설치하고 결국 비상시 체제까지 펼쳤다. 전후 최초의 일이다.

아라카와의 무차별 살인 사건, 스기나미의 스튜어디스 살인 사건, 후카가와 공사 현장에서 발견된 시체 사건, 미타카의 권총 사건, 스미다의 여주인 살인 사건, 모두 아직도 해결되지 않았다. 어느 사건이나 얼핏 보기에 지극히 단순한 사건 같고 추리소설에는 나오지도 않을 법한 것뿐이지만, 그 단순함 때문에 현실에서는 오히려 해결하기가 어렵다.

미타카 권총 사건은 1959년 3월 27일에 일어났다. 미타카 시의 시모렌자쿠 22번지에 사는 도미타 요시에(26세)의 집에 오후 0시 20분 경, '오쿠 서 형사 스즈키 다다켄'이라는 명함을 가진 삼십대 정도의 남자가 찾아와서 "보험 사기 조사를 하고 있는데 댁의 서류를 보여 줬으면 한다"라고 말했다. 요시에의 집은 보험 대리점을 하고 있어서 이상하게 여기지 않고 안으로 들이려하자, 남자가 갑자기 권총을 세 발 쏘았다. 요시에는 중상을 입었으나 옆집으로 달아나서 근처의 일본적십자 무사시노 병원으로 실려 갔다. 물론 남자는 도망쳤지만 아무것도 훔쳐 가지 않아 목적은 요시에 살해뿐이었던 것으로 보인다.

요시에는 살아났다. 적출된 탄환으로 흉기는 25구경 자동 권총이라는 것이 밝혀졌다. 요시에는 가해자가 건넨 명함을 꼭 쥐고 있었다. 날짜란이 인쇄되어 있어서 건넨 날짜를 써 넣도록 된 형사용 명함이었다. 이만큼 조건이 갖춰지면 수사는 간단할 듯 했으나 실제로는 그렇지 않았다. 피해자는 모 연료 회사 회계과장 도모쓰네 쇼지(44세)의 애인으로, 도모쓰네는 본처와 아이 셋과 헤어지고 피해자와 살고 있었다. 이런 복잡한 사정이 있는 탓에 도모쓰네도, 목숨을 건진 요시에도 경찰에 그다지 협조적이지 않았다. 중요한 범인을 목격한 유일한 사람이 뭔가 숨기는 듯하고 증언을 어디까지 믿어야 좋을지 모르면, 어떤 단순한 사건도 단순하게 되지 않을 것이다. 현상이 단순해도 인간관계가 복잡하면 복잡한 사건이라고 하는 게 낫다.

한편 물적 증거인 명함은 어땠을까? 오쿠 서에 스즈키 형사는 진짜 있었지만, 날짜로 알아보니 이 명함은 스즈키 형사가 아라카와 무차별 살인 사건 수사를 지원하러 갔을 때 브로커 Y라는 사람에게 줬다는 것이 밝혀졌다. 그러나 11일에 Y가 명함을 끼운 수첩을 국전 다바타 역 앞 공중전화 박스 안에 깜빡 놓고 왔다고 한다. 범인은 마침 그것을 주워서 이번 사건에 이용한 듯하다. 이로써 가장 유력한 물적 증거도 쓸모없어졌다.

이 일에서 얼른 떠오르는 것은 제국은행 사건이다. 제국은행 사건에는 마쓰이 시게루 박사의 명함이 사용되었고 히라사와를 체포하게 되는 유력한 증거가 되었다. 우리는 별생각 없이 명함을 남에게 건네고 누구에게 줬는지 기억하지 못할 때가 많지만, 마쓰이 박사라는 사람은 대단히 꼼꼼해서 남과 명함을 교환했을 때에는 하나하나 적어 두었다. 수사를 담당한 이키이 경부보는 명함 행방을 찾아 도호쿠에서 홋카이도까지 돌아다닌 끝에 히라사와를 체포했다. 대단한 노력이지만, 제국은행에서 사용된 명함과 히라사와가 마쓰이 박사에게 받은 명함이 동일한 것이라는 판단은 조금 불안해 보인다.

마쓰이 박사처럼 꼼꼼하게 취급해도, 조사 결과 사고 명함이 아홉 장 나왔다. 사고 명함은 분실하거나 처분해서 행방을 모르는 명함을 말한다. 미타카 권총 사건에서 증거가 된 명함은 사고 명함이라는 것이 확실해졌다. 마쓰이 박사도 지갑째 명함 한 장을 소매치기 당한 적이 있다. 제국은행에서 사용된 명함이 사고 명함 중 한 장일 가능성이 있다.

예민하게 생각하면 명함도 허술하게 사용해선 안 된다. 애당초 재난에 말려드는 일을 완벽하게 피하려면, 마술사가 쓰는 카드처럼 카드 한 장 한 장에 남들은 모르지만 당사자는 인식할 수 있는 표시를 찍어 두어야 해결될 것이다.

이렇게 생각하면, 겉보기에는 단순하더라도 좀처럼 보이는 대로는 진척되지 않는다. 경시청 수사 기술이 뒤떨어진 것은 아니다. 게다가 이런 사건이 많으면 수사 비용 부족도 문제가 된다.

1959년 경시청 형사부 수사 예산은 총 사천이십삼만 엔이다. 결코 많은 액수가 아니다. 아라카와 무차별 살인 사건까지 든 비용이 이백만 엔이고 작년 5월에 시체가 발견된 고이와의 여급 토막 살인 사건에 든 금액이 백오십만 엔인 점을 생각하면, 충분한 금액이 아님을 알 수 있다.

이 예산으로는 이백만 엔이 드는 사건은 이십 건밖에 다루지 못한다. 그러나 수사본부를 둘 만한 큰 사건은 삼십 건으로 예상된다. 그뿐 아니라 총액에는 본청에서만 담당하는 사건 수사비, 관할서에서만 담당하는 사건 수사비, 본청에서 관할서로 지원하는 지원 수사 비용도 전부 포함되어 있다. 그야말로 많지 않은 정도가 아니다.

이래서야 철저한 수사는 좀처럼 불가능하다. 용의자 하나를 미행하는 경우라도, 그 용의자가 차를 사용할 때 들키지 않고 미행하려면 미행하는 측도 최저 차 세 대를 사용해야 한다. 그러나 현실에서는 택시 한 대조차 사용하지 못할 때가 많다. 용의자가 탄 택시 번호를 적어 두었다가 나중에 택시 기사를 조사해서 행선지를 밝혀내는 정도밖에 못한다. 형사에게 특별 수당 따위는 나오지 않기 때문이다. 따라서 형사는 자기 다리와 전철과 버스 정도밖에 사용하지 못하지만, 쫓기는 쪽은 고도로 발달한 교통 기관을 얼마든지 사용할 수 있다.

미국 소설에는 자동차 하나를 미행할 때 길모퉁이마다 차를 한 대씩 배치해 두고, 차 숫자만큼의 형사들이 차례차례 교대로 미행하는 대목이 나온다. 이렇게 하면 범인이 백미러에 주의를 기울여도 같은 차가 한 구간밖에 따라오지 않으니 미행당하는 사실을 눈치채지 못한다. 좋은 방법이지만 일본에서는 도저히 엄두도 못 낸다. 수사 예산이 좀 더 늘어나지 않으면 이 살인 붐을 막기는 좀처럼 불가능하지 않을까.

필적 감정의 신빙성

재판에서 필적 감정이 결정적인 증거가 될 수 있는지 없는지 하는 문제는 자주 논의된다. 유명한 드레퓌스 사건에서는 드레퓌스가 필적을 의심받아서 투옥되었는데, 일본에도 몇 가지 예가 있다.

앞에서도 썼지만, 1950년 5월, 도쿄 도 신주쿠 구 오쿠보에 사는 도구라 겐지가 카메라 절도 용의자로 유치장에 수감되고 같은 해 11월 징역 칠 개월 형을 언도받았다.

그러나 다음 해 어느 빈집털이 현행범을 체포하여 그 남자의 집을 가택수색하자 도구라의 미곡 통장이 나왔다. 그래서 사건은 급변하여 해결되었다. 그로부터 반년 후에 도구라는 무죄 판결을 받았다.

도구라가 유죄가 된 근거 중 하나는 필적이 닮았다는 감정 결과였다. 이 필적을 감정한 이는 경시청 위촉을 받은 감정인 E로, "단정은 하지 않았다. 추정했을 뿐"이라고 변명했지만, 감정 사유는 "이렇게 일치하기는 동일인이 아니면 불가능하다"라는 말로 끝나 있었다.

용의자 얼굴 확인, 알리바이, 상황 증거도 여러 개 있었으나, 필적 감정이 겐지를 억울하게 유죄로 본 가장 유력한 물적 증거였다.

다음은 1947년 2월 8일에 일어난 사건으로, 가나가와 국局에서 시즈오카 현 시미즈 국으로 발송한 붉은 행낭(서류 우편 부대) 두 개가 하행 2호 편에 실렸는데, 시미즈 국에 도착했을 때에는 안쪽 끈 한 개가 잘려 있었고 일부가 분실되었다. 하행 2호 편의 철도 우편 담당자나 시즈오카 국원이나 시미즈 국원이 훔친 것으로 여겨졌다.

그러나 환금해 간 도난 수표에 후지 합판 주식회사 도장으로 이서가 되어 있었다. 조사해 보니, 2월 8일 오전 10시 반경, 시즈오카 시 고후쿠초의 요시다 도장 가게에 어떤 남자가 와서 후지 합판 주식회사 도장을 주문하고, "난 시미즈에 사니까 또 오려면 번거로워. 서둘러 주게"라며 부탁하고 간 사실이 밝혀졌다. 같은 날 오후 3시경, 남자는 도장을 찾으러 와서 가게의 인감 원장부에 자필로 '시미즈 시 이리에오카 3-5 다카오 다카시'

라고 썼다. 시미즈 시 사람이 아니면 실존하는 이리에오카라는 마을 이름은 모를 테고, 실제로도 시미즈에 산다고 말한 점으로 보아, 분실한 우편물은 도중에 마찰 때문에 끈이 끊어져서 보통 우편에 섞여 들어갔고 그것을 시미즈 국의 국원이 훔친 게 분명하다고 여겼다. 이때 시미즈 국 통신과 직원인 가메카와 아키마사가 인상이 비슷하고 필적이 환금한 수표의 이서와 닮았다는 이유로 검찰 측의 의심을 받아 기소되었고, 유죄로 판결 나서 형을 언도받았다.

가메카와는 자신이 한 적이 없기에, 형을 마친 뒤 자기 손으로 진범을 검거하기로 결심하고 여러 가지 추리를 한 후, 친구에게 철도 우편열차 승무원 K의 조사를 의뢰했다. 그 결과 K는 과거에 상당히 품행이 나빴던 점, 당시의 열차 담당이었던 점, 그 후 무단결근을 하고 자택에도 잘 돌아가지 않은 점, 수표를 환금하기 사흘 전에 전화로 직원의 주소와 이름을 물은 것 같다는 점 등을 확인했다. 가메카와는 K에게 의심을 품고, 여비를 겨우 마련하여 상경했다. K의 근무처인 도쿄 철도국의 계장을 만나 주소와 필적을 보기 위해 이력서 등을 찾아 달라고 했지만 이미 소각했다 하여 손에 넣지 못했고, 당일 K와 함께 열차에 탔던 동료를 만나서 주소만 물어볼 수 있었다.

다음으로 가메카와는 요시다 도장 가게에 가서 인감 원장부를 보여 달라고 했다. 도장 주문일은 2월 8일로 되어 있었지만

"틀림없이 본인이 날짜를 그 자리에서 적었느냐"라고 묻자, 도장 가게는 "손님이 적지 않고, 가게 주인이나 점원이 그날 밤 정리해서 적거나 가끔 잊어버려서 이삼일 치를 한꺼번에 적기도 한다"라고 했다. 그래서 그때 썼다고 여겨지는 주문 날짜 기입란과 앞뒤 칸의 잉크 색깔 차이, 연필의 굵기 등을 세밀히 조사한 결과, 날짜의 순서가 다르고 기입하지 않은 칸이 군데군데 있어서 날짜의 진실성을 의심하기에는 충분하다는 것이 밝혀졌다. 그러므로 날짜는 8일이 아니라 9일인 게 분명했다. K는 8일 아침 도쿄로 돌아와서 9시 전후로는 행방이 알려지지 않았다. 주문 날짜가 9일이라면 그날 중에 되돌아갈 경우 충분히 시즈오카에 올 수 있다고 생각했다. 가메카와의 추리는 완벽하게 맞아서, 진범은 K라는 것이 밝혀졌고 그는 검거되었다. 이 예에서도 가메카와의 필적이 범인이 환금한 수표의 이서 필적과 일치한다는 감정인의 증언 때문에 생각지도 못한 재난을 겪었다. 그런데 이 사건은 실제로 피의자가 진범을 직접 찾아냈다는 점이 외국 소설 그대로라서 흥미롭다.

이 두 예에서도 알 수 있듯이, 필적 감정은 객관적인 물적 증거가 될 절대성은 없는 것 같다. 현재의 필적 감정 방법은 글자의 특징을 확대하여 비교하거나 점이나 삐침의 상태, 약자를 쓰는 버릇, 오자를 쓰는 버릇 등을 뽑아내어 판단하는 것이지만, 사람의 눈으로 하는 일이라 절대로 착오 없이 객관적인 판단을 내리는지는 다소 의문스럽다. 제국은행 사건의 히라사와에게도 그가 쓴 수표 이서의 주소가 결정적 물적 증거 중 하나가 되었는데, 이때 여러 감정인 모두가 "분명히 이거다"라고 일치하는 결과를 낸 것이 아니라, 한 명은 "단정할 수 있다"라고 했고 둘은 "많이 닮았다"라고 했으며 또 다른 사람은 "전혀 다르다"라고 제각각으로 증언했다.

위장 타살 사건

추리소설에서는 납득이 가지 않는 심리라도 실제 사건에서는 있을 수 있다. 다음의 두 예는 어떨까. 첫 번째 예는 오래된 이야기지만, 내가 어렸을 때 신문에 요란스럽게 실린 커다란 지면이 아직 희미하게 기억에 남아 있다.

반슈(효고 현) 다쓰노초에서 누룩 가게를 운영하는 다카미 가는 예순 살인 다키치와 부인을 비롯해 둘째 아들인 쓰기오와 그 아내 및 다섯째 아들, 손자 등으로 이루어진 10인 가족이며 직인도 두 명 둘 만큼 유복한 집이었으나, 1926년 5월 16일 밤, 미증유의 살인 사건이 일어났다. 이날 다키치는 다섯째 아들 미치오(14세)를 데리고 죽은 맏아들의 묘에 가느라 그날 밤은 집에 없었다. 다카미 가에 출퇴근하는 직인 이다의 신고를 받고 현장으로 달려간 서장 일행은 그 집의 세 평짜리 안방에 뒹구는 시체 일곱 구와 엄청난 선혈에 전율했다.

다키치의 처 쓰네(58세), 죽은 맏아들의 첫째 딸과 둘째 딸 모두 목의 살이 도려졌고, 머리, 가슴, 얼굴에 각각 대못이 네 개씩 박혀 있었다. 쓰네의 오른쪽 귀에는 끌이 박혀서 왼쪽 귀까지 다다랐다. 쓰네의 품 안에 있는, 둘째 아들 쓰기오의 첫째 딸(5세)은 목을 찔렸고 맏아들(3세)은 교살당했으며, 방 밖 툇마루에는 쓰기오의 처 기쿠에(28세)가 역시 교살당한 둘째 딸(2세)을 업고 들보에 건 끈으로 목매어 죽어 있었다. 그 옆에는 질산, 황산이 든 병과 잔과 함께 유서가 있었다. 받는 사람은 쓰기오 및 기쿠에의 부모로, '어머니를 죽이고 죽습니다. 불행(효)한 사람이지만 운명이라 생각하고 단념하세요' 같은 내용이 쓰여 있었다. 서둘렀는지 필적은 흐트러졌지만 기쿠에 자신의 필적으로 감정되었다.

유서, 기쿠에의 평상복 양쪽 소매에 묻은 피, 거기에 남편의 지시라며 직인에게 대못을 열다섯 개나 사도록 한 사실로 보아, 수사진은 기쿠에가 한 사람 한 사람 죽이고 마지막에 자신도 자살했다는 설로 기울었다.

기쿠에 범인설을 한층 더 뒷받침한 것은 고부 간의 심한 반목이었다. 기쿠에가 무사의 딸로 교육받아 순종과 인내를 배웠음에도 불구하고, 사람 좋은 시아버지와 패기 없는 남편이 보기에

시어머니의 며느리 괴롭히기는 지나치게 심했다. 남편 쓰기오의 증언을 듣고, 그날 밤 둘은 심하게 부부싸움을 했고 기쿠에가 더 이상 견디지 못하여 저지른 범행이라고 당국은 해석했다. 그러나 서른도 안 된 여성이 이만큼 잔학한 범죄를 감행할 수 있느냐는 일말의 의혹은 없애지 못했다.

범행을 발견한 증인으로서 조사한 기쿠에의 남편 쓰기오의 행동과 진술에서 수상한 점을 발견한 것은 그로부터 얼마 지나지 않아서였다. 은밀히 조사한 결과,

① 쓰기오는 범행 당일 밤에 누룩 가게에서 네 시간이나 잤다고 했지만, 그 습기와 열에서는 익숙한 사람이라도 한 시간 반이 한도인 점.

② 한 평 반짜리 방에서 들여다봤다고 했지만, 들여다보기만 해서는 그의 진술만큼 현장의 참상을 확실히 알 수 없는 점 및 기쿠에가 목매 죽을 때 걷어찬 발판이 낸 퉁, 콰당 소리를 들었으면서도 구하러 가지 않고, 옆에 있는 큰어머니 집보다 훨씬 먼 이다의 처소로 알리러 간 점.

③ 참극을 발견한 순간에 신을 신고 뛰어간 점.

④ 이전에 다카미 가 직인이었던 남자가 작년 8월경 쓰기오에게 부탁받아 칼모틴[5] 한 병을 사고 10월에는 황산과 질산

5 진정 최면 작용이 있는 브롬발레릴요소의 상품명.

도 산 사실을 진술한 점.

⑤ 유서의 '어머니를 죽였습니다'라는 문장만 기쿠에의 필적과
닮지 않은 점.

이상의 여러 점은 모두 쓰기오에 대한 용의를 짙게 하는 것뿐
이었다. 21일 밤 두 번째 취조중, 쓰기오는 마침내 모든 것을 자
백했다.

어머니 쓰네는 무슨 일이 있을 때마다 소심한 쓰기오를 압박
하고 죽은 형을 예뻐했다. 쓰네는 당연히 상속받아야 할 그에게
는 말도 없이 형의 유산 이만 엔을 동생 둘에게 나눠 줘 버리고,
아버지의 유산은 다른 자식들에게 나눠 주겠다고 했다. 화가 난
쓰기오는 아버지가 묘에 가서 집을 비울 때를 노려 대못을 사게
한 뒤, 저녁밥의 된장국에 칼모틴을 섞어서 가족에게 먹인 다음
모두 잠들자 기쿠에를 불렀다. 이대로는 이 집 재산은 도저히 우
리 것이 되지 않는다, 아이들을 기르기도 어려우니 이렇게 된 바
에는 어머니를 죽이고 네가 그 죄를 쓰고 죽어 주면 우리는 다
시 살아갈 수 있다, 애들을 위해서라 생각하고 부탁한다며, 싫
어하는 기쿠에를 거의 반광란 상태에서 억지로 납득시키고 강제
로 유서를 쓰게 했다. 그러고 나서 고무장갑을 끼고 어머니를 비
롯하여 아이들을 차례로 살해했다. 자신의 첫째 딸 아오코는 그
때 실수로 죽였다. 그것을 보고 미친 사람처럼 된 기쿠에에게 난
처해진 쓰기오는 "할 수 없군, 같이 죽자"라고 말했다. 기쿠에가

납득하고 저승길을 떠나기 위해 나들이옷으로 갈아입는 사이에, 쓰기오는 눈을 뜬 맏아들과 둘째 딸을 교살했다.

목매 죽는 게 편하다는 기쿠에를 발판에 올린 뒤 둘째 딸을 업히고는, 쓰기오는 그 옆에 질산을 담은 잔을 들고 서서 "자, 죽자"라고 했다. 쓰기오는 질산을 마시는 척하다가 기쿠에가 끈고리에 목을 집어넣자 발판을 찼다. 피로 더럽혀진 옷은 토방 아궁이에서 태우고 손발을 씻고 옷을 갈아입은 뒤, 기쿠에의 유서 첫머리에 "어머니를 죽였습니다"라고 써 넣은 다음 신을 신고 이다의 집으로 알리러 갔다.

무고한 처에게 대죄를 전가하고 도망치려 한 쓰기오는 가차 없이 세상의 비난을 받았고 1928년 2월 처형되었다.

다음은 1956년의 예.

가나가와 현 어느 산속에서 변사체 한 구가 발견되었다. 마흔 살 정도의 남자로, 목에는 끈이 네 번 감기고 엎드린 자세였다. 현장에는 격투 흔적이 없어서 다른 곳에서 운반되어 왔다고 추정하였다. 끈 밑으로 손가락 하나가 들어갈 정도의 틈이 있었지만 사인은 교살이었고, 목뿔뼈 골절은 없고 몸 앞쪽 및 정수리 부분에 사후 반점이 있는 것으로 보아 사후 약 두세 시간 동안은 위를 향해 있다가 나중에 엎드린 자세가 된 것으로 간주하고 타살이라 판단했다.

수사 결과, 피해자는 도호쿠 지방 어느 절의 주지인 고라는 사람으로 최근 어떤 사업에 손을 댔다가 실패하여, 돈을 마련하기 위해 사흘 전부터 상경해 있었던 사실이 판명되었다. 그러나 그 뒤 꼼꼼한 수사에도 불구하고 범인으로 보이는 사람은 전혀 나타나지 않았다. 거의 미궁에 빠지는가 싶었을 무렵, 고의 처가 자수하여 의외의 사실이 밝혀졌다.

고는 삼천여만 엔의 생명보험에 가입해 있었고 보험금을 손에 넣기 위해 타살을 가장한 자살을 하기로 결의했다. 처는 고에게 도와 달라는 부탁을 받자 거절하지 못하고, 고가 비닐 끈으로 목을 조르자 처는 명령대로 그 끈을 묶어서 고의 숨을 멎게 한 다음 몸을 엎드린 자세로 해 놓았다고 한다.

고는 처를 위해 일반인이라고는 생각되지 않는 교묘한 알리바이를 만들었다. 남편은 일단 말을 꺼내면 절대로 남의 말을 듣지 않는 사람으로 내가 하지 않았어도 누군가 다른 사람의 도움을 받아서 분명히 해 냈을 거라고 처는 말했다. 당국도 목뿔뼈 골절이 없고 끈이 정확하게 네 번 감겨 있으면서 그 끈이 느슨하게 되어 있던 것이 자살이나 위탁 살인일 경우의 특징이라는 사실을 눈치채지 못했을 만큼 교묘한 위장 타살 사건이었다.

이것을 소설로 쓰면, 남편이 하라는 대로 하는 유순한 처의 심리 묘사는 아무리 잘 쓰더라도 비평가에게 '부자연스럽다'라는 말을 듣고 끝날 듯하다.

범죄 수사의 벽

최근 흉악 범죄이면서 미해결된 사건이 많다.

1950년대 중반까지는 이런 일이 별로 없었다. 범인이 체포되지 않은 채 남은 사건은 있을지도 모르지만, 진범이 드러나지 않고 미궁에 빠진 사건은 적었다.

1959년이 되고 나서 특히 심해졌다. 1959년 6월 20일, 스튜어디스 살인과 아라카와의 무차별 살인 사건의 수사본부가 해산되었다. 미타카 권총 사건도 본부를 해산했다. 그보다 조금 전에는 쇼보트의 여급 살인 사건 본부가 해산되었다.

그 뒤 본부가 담당하고 있는 살인 사건은 몇 건이나 되는지 잘 모르지만 분명 아직 서너 건은 있다고 생각한다. 한때는 경시청 수사1과의 모든 반이 출동하여 텅 비었다고 신문에 났다.

대체 왜 이렇게 되었을까? 나는 수사 기술이 이전보다 뒤떨어졌다고 생각하지 않고, 범인의 범죄 기술(?)이 경시청의 수사 기술을 뛰어넘었다고도 보지 않는다. 이전부터 본 바로 수사 기술은 장족의 발전을 이루었다. 법의학도 진보하고 있고 그것을 응용한 감식도 진보했다. 특히 감식에는 최신 과학이 도입되었을 터이다. 예컨대 전쟁 전에는 혈흔을 조사하는 데에 루미놀 반응이라는 편리한 방법은 없었다. 겉으로 보면 모르지만 어두운 밤에 이 방법을 쓰면 혈흔이 형광색으로 빛나, 수사를 얼마나 편하게 해 주었는지 모른다.

그러나 살인 사건 중에 미궁에 빠진 사건이 많은 것은 무슨 이유일까?

원인의 하나로 인간 생활의 고립화를 들고 싶다. 도쿄 도의 인구는 해마다 무서워지리만큼 급증하고 있으나, 인간 생활의 횡적 관계는 확실히 극도로 고립되었다. "이웃은 무얼 하는 사람인지"[6]라고 하면 풍류로 들리지만 실제로 이것이 최근 도쿄 생활의 실체다. 회사나 공장이라는 시스템 속에서는 개인도 무척 복잡한 인간관계 안에 놓이지만, 일단 거기에서 해방되어 사생활로 돌아가면 모든 대인 관계에 뚜껑을 닫아 버린다. 시스템 속에 있는 숨 막힘, 번거로움, 기계화의 무미건조함을 통감하면 할수록 그렇게 되지 않을까? 그리고 오직 홀로 틀어박혀 있는 즐거움, 혹은 가족 단위의 개별 즐거움으로 빠지는 경향이 강해지지는 않을까?

나는 우리 집 근처에 어떤 사람이 사는지 모른다. 남이 이름을 말하며 물어도 모른다. 나만이 아니다. 딴 동네에 사람을 방문하러 가도 같은 경험을 할 때가 많다. 이 복잡한 생활 속의 고립이 범인 검거를 곤란하게 하는 원인 중 하나로 보인다.

---

6 에도 시대 하이쿠 시인인 마쓰오 바쇼가 지은 秋深き隣は何をする人ぞ(가을 깊은 데 이웃은 무얼 하는 사람인지)란 하이쿠의 일부분.

예를 쇼보트 여급 살인에서 찾아보면, 피해자(백골이 되어 있었다)의 신원이 밝혀진 뒤 교우 관계를 조사했지만 전혀 용의자를 알 수 없었다. 피해자가 가지고 있던 손님 명함 구백 몇십 장을 꼼꼼하게 조사했으나 용의자는 나오지 않았다고 한다. 논 위에 피해자 백골의 사지를 십자 모양으로 벌어지게 놓은 뒤 중심에 해당하는 지면에는 흉기로 보이는 잭나이프를 박아 놓았다. 이 모습이 서양의 주술을 연상시켜서 흥미로웠지만, 나는 범인이 증오심에 불탄 나머지, 사지를 인간이 쓰러진 모습으로 놓은 다음 몸통에 해당하는 부분에 나이프를 찔렀으리라고 추측했다. 백골 시체 사건은 수사가 곤란해 보인다. 이 사건도 관계자가 너무 많아서 혼잡 속에 있는 듯하다.

아라카와의 무차별 살인 사건은 충동적인 살인 사건으로 평소 피해자하고는 이해관계가 없었다. 즉, 살의를 품을 동기가 없었다. 동기 측면에서 주변 지인 관계를 수사하기란 전혀 불가능했다. 범행은 실로 소박했다. 그래서 오히려 수사가 곤란해졌다.

미타카에서 부인이 권총에 맞은 사건도 피해자에게 상당한 사정이 있었던 듯한데, 아무래도 '살인 청부업자'가 한 짓으로 보고 있다고 한다. 살인 청부업자라면 미국 갱 영화에서는 친숙하지만 현재 일본에 존재한다고는 도저히 실감이 나지가 않는다. 그러나 혹시 청부업자가 벌인 일이라면 가해자와 피해자 사이에는 관계가 없고 동기도 없으므로 수사하기가 곤란할 것 같다. 동기가 있는 고용주는 제삼자를 이용하여 추적자를 벗어날 수 있다. 미타카 사건의 경우도 인간 생활이 고립되어 있는 적절한 예다.

스튜어디스 살인 사건으로 가면 사정은 조금 다르다. 스튜어디스는 어떠한 동기에서 살해당했을까? 이를 알면 사건 내용을 알 수 있지만, 수사는 어느 지점까지 와서 '벽'에 부딪혔다. 이 '벽'을 해부하면 상당히 흥미로울 듯하다. 최근에 이 정도로 깊이를 느낀 사건은 없었다.

수사로는 현장 감식에 의한 과학 수사와 형사가 발로 뛰는 세심한 탐문 수사가 양립하지만, 인간관계가 고립되고 동기를 알 수 없게 되면 탐문의 효과는 기대하기 어려워지지 않을까?

옛날과 달라서 인권 존중이 수사에 어느 정도 '장애'가 되고 있는 점은 안다. 그러나 이 기초 위에 서서 새로운 수사 방법이 생겨나야 하며, 앞으로 복잡한 기구 안에서 고립된 개인 생활에도 대처하여 수사 기술 또한 더욱 진보했으면 한다.

동기 없는 살인

1959년 7월 6일 홋카이도에 강연 여행을 갔을 때, 전에 《분게이슌주》에 제국은행 사건을 쓴 인연으로 오타루에서 아다치 시장을 만났다. 시장은 히라사와 피고의 옛 친구로 히라사와 무죄설을 주장하는 사람 중 하나다. 히라사와가 언제나 허풍을 떠는 사람이라는 이야기는 했다. 하지만 그런 허풍쟁이니까 오히려 그 정도의 범죄는 저지르지 않을 것이라는 설이었다. 다만 오타루에서 히라사와의 평판은 그다지 좋지 않은 듯했다.

오타루에 도착한 날의 신문에 마침 흥미 있는 기사가 실려서 뒤이어 개요를 쓴다.

6월 23일 이른 아침, 홋카이도 우류 군 후카가와초 혼마치에서 기묘한 사건이 일어났다. 이 마을에서 세운 모자원에 사는 사토 도키(31세)가 5시 반쯤에 일어나 보니, 어젯밤 남동생 가노와 함께 그곳에 묵은 노점상 다나카 도요시게(26세)의 기색이 이상했다. 이불에서 불거져 나온 발의 색도 변해 있길래 의아하게 여기고 살펴보자 죽었다는 사실을 알았다.

시체에 외상은 전혀 없었고 저항한 흔적도 보이지 않아서 경찰 당국은 처음에 병사로 처리하려 했다. 하지만 삿포로 의대 스즈키 강사가 시체를 부검한 결과, 심장, 췌장, 눈바닥 등에 출혈이 있음이 확인되었으며, 소변, 정액 등을 흘린 것으로 보아 질식사로 판명이 나서, 타살로 수사를 개시하게 되었다. 사망 시각은 오전 2시 반쯤으로 추정했다.

죽은 다나카는 마찬가지로 노점상이었던 가노와 친해서 이번에도 가노와 함께 6월 21일, 22일 이틀에 걸친 다키카와 시의 제레 때 노점을 냈다. 그러나 매상이 별로 좋지 않아 숙박비를 내기도 버거워졌다. 그래서 가노가 "누나 집에 가자"라며 다나카를 불러 사토의 집에서 묵은 것이다.

그날 밤은 둘이서 카레라이스를 먹고 술 한 홉을 마셨다. 잠자리에 든 시간은 오전 1시쯤이었다고 한다.

사토가 사는 곳은 한 평 반짜리 방과 두 평 좀 넘는 방, 이렇게 두 칸으로, 죽은 다나카는 두 평짜리 방에서 가노와 한 이부자리에서 자고 사토는 한 평 반짜리 방에서 잤는데, 두 방 사이 장지문은 열려 있었다.

현장 검증 결과에 따르면 실내는 조금도 흐트러지지 않았고 외부에서 침입한 흔적도 전혀 없어서, 일단 내부 범행이라는 방향이 나왔다. 하지만 그 뒤의 수사에 따르면 사토 남매에게는 살인 동기도 증거도 없었다. 5시 반에 사토가 일어날 때까지 사토는 물론, 다나카와 함께 자던 가노도 아무것도 몰랐다고 했다.

이와는 별개로 아쓰부 군에서도 비슷한 사건이 일어났다. 그 신문 기사를 여행 가방에 넣어 두었으나 아쉽게도 도중에 잃어버렸다.

희미한 기억에 따르면, 다나카 사건보다 일주일쯤 전에 아쓰부 군 어느 마을에서 노파(?)가 비슷한 식으로 죽었다. 역시 외상은 없고 질식사 상태였다. 살해당할 이유가 하나도 없어서 '동기 없는 살인'이라는 표제가 붙어 있었던 것 같다.

같은 홋카이도에서 비슷한 사건이 연이어 일어나 흥미로웠다.

대개 교살당했으면 목 부근에 울혈이나 찰과상이 보이는데, 이 두 사건 모두 겉으로 보기에는 없었던 모양이다. 다만 눈바닥에 출혈 반점이 있었다고 하므로 분명히 질식사일 것이다.

이 일로 떠오르는 것은 앞서 말한 스튜어디스 살인으로, 시체를 발견했을 때는 관할인 다카이도 서가 자살로 인정했을 정도다. 목에는 치아노제[7]가 없었다. 눈꺼풀에도 출혈 반점이 뚜렷하지 않았다. 시체가 강 속에 누워 있었으므로 아마 익사일 것이라 하여, 시체를 감찰의무원으로 옮겼다.

나중에 한 형사가 신중을 기하기 위해 검사를 움직여서 게이오 대학으로 시체를 보내 부검하게 한 결과, 교살이라는 것이 밝혀졌다. 그래서 자살이 타살로 뒤집혔다. 그러나 당초 자살로 보고 현장 검증을 충분히 하지 않았기 때문에 수사 첫 단계에서 차질이 생긴 사실은 아는 대로다.

스튜어디스 살인의 경우, 어떠한 방법으로 목 졸라 죽였는지 추정하기 곤란하다고 한다. 일설에는 힘이 센 사람이 피해자의 목을 팔로 감아서 죄었을 것이라고도 하고, 다른 설은 순식간에 숨이 끊어지는 살해 방법을 썼을 것이라고도 한다. 양쪽 모두 일본인은 별로 쓰지 않는 살해 방법이라고 들었다.

---

7 혈액 순환이 안 되어 피부가 검은 자색으로 변하는 것.

홋카이도에서 일어난 사건이 혹시 타살이라면 살해 방법은 상당히 비슷하다. 다만 홋카이도 사건에는 외국인 설이 도움이 되지 않을 듯하다.

사실, 자는 사이에 외상을 남기지 않고 질식사시키는 방법이 있다. 무척 피곤해서 푹 잠들었을 때나 쇠약해진 사람이 자고 있을 때는 손바닥으로 코와 입을 막기만 해도 숨이 끊어진다. 다만 이는 어지간히 저항할 힘이 없는 노령자라면 가능해도, 스물여섯 살인 다나카의 경우에는 무리다. 한창나이인 사람이라면 여러 사람이 팔다리를 잡아 누를 수밖에 없다. 에도 시대 덴마초의 감옥 안에서 벌어진 사형私刑에는 이 방법을 썼는데, 적신 종이를 코에 댔다.

홋카이도 사건은 그 뒤에 어떻게 됐는지 알 방도가 없다. 관할서의 수사로 범인이 체포되었다면 어떤 방법을 사용했는지 물어보고 싶다.

전에 홋카이도에 갔을 때도 하코다테 서 외사 담당 고지마 유조 순사가 연말에 행방불명되었다는 기사를 읽었다. 그 사건은 전에도 썼는데, 그 뒤에 익사체가 되어 바다를 표류하고 있는 순사를 발견했다고 한다. 평소부터 술을 좋아했기에, 만취한 상태로 안벽岸壁을 걷다가 잘못해서 바다에 떨어졌을 것으로 추정했다고 한다. 즉 과실사다.

그러나 과실사인지 타살인지 확실히 알지 못하는 것이 익사다. 뒤에서 밀어 떨어뜨렸어도, 시체 소견은 익사나 다를 바 없다. 남자의 경우 바지 앞 단추가 열렸으면 과실 익사로 판정하는 듯하다. 바다나 강을 향해 서서 소변을 보다가 잘못해서 추락했다는 판단이다. 빈틈없는 범인이라면 밀어서 떨어뜨리기 전에 상대의 바지 앞 단추를 풀어 둘지 모른다는 상상도 할 법하다.

외사 담당 순사이니 어쩌면 불량 외국인에게 살해당했을 수도 있다. 외국인이라면 앞 단추를 푸는 정도의 지혜는 있을지 모른다는 것은 소설가의 공상이다. 어쨌든 홋카이도에 갈 때마다 신문에서 묘한 사건을 본다.

위조지폐 이야기

YE637623C라는 번호의 가짜 천 엔 지폐가 1959년 7월 31일 밤부터 도내都內 및 가까운 현에 나타나기 시작했다. 택시 기사, 신문 가판대 등이 피해를 입었고, 8월 중순까지 서른 장 발견되었다.

천 엔 위조지폐가 처음 나타난 것은 1950년에 진짜 천 엔 지폐가 발행되고 나서 불과 두 달 뒤의 일로, 그 이래 위조지폐가 오백오십 장 발견되었다. 가짜 지폐는 대개 받는 사람이 바쁠 때나 주위가 어두울 때 사용된다. 이번에도 밤에 옥외 신문 가판대나 어두운 택시 안에서 사용되었다. 받은 사람은 지폐 액면은 확인하지만 상대 얼굴은 관찰하지 않는다. 가짜 지폐 소문이 나지 않는 동안은 더욱 그렇다.

게다가 위조지폐는 은행까지 간 다음에 가짜 지폐라고 판명되는 경우가 많고 그 사이에 몇이나 되는 사람의 손을 거치기 때문에 사용자의 인상은 물론이고 입수 경로도 확실하지가 않다. 위조 사건의 수사가 곤란한 첫 번째 이유다.

두 번째 이유는 가짜 지폐 사용자는 단시간—즉 세간의 주의가 모이기 전에 되도록 넓은 범위에 걸쳐서 뿌리고 수사가 시작되면 자취를 감춰 버리므로 현행범으로 체포하기 곤란하다는 점이다. 이 사건에서도 하룻밤 새 가짜 지폐 스물여섯 장이 사용되었다. 금액으로 따지면 이만육천 엔. 이렇게 보면 범죄로 수지가 맞는다고 생각할 수 있다.

그러나 문제는 가짜 천 엔 지폐를 얼마만큼의 비용으로 만들었는지다. 1955년 말부터 1956년에 걸쳐서 발견된 뒤 마침내 사건이 미궁에 빠진 가짜 천 엔 지폐는 기술상 위조지폐 역사에서도 가장 뛰어난 것 중 하나지만, 한 장당 제작 비용이 이천 엔가까이 든다. 이번 가짜 지폐는 한 장에 육백 엔쯤 든 것 같은데, 그렇게 계산하면 스물여섯 장에 순이익은 일만사백 엔, 서른 장에 일만이천 엔. 그 이상 사용하면 위험하다. 어쨌든 붙잡히면 살인 버금가는 중죄다.

고작 일만이천 엔 이익으로 살인에 버금가는 중죄여서는 아무리 봐도 수지가 맞는 범죄라고 하기는 어렵다. 위조범은 대체로 두 번 되풀이하지는 않는다고 한다. 그 때문에 수사할 때 전과자 리스트는 도움이 되지 않는다.

다른 범죄와 달리 현장이나 단서를 얻지 못하는 점도 한 이유로 들 수 있다.

이번 사건에서는 피해자가 위조지폐를 사용한 사람 얼굴을 꽤 자세히 기억했다. 스물네다섯에서 서른 살 정도, 키 1미터 57센티미터 전후, 말랐으며 피부가 희고 얼굴이 갸름한 남자의 몽타주 사진이 나왔다. 8월 18일이 되자 이 인상에 딱 들어맞는 남자가 인쇄 재료를 산 사실이 밝혀졌다.

경시청 특별수사본부의 조사에 따르면, 이시카와 이치로라는 이름을 댄 이 남자는 올해 3월 하순에 다이토 구 아사쿠사의 오쓰카 롤러 제작소에 나타나서, 콜로타이프 인쇄[8]를 시작한다며, 길이 20센티미터, 지름 10센티미터의 수동 인쇄용 소가죽 롤러를 주문했다. 수동 인쇄 롤러는 보통 40센티미터가 표준이고, 주문한 물건은 그림엽서 정도의 작은 종이에 콜로타이프 인쇄를 할 때 쓰는 특수한 것이었다. 또 용의자는 오쓰카 제작소에서 콜로타이프 잉크 가게를 소개받아, 시부야 구 요요기의 닛코 상회

---

8 젤라틴을 칠한 판면을 쓰는 평판 인쇄의 일종.

에서 노랑, 빨강, 파랑 1킬로그램들이 통을 샀다. 닛코 상회 잉크의 특징은 투명도가 높은 점으로 가짜 지폐의 잉크와 많이 닮았고, 게다가 가짜 지폐에 필요한 세 가지 색깔밖에 사지 않은 점 때문에 본부는 유력한 용의자로 쫓기 시작했다.

지폐 위조는 대체로 세 가지 유형으로 나뉜다. 첫째는 1951년 야마나시 현 고후 시외에서 체포된 삼십여 명의 그룹이나, 몇 가지 의혹에 싸이면서 결국 수수께끼 사건으로 묻힌 1877년 후지타 조組 가짜 지폐 사건처럼 자본가가 자금을 대고 제판, 인쇄, 사용 등을 분담하는 다인수 형. 둘째는 1894년 도쿄 우시고메의 동판 조각 겸 인쇄 공장 사건처럼 다섯 명 정도가 분업하는 형. 셋째는 직인 기질의 숙련공이 모든 공정을 혼자서 하는 형이다. 또 하나, 이 경우는 초대형인데 교전중에 정부가 상대국 지폐를 위조해서 유통시키는 케이스도 종종 있었다.

손으로 그리는 방법은 제쳐 놓고, 지폐 위조는 극히 고도의 기술이 필요하지만, 오쓰카 롤러 제작소와 닛코 상회의 이야기를 종합하면 용의자인 젊은 남자는 인쇄 기술에 관한 지식이 별로 없어 보였으며, 또 이케부쿠로와 메구로에서 중년 신사와 젊은 부인 같은 여자가 사용했다는 신고가 들어온 점으로 추측할 때, 배후에 숙련된 인쇄 기술자를 포함하여 상당수의 사람이 있는 듯하다.

위조의 역사는 옛날 나라奈良 시대의 화동개진和銅開珍[9]으로 거

192

슬러 올라간다. 천 엔 지폐만 해도 이미 가짜 지폐가 이백사십 종種 발견되었다. 돈이라는 존재가 있는 한 동서양을 막론하고 가짜 지폐는 끊이지 않을 텐데, 실상과 달리 대단히 엄청난 이익을 볼 수 있으리라는 착각을 심어 주기 때문일까.

이런 쪽의 범인 심리를 다른 범죄 심리와 비교해 보면, 일이 고도의 기술을 요하는 관계로 오랫동안 인쇄업에 종사했거나 기술에 정통하여 긍지가 높은 남자가 자신이 제작한 위조품을 유통시키며 자부심을 만족시킨다는 특징이 있다. 그런 기묘한 창조(?)의 기쁨에, 위조품으로 진짜 물건을 살 수 있거나 사소한 거래를 한 뒤 거스름돈으로 진짜 현금이 손에 들어오는 물질적인 기쁨이 더해진다.

언제나 가짜 지폐의 관건은 용지 부분이다. 빛에 비추었을 때 보이는 무늬는 넣지 못하지만, 모조지 등을 이용하여 인쇄한 뒤에 니스를 얇게 바르면 종이가 미끄러워진다. 거기에 손때를 묻히면 꽤 사용한 오래된 지폐 느낌이 난다.

마지막으로 범인의 이미지를 적어 보면, 먼저 인쇄 제판 기술에 자신 있는 연배의 남자, 젊다 해도 기껏 마흔대여섯 살이나 필시 더 연상인 노老인쇄공일 것이다. 젊은 사람이라면 몇 명의 분업 형태로 이루어졌을 것이다. 젊은 사람의 단독 범죄라면 십

9 일본 최초의 화폐.

중팔구 제판과 인쇄 일을 한 사람이 겸해야 하는 아주 소규모 인쇄소에서 일했던 사람이다.

　장소는 사용하는 경우로 보나 제조하는 경우로 보나 도내다. 지방에 비해 주위에 대한 관심이 희박하여 발각될 우려가 적기 때문이다. 아무튼 노력은 많이 드는 데 비해 보수가 적은 범죄의 전형이다.

『일본의 검은 안개』에 대하여

들어가며

지금까지 사람들에게 『일본의 검은 안개日本の黒い霧』를 어떤 의도에서 썼느냐는 질문을 자주 받았다.

독자에게 소설가의 일로는 조금 기이한 느낌을 주었는지도 모르겠다. 누구나 한결같이 내가 반미적인 입장에서 이것을 쓰지 않았느냐는 질문을 한다. 점령중에 일어난 이상한 사건을 모조리 미국 점령군의 모략이라는 일률적인 관념 위에서 정리한 듯한 인상을 받았기 때문인 것 같다.

그 외에 이렇게 쓰는 방식이 "고유한 의미의 문학도 아니고 단순한 보고나 평론도 아닌 중간물 같은 '정체불명'의 물건"이라고 비난하는 사람도 있었다(예컨대 홋카이도 대학 나루세 오사무 조교수 등). 이 또한 필자인 내가 소설가인 데에서 품게 된 의문일 것이다.

이 시리즈를 처음부터 반미적 의식으로 쓴 것은 절대 아니다. 또한 처음부터 '점령군의 모략'이라는 나침반을 이용하여 모든 사건을 결론 내리지도 않았다. 각 사건을 추적해 본 뒤 귀납적으로 그런 결과가 나온 데 지나지 않는다.

먼저 『일본의 검은 안개』를 쓰려고 마음먹게 된 동기부터 이야기하면, 이전에 『소설 제국은행小説帝国銀行』을 다 썼을 때로 거슬러 올라간다. 나는 이 사건을 조사하다가 그 배경이 GHQ[1]의 어느 부문과 관련되었다는 사실에 도달했다. 이것 없이는 제국은행 사건을 해명할 수 없다고 생각했을 정도다.

제국은행 사건의 의문

제국은행 사건의 진범으로 간주된 히라사와 사다미치가 어떤 독물을 사용했고 그 독물을 어떤 경위로 입수했는지, 판결문에는 아직도 분명하게 기록되어 있지 않다.

이 독물을 보통 청산가리라고 얘기하지만, 그렇게 단순한 것이 아니라 최초 수사 기록을 읽어 봐도 청산화합물로 나와 있다.

---

1 연합군 총사령부.

그리고 그 화합물이 어떤 것인지는 화학적으로 해명되지 않고 끝났다.

히라사와가 독물을 입수했다는 최초 '자백'은 아무리 봐도 그 근거가 희박해서, 판결문에도 이를 기록하지 못하고 그저 단순히 '피고가 예전에 소지하고 있었다'라고 되어 있어, 흉기론으로는 실로 근거가 약하다.

많은 사람의 이야기처럼 이 독물이 당시 육군특수연구소 관계에서 유출된 것이 아니냐는 의심은 오늘날까지도 사라지지 않았다. 그러나 당시의 비밀스러운 성격 때문에 육군특수연구소에 있던 멤버들은 그 행방이 전부 확실하지 않다. 그뿐 아니라 최상급자 이시이 시로 중장 같은 사람은 GHQ의 비호를 받아 공중위생부 고문이 되었을 정도다. 중장이 만주에서 모략용 세균 연구를 하여 소련 측이 전범의 한 사람으로 기소를 요구했는데도 불구하고 미국 측은 감싸고 받아들였다.

제국은행 사건이 일어나자마자 경시청이 수사 첫 단계에서 구 육군 관계자를 한결같이 뒤쫓은 일은 지금에 와서는 숨길 수 없는 사실이다. 그러나 무슨 이유에선지 도중에 급격히 방침이 전환되어, 홋카이도에서 납치해 온 일개 서민 화가에게 모든 것을 뒤집어씌우고 '해결'해 버렸다. 당시 경시청이 최초 수사에서 부딪힌 중대한 벽이란 GHQ의 초권력의 장벽이었다고 생각한다.

솔직히 말해 이 벽의 정체를, 일본 측 수사로 인해서 구 육군의 특수 연구를 참고하던 어떤 종류의 조직이 공개적으로 드러나는 일을 특별히 막기 위해 GHQ가 행사한 권력이라고 추정한다. 범인이 어떤 자이든, 미군 측은 극비로 만들어진 비밀 조직의 존재를 범인을 추적하는 과정에서 외부에 알리고 싶지 않았을 것이다.

그러나 제국은행 사건은 단순히 GHQ가 그 조직을 드러내고 싶지 않았다는 동기만으로 그치지만, 시모야마 사건은 그보다도 훨씬 큰 의도하에 행해진 점령군의 모략이었다고 본다.

시모야마 사건[2]의 수익자

경시청은 아직까지도 초대 국철 총재 시모야마 사다노리의 죽음이 자살인지 타살인지 결론을 내리지 않았다. 그러나 세간에 흘러나온 〈시모야마 사건 백서〉에서는 자살이라는 방향으로 정

---

2 일본국유철도(국철) 초대 총재 시모야마 사다노리가 1949년 7월 5일 실종된 뒤 다음 날 철로 위에서 시체로 발견된 사건으로 진상이 확실히 밝혀지지 않은 채 매듭지어졌다. 자살설이 있는 한편으로, 공산당에게 뒤집어씌우기 위해 미군 측이 저지른 사건으로 보는 의혹도 있다. 미타카 사건, 마쓰카와 사건과 함께 국철 3대 미스터리로 불린다.

했다. 오늘날 수사가 중단되어 있는 모습을 보면 자살로 결론지었다고 여겨진다.

그러나 시모야마가 자살했다고 단정하는 데에는 여러 가지 모순이 있다. 상세한 것은 졸문에서 썼으므로 언급하지 않겠지만, 경시청 수뇌부는 아직도 시모야마의 죽음이 자살이 아니라고 믿는 것 같다.

경시청은 최초에 총재의 죽음을 타살 쪽으로 생각했는데, 수사를 진행함에 따라 어쩔 도리가 없는 거대한 장애에 가로막혔을 터이다. 경시청 수사가 타살에서 자살로 전환된 시기나 자살설을 뒷받침하기 위한 자료 수집 방식을 보면 이 억측에 근거가 없다고 할 수는 없다.

그렇다면 시모야마는 왜 살해당했을까? 모든 살인 사건에는 상대를 없애면 이익을 얻는 자가 반드시 존재한다. 이 사건에서 이익을 누린 자는 바로 미국 점령군(정확히는 G2=참모본부 제2부)이었다고 생각해도 크게 틀리지는 않을 것이다.

이미 알려진 것처럼 당시 국철은 정원법에 따라 직원을 대량 해고하기로 예정되어 있었다. GHQ가 일본 정부에게 권고했기 때문이다. 아니, 권고라는 형태를 취한 명령이었다.

당시 국철 노조는 일본 최대의 노동조합인 동시에 2·1 파업으로도 알 수 있듯 조합 운동의 중심이었다. 십이만 명이나 되는 정리 문제를 중심으로, 국철 노조가 다시 격렬한 투쟁을 개시하려 했다. 그러나 시모야마 사건이 일어난 뒤, 이 투쟁은 태풍의 중심에 원자폭탄을 던져 넣은 것처럼 쇠약해져서 흔적도 없이 사라졌다.

당시 부총재인 가가야마가 쓴 것처럼, "시모야마 총재의 죽음은 헛된 죽음이 아니었다. 이 사건을 계기로 국철의 대량 정리는 점차 진행되어 무사히 종료되었다. 총재의 죽음은 귀중한 희생이었다"라는 말이 된다.

또, 도시바 회장 이시자카 다이조도 "도시바 재건은 시모야마 씨의 죽음에 힘입은 바가 크다. 나는 지금도 시모야마 씨의 희생은 당시의 혼란한 여러 쟁의에 크게 도움이 되었다고 생각한다"라고 말했다.

그러나 이것은 진짜 수익자의 말이 아니다. 가장 큰 이익을 배당받은 자는 GHQ였다. 미소 냉전이 차츰 격해지던 이해에, 시모야마 사건으로 애초 점령군 스스로 부추긴 일본의 민주 세력을 원래대로 되돌려 놓았다. 마침 이 시기에 미국은 일 년 뒤의 한국전쟁을 예측하고 있었다고 본다.

나는 시모야마 사건에 대해 상당히 대담한 추정을 했다. 이 사건에 대해서는 그때까지 다소의 추측이 글로 발표되기는 했지만, 종합적으로, 그것도 시모야마 총재가 죽음에 이르기까지의 순서, 장소, 방법을 추정하여 제출한 것은 졸문이 최초가 아니었나 한다. 이 조사에는 내 나름대로 상당한 시일을 들였다.

사건의 전략성

처음에 발표할 때 소설가라는 내 처지를 생각하여 소설로 쓸 생각이었다.

그러나 소설로 쓰면 거기에는 픽션이 어느 정도 들어가야 한다. 또 그 부분이 아주 근소해도 독자는 진실의 조건 부분과 픽션을 구별하지 못하게 된다. 즉, 어설픈 픽션을 넣음으로써 객관적인 사실이 혼동되고 약해진다. 그보다는 조사한 재료를 날 것 그대로 열거하고 그 자료 위에 서서 내 생각을 서술하는 편이 낫겠다고 여겼다.

그런 까닭으로 '단순한 보고나 평론도 아닌' 특수한 스타일이 만들어졌다. 나는 처음부터 '고유한 의미의 문학' 같은 것을 쓸 생각은 없었다. 기성 틀에서 벗어나도 상관없었고 내 생각대로 자유로운 문장으로 발표하고 싶었다. 가장 효과적으로 독자에게 전달하기 위해서라면 지금까지의 형식 등은 아무래도 좋다고 여겼다. 그에 이어지는 일련의 이상한 사건은 모두 이런 방법으로 썼다.

미리 말해 두지만, 여기에서 채택한 재료는 모두 미군이 명실공히 일본을 점령하고 있던 사이에 일어난 사건뿐이다. 따라서 그 후의 일은 일단 이 틀 안에서 제외하기로 했다. 하지만 역사는 물 흐르듯 계속된다. 이런 의미에서 점령중의 사건으로만 한

정하는 것이 꼭 적당하다고 할 수는 없으나, 일단 이 틀 안에서 매듭지었다.

홋카이도에서 일어난 시라토리 사건, 라스트보로프 사건, 제국은행 사건, 마쓰카와 사건 등은 흔히 말하는 사건으로서의 냄새가 비교적 강한 것이다. 게다가 이 사건들은 시기적으로 같은 연대의 것이 많다. 시모야마 사건, 마쓰카와 사건, 미타카 사건, 시라토리 사건 등이라고 얘기하듯, 같은 연대에 연이어, 또는 연쇄 반응적으로 일어났다.

그리고 이 사건들은 결과적으로 민주 세력에 대한 제동기 역할, 더 구체적으로 말하면 일본에 있는 공산 세력의 '폭력성'을 '경고'한 사건이었다. 이런 방향은 가장 처음에 다룬 시모야마 사건의 배경과 공통된 정략성을 가지고 있는 듯하다. 아니, 정략성이라기보다도 전략성이라고 부르는 편이 옳을지도 모르겠다.

다만 이것은 사건 하나하나를 조사한 뒤의 결론이지 처음부터 하나의 잣대를 휘두르지는 않았다. 그러므로 개별 사건의 재료는 되도록 객관적으로 채택하고 배열했다고 생각한다. 자료도 될 수 있는 한 신용할 만한 것을 받아들이려고 노력했다.

역사가의 방법을 답습

물론 자료만으로는 사건의 진짜 모습을 알 수 없다. 자료와 자료 사이에는 계속성도 없고 관련성이 없는 것도 많다. 즉, 커다란 공백의 구멍이 뻥 뚫려 있다. 나는 역사가가 자료를 가지고 시대의 모습을 복원하려는 작업을 모방한 방법을 썼다.

역사가는 신용할 만한 자료, 소위 '일등 자료'를 수집하여 그것을 질서 있게 배열하고 종합적으로 판단하여 역사를 구성한다. 당연하게도 적은 자료로는 객관적인 복원이 곤란하다. 남은 자료보다도 잃은 부분이 많기 때문이다. 남아 있는 자료를 토대로 하여 이 빠진 부분을 추리하는 것이 역사가의 '사안史眼'이리라. 따라서 나는 이런 역사가의 방법을 이 시리즈에 쓴 셈이다. 또 그런 의도로 썼다.

그런데 신용할 만한 자료라고 해도 전부 정확한 모습으로 쓰여 있다고 하기는 어렵다. 여기서 말하는 '신용할 만한' 자료란 때로는 필자가 유명한 사람이라는 의미, 또는 발표한 잡지 등이 수상한 데가 아니라는 의미다. 그러나 나는 그 자료의 기술을 무조건 받아들이지는 않았다. 글을 쓴 당사자에게는 저마다 처지가 있다. 그러므로 기사의 왜곡은 면할 수 없다. 우익이든 좌익이든 그렇다.

이 점도 내 나름대로 판단하여 되도록 객관적으로 해석했다.

기사의 왜곡 자체가 참모습을 전해 주는 경우도 많았다. 즉, 이 왜곡된 부분을 다른 자료와 대조해 보면 오히려 거기에서 진실로 보이는 점이 발견되기도 했다.

시리즈 내용을 되도록 풍부하게 할 요량으로 단순히 '사건 이야기'로 제한하지 않고 쇼덴 사건이나 조선造船 뇌물 수수 사건, '정복자와 다이아몬드' 같은 경제 관계 사건도 다뤘다.

당시 일본에 와 있던 GHQ 간부 중에는 상당히 질이 안 좋은 사람들이 있었다. 이런 자들이 권력을 쥐고 일본을 지배하여 사리를 꾀한 것도 사실이다.

또한 GHQ라고 한마디로 얘기했지만, 이 시리즈 안에서 일관되게 설명한 것처럼 G2와 GS(민정국)의 투쟁이 끊임없이 이어졌다. 이것이 점령 정책을 한층 더 복잡하게 한 사실은 부인하기 어렵다. 하지만 작전부와 민정국의 파벌주의가 충돌하면서 오히려 GHQ 점령 정책의 참모습을 보여 줬으니 얄궂은 일이다.

지휘권 발동 문제

쇼덴 사건의 지휘권 문제에 대해서는 내 나름대로 미루어 판단했다. 지휘권 문제는 당시의 법무대신이었던 이누카이 다케루 씨가 메모를 발표하는지, 안 하는지의 문제로 정계 일부를 동요시켰다고 전해질 만큼 오늘날에도 살아 있는 문제다. 나는 《분게이슌주》에 졸문을 발표하고 이누카이 다케루 씨에게 공격을 받았다.

나는 곧바로 반론을 썼지만, 이누카이 씨의 글에 검찰이 화가 나서 이누카이 씨를 고발하는 사태로 번졌다. 당연히 그 글을 실은 분게이슌주 사도 고발당하는 상황이 되어, 내가 같은 잡지에 반론을 실으면 일이 대단히 성가시게 된다는 충고에 게재는 보류되었다.

그런데 그 반론에 대해 아무런 회답도 하지 않는 내게 상당한 비난조의 질문과 투서가 왔다.

독자가 이누카이 씨의 반론대로 내가 사건을 왜곡하여 썼다는 인상을 받고 비난한 것이다.

이 고발 사건이 일단락되어 내 글을 같은 잡지에 싣기로 약속했지만, 불행히도 이누카이 씨가 세상을 떴다. 내 회답은 그대로 남겨졌으나 이 기회에 《분게이슌주》에 싣지 않았던 졸문의 요지를 말하려 한다. 이는 세상을 떠난 이누카이 씨에 대해서가 아니라 독자의 의문에 답하기 위해서다.

지휘권 발동에 대한 명쾌한 자료는 요시다 시게루[3]의 『회상

---

3 일본의 수상. 1946년 5월 22일부터 1947년 5월 24일까지, 1948년 10월 15일부터 1954년 12월 10일까지 5번 역임했다.

십 년回想十年』에 단적으로 나와 있다.

"그래서 나는 오가타 부총리의 진언도 있어서, 이누카이 법무대신으로 하여금 직권에 의해 국회 회기會期 만료까지 체포를 연기해야 한다는 뜻을 검찰총장에게 지시하도록 했다. 회기는 이제 몇십 일을 남겨 두었을 뿐이었다. 그러나 이것이 지휘권 발동이라고 불리며 비난의 표적이 되었다."(위 책 제1권)

이누카이 씨가 이때의 발동을 아무리 자주적인 것이었다고 해도 요시다 씨의 이 한 문장에는 당하지 못한다.

또 《분게이슌주》에 실린 이누카이 씨의 〈'지휘권 발동' 쓰지 않은 기록〉(1960년 5월 호)에는 내가 여러 가지로 놀란 점이 있다.

'지휘권의 초고 내용에 대해 상의하고 싶습니다, 라며 전화를 한' 검찰 관계의 어느 대선배가 있었다는 점이나, '검찰청에 큰 힘이 있는 정치가 모 씨가 있었다'는 점이나, '검찰 당국은 과연 전문가답게 치밀한 안을 세우고 와서 모든 방면을 원만하게 수습하고 게다가 수사 목적을 달성했다'는 지혜로운 이가 검찰진에 있었다는 점을 이누카이 씨 자신의 글이 가르쳐 주었다.

게다가 '아쉽게도, 이 안案은 열에 하나 실패할 확률을 미리 예상해야 한다'라는 '안'이 있었던 점과 '열에 하나인 실패 확률로도 내각은 순식간에 무너진다'라는 참으로 놀랄 만한 대목이 있었다.

혹시 이것이 사실이라면, 이누카이 씨의 글은 지휘권 발동에 얽힌 모략성을 스스로 나타낸 것이다. 즉, '10분의 1의 실패로도 순식간에 내각이 무너지기' 때문에 그것을 구하려고 이누카이 씨는 불행한 모략의 희생자가 되었다.

또 이누카이 씨는 지휘권 발동에 대해 "결국 시간이 다 되었다는 형태로, 외부에서 지휘권에 관한 공문서가 와서, 사표를 제출한 법무대신의 책상 위에 놓이는 결과에 이르렀다"라고 썼는데, 이 글을 읽고 그 '형태'를 확실히 이해하는 사람은 아마 없을 것이다.

유령도 아니고 공문서가 외부에서 와서 책상 위에 놓였다니 이상하기 짝이 없고, 또 법무대신이 사표를 제출한 뒤라면 이 공문서라는 것의 주체성은 대체 어디에 있는 걸까? '외부에서 온' 것에 무언가 정체 모를 기괴함이 있다.

이누카이 씨가 나에게 한 비난의 핵심은, 법무대신이 모 검찰청 수뇌와 함께 증거 서류를 검찰청 안뜰에서 태웠다는 대목이다. 그런 말도 안 되는 일이 가능할 리 없다고 이누카이 씨는 말한다.

이누카이 씨는 이에 대한 취재원을 내게 밝히라고 했지만, 이 이야기는 이누카이 씨와 가장 가까운 친구 중 한 사람이자 평론가로 현재 언론계에서 활약하는 사람에게서 내가 직접 들은 내용이다.

그가 일반인이었다면 물론 나는 쓰지 않았겠지만, 그 사람은 정계 내부를 무척 상세하게 알고 있는 데다 어느 날 밤 자신이 이누카이 씨에게서 그 이야기를 들었다는 서론으로 이야기를 시작했다(그 속기록도 보존하고 있다). 다만 그와 주고받은 이야기의 확실한 증거를 얻지는 못해서 "만일 그게 진실이라면"이라는 단서를 붙였다. 나도 상식적으로 생각해 그것을 쓰는 데 주저했지만 상식이 통하지 않는 것이 정계이니, 하나의 참고로 썼다.

또, 소위 지휘권 발동을 "쪽지 한 장을 붙여서"라고 내가 쓴 부분을 이누카이 씨는 실수라고 했지만, 당시 매일 몇십 통이나 오는 문서에 연기한다고 쓴 쪽지를 붙여서 되돌려 보낸 사실은 이누카이 씨 자신도 쓴 내용이다.

이상이 당시 써 두었던, 이누카이 씨의 공격에 대한 내 반론의 요지다. 지휘권 발동 관련은 지금도 성가신 문제로, 거기에는 당시 검찰 수뇌부의 기묘한 움직임이 얽혀 있다. 요시다 시게루 씨에게는 이 사건의 진짜 내용을 꼭 기록해서 남겨 두었으면 하는 바이다.

한국전쟁과 사건

이 시리즈의 마지막을 한국전쟁으로 한 것은 점령중 일본에서 일어난 이상한 사건이 결과적으로 여기에 집약된 형태가 되었기 때문이다.

원래 GHQ가 처음부터 한국전쟁의 발발을 의도하지는 않았을 것이다. 그러나 그와 비슷한 어떤 초점을 미 점령군은 '예측'하지 않았을까?

미국이 일본 민주주의(그것도 미국 정책의 틀 안에서지만)의 지나친 움직임을 시정한 것은 일본을 극동의 대 공산권 방파제로 확실히 인식한 데에서 시작된다.

그러나 하나의 큰 정책 전환은 그것만으로는 쉽게 이루어지지 않는다. 반드시 그에 어울리는 분위기를 만들어야 한다. 이 분위기를 만들기 위한 공작이 다양한 일련의 이상한 사건이 되어 나타났다고 생각한다. GHQ가 한국전쟁을 구체적으로 계산하기 시작한 것은 1949년 무렵부터일 것이다.

즉, 한국전쟁이 일어나기 일 년 전이다. 이해에 마닐라에 있던 CIA가 일본으로 옮긴 것도 이를 증명하는 한 가지라고 하겠다. 1949년에 시모야마 사건, 미타카 사건, 마쓰카와 사건, 아시베쓰 사건 등 철도에 관한 사고가 발생했다. 이 사건들이 모두 철도와 관련된 점에 주목했으면 한다. 작전과 철도는 불가분이고, 수송 관계는 작전의 한 영역이다.

이 일련의 사건은 벌써 잊히고 있다. 당시 신문 기사로 읽은 독자도 거의 개념만 어슴푸레 기억하는 상태다. 또, 그때는 어렸던 사람이 지금은 성년이 되었다. 젊은 사람을 위해서 이 사건들을 대체로 반쯤은 소개하는 식으로 기술해 두었다.

GHQ의 일본 점령사는 오늘날 드문드문 나오기 시작했다.

그러나 대다수는 현대사라고 하여 개관적인 것이 많고 나처럼 느끼는 식으로 쓴 글은 적다. 이런 사건들도 어떠한 형태로든 기록해 두지 않으면 장래에는 알 수 없게 되리라는 생각도 이 글을 쓴 나의 은밀한 의욕이었다.

그것이 성공했는지는 독자의 판단에 맡길 수밖에 없다. 나 자신에 대해 말하자면 여러 가지 충분히 쓰지 못한 부분도 있고 자료 수집이 부족한 부분, 조사가 미숙한 부분도 있지만, 1960년에 한 일로 후회는 없다.

마쓰카와 사건[1] 판결
그 순간

판결 순간

1961년 8월 8일, 센다이 고등법원의 장중하고 낡은 건물 천장에서 선풍기 네 대가 천천히 돌고 있었다. 이날 모처럼 화창한 하늘에서 내리는 여름 햇살에 창문의 스테인드글라스 색이 빛났다. 방청석에서는 소곤거리는 사담과 인사가 오갔다.

9시 정각, 정면의 문이 열리고 몬덴 재판장이 배석판사 두 명

---

1 1949년 8월 17일 마쓰카와 역을 지나가던 열차가 선로를 이탈하여 전복되었다. 조사해 보니 선로의 볼트가 풀려 있는 등 고의적인 손상이 발견되었다. 곧 국철과 도시바 사의 노조원들이 혐의를 받고 체포되었다. 재판은 1, 2심을 거친 뒤 최고재판소(대법원에 해당)로 갔다. 여기서 2심 선고가 파기되었다. 그 후 센다이 고등법원에서 파기환송심이 열렸는데, 피고 전원이 무죄를 선고받았다. 검찰은 재항소했지만 최고재판소는 이를 기각하였다.

을 거느리고 나타났다. 관례대로 전원 기립. 한동안 텔레비전과 영상 촬영이 실시되었다. 처음에 몬덴 재판장은 얼굴을 붉히더니 때때로 입술 언저리가 휘어졌다. 역시 조금 상기된 것 같았다.

두 젊은 배석판사는 미동도 하지 않았다. 카메라 플래시에 둘의 안경이 빛났다. 드디어 판결이 나온다.

카메라진 퇴장. 안경이라고 하니, 몬덴 재판장은 서류를 볼 때는 돋보기안경을 꼈고 피고인 이름을 부를 때는 안경을 벗고 상대방 얼굴을 들여다보았다.

피고는 자기 이름을 부르면 말없이 한 사람씩 일어섰다. 최후의 판결을 직전에 두고, 뒤에서 봐도 피고들은 긴장한 상태였다. 몬덴 재판장은 헛기침을 한 번 한 뒤 조용한 어조로 판결 주문을 읽기 시작했다.

마이크 상태가 나빠서 잘 전달되지 않았지만, 마지막의 낮은 목소리가 전기처럼 온 법정을 내달렸다.

"피고인 전원 무죄."

순간, 법정 안은 일종의 진공 상태가 되었다.

재판장은 담담하게 판결 이유를 읽기 시작했다. 내 옆에 있는 히로쓰 가즈오[2] 씨는 손수건을 꺼내서 쏟아지는 눈물을 닦다가 이윽고 재판장을 향해서 깊숙이 고개를 숙였다.

이때부터 겨우 법정 안에서 웅성거림이 일고 손수건이 움직였으며 앞자리에 있는 사람이 뒤쪽 방청인의 손을 잡는 장면이 보였다.

주문을 읽은 직후에는 박수가 드문드문 일어났을 뿐이었다. 물론 법정에서 소란은 금지되어 있으나 그렇다 해도 힘없는 박수였다. 하지만 이는 너무나도 큰 감동 때문에 순간 허탈함이 피고들을 비롯하여 방청석을 뒤덮었기 때문이다.

그 감동은 재판장이 정면 문으로 뒷모습을 보이며 사라졌을 때, 옆자리의 히로쓰 씨가 일순 멍하니 "이걸로 이제 끝난 겁니까"라고 중얼거린 것과 똑같은 감동이었다. 무리도 아니다. 십이 년간, 이 재판과 계속 싸워 온 히로쓰 씨로서는 허망했으리라. 그러나 어떤 역사적 풍경에서도 때마침 그 자리에 있던 사람에게는 그 순간이 허망한 법이다. 또는 오랜 기간에 걸쳐 쌓인 중량감 때문에 마지막에 한순간의 진공이 왔다고 할 수 있다.

몬덴 재판장의 낭독(목소리가 낮은 데다 억양 없는 어조)은 바깥의 환성과 박수와 신문사 헬리콥터 소리로 종종 끊어졌다. 창밖에서 터져 나오는 민중의 큰 소리와 법정 안의 조용한 낭독이 한 편의 드라마를 구성하여 몸을 죄어 왔다.

2 일본의 소설가이자 평론가. 마쓰카와 사건과 재판에 대해 여러 책을 집필했다.

몬덴 판결의 구성

파기환송심이 된 이래, 검찰 측도 변호인 측도 새로운 증거 발견에 전력을 다했다. 특히 검찰은 연이어 새 증인을 신청하고, 초기 수사 단계의 수사 기록도 엄청나게 제출했다. 재판장은 이 새로운 증거를 어떻게 판단했을까? 재판장 스스로 마쓰카와 재판을 "증거 관계는 방대한 데다가 극히 복잡다기한 거대 사건이다"라고 평했다. 사실 1심부터 시작하여 십이 년간, 재판이 상급심으로 진행됨에 따라 증인 신청과 증거 서류 제출은 엄청난 수로 불어났다. 현장 검증도 여러 차례에 걸쳐 이루어지고, 쇠지레와 멍키 스패너에 대한 논의도 격렬했다.

그런데 몬덴 재판장의 판결론은 주로 실행 행위에 중점을 두고 구성되었다. 최고재판소가 파기환송 이유로 단독 모의나 공동 모의에 '사실 오인의 혐의'를 들은 반면, 실행 행위에 대해서는 언급하지 않았기 때문에 여기에는 최고재판소 판결의 구속이 미치지 않는다는 검찰 측 의견이 있었다. 하지만 몬덴 재판장은 우선 이것을 깨뜨렸다.

몬덴 판결은 '증거 불충분'이라는 소극적 무죄론이 아니라 피고의 억울한 죄를 여러 증거에 의해 적극적으로 밝힌 '완전 무죄론'이다. 재판장의 판결 이유 요지를 보면 곳곳에서 수사 당국의 허점과 검찰 측 논고의 실수를 짚고 있다. 또, 변호인 측에게는 검찰이 제시한 증거능력을 충분히 검토하지 않은 점을 나무랐다.

예를 들어, 아카마, 혼다, 다카하시 세 사람이 선로 파괴를 끝내고 돌아오는 길에 모리나가바시라는 곳에서 휴식했다고 검사는 주장한다. 그 증거로 때마침 비료 수레를 끌고 지나간 농부가 셋의 모습을 봤다는 것이다. 오전 3시 10분경의 일이고 증인은 나이, 복장까지 말했다. 그러나 이번 파기환송 공판에서 농부가 목격한 밤과 똑같은 월령月齡이었을 때 실험한 결과, 나이, 복장, 명확한 사람 수를 식별하는 것이 불가능하다는 사실이 밝혀졌다. 검찰도 검증했으나 이때는 8월 17일이 아니라 7월 8일의 같은 시각이었다. 이에 대해 몬덴 재판장은 7월 8일과 8월 17일은 똑같이 해 뜨는 시각 전이라도 서로 어두운 정도가 다르다며 변호인 측의 태만을 꼬집었다.

"해 뜨기 전의 똑같은 시각이라도, 한 달 차이가 나는 7월과 8월은 어두운 정도가 상당히 다르다. 변호인이 검사가 한 이 주장의 비과학성을 조금도 캐묻지 않고 묵과한 것은 지나치게 관용적이다."

오십 명 이상의 변호인 측은 재판장에게 날카롭게 지적받자 모두 기쁜 듯한 쓴웃음을 띠었다. 검찰 측은 무표정하게 그저 낭독에 귀 기울였다.

이번 파기환송심의 특징은 사건 직후의 진술 조서와 수사 보고서 등의 서증書證이 새로 제출된 점이다. 몬덴 재판장은 종래의 증거와 이 새로운 증거(진술 조서만으로도 천육백 통에 달했다)를 가지고 "온갖 심리를 하여 진실의 탐구와 발견에 전력을 기울였다"고 하는데 확실히 그 노력은 보답받았다고 해도 좋다. 새로운 증거에 의해 검찰 측, 변호인 측이 깨닫지 못한 점을 몇 가지 지적하여 피고의 무죄를 적극적으로 증명했다.

판결문의 구성을 보면, (1)혼다의 알리바이 증명 (2)다카하시의 알리바이 증명 (3)아카마의 알리바이 증명이 중점인 것으로 여겨진다. 당연히 이 셋은 선로를 파괴하러 가서 도중에 도시바 측의 사토 하지메, 하마사키 쓰기오와 합류하여 파괴 행위를 한 것으로 되어 있다.

혼다의 알리바이와 다카하시의 알리바이를 성립시킨 것만으로도 이미 아카마의 알리바이가 허구라는 것이 자동적으로 증명되었다. 국철 측 세 사람이 공동으로 파괴 행위를 했다고 되어 있으므로 혼다와 다카하시에게 알리바이가 있으면 아카마의 행위도 없었다는 결론이 나오기 때문이다.

'혼다 알리바이'는 그때까지 변호인과 검찰 사이에서 격렬한 응수가 오간 부분이다. 혼다는 16일 밤, 술에 취해 국철 노조 사무소에서 잤는데, 이때 그의 모습을 목격했다는 증인의 증언이 애매하거나 도중에 변경되는(명백히 취조 측의 의사가 작용했다고 생각한다) 등의 일도 있어서 복잡하게 얽힌 문제였다.

어느 증언에서나 문제가 되는 것은 '기억 차이'다. 사실 우리는 사흘 전에 일어난 일이 정확히 몇 시에 일어났는지 기억하지 못한다. 이 재판에선 검찰이 인간의 기억이 애매하다는 사실을 최대한 이용했다. 예컨대 혼다를 깨웠다는 기무라 다이지 증인은 처음에는 네 번 소환되는 동안 17일(사건 당일) 아침이었다고 일관되게 주장했지만, 검찰이 15일 아침을 착각한 게 아니냐고 집요하게 이르자 17일 아침이었다는 증언을 취소했다.

하지만 재판장은 기무라의 증언이 바뀐 것이 네 번이나 소환된 뒤였다는 점에 주목하고, 오히려 변경 전 증언에서 신용성을 찾아냈다. 이런 점에서 재판장은 인간 심리를 꿰뚫어 보았다고 해야 한다. 또한 다른 참고인의 진술 조서는 있어도 혼다가 체포된 직후에 조사받은 기무라의 증언이 보이지 않은 점도 수사 측이 일부러 불리한 상황을 감춘 걸로 볼 수 있다. 그러므로 재판장은, 변경된 기무라의 증언은 완전한 위증이다, 라고 말하고 싶은 듯하다.

'다카하시 알리바이'에 대해서는 다음과 같다. 다카하시 부부는 스즈키 세쓰라는 노파 집의 이층을 빌려 썼는데 출입할 때는 세쓰의 침실 옆을 지나가야 하는 구조였다. 다카하시는 아내와 함께 전날 밤 12시쯤에 지장보살 축제에서 돌아온 다음 곧바로 파괴 행위에 나서서, 다음 날 아침 7시경에 돌아온 것으로 되어 있었다. 검찰은 세쓰가 자고 있었기 때문에 출입을 눈치채지 못했을 것이라고 주장했다. 다카하시 아내의 증언은 일반적 불신용성 입장에서 받아들여지지 않았다.

그러나 몬덴 판결은 자고 있는 세쓰 옆을 들키지 않고 드나들기는 불가능하다고 단언하고, 다카하시가 17일 아침 7시 반쯤에 세쓰에게 열차 사고 이야기를 했다는 사실을 채택했다. 전부터 검찰은 다카하시가 국철 노조 사무소에 들렀기 때문에 열차 사고는 철도 전화로 알았거나 돌아오는 도중에 민가에서 흘러나오는 라디오로 이를 들었을 것이라고 했다. 하지만 다카하시 집의 이층에도 라디오가 있었다. 집에 온 다카하시가 그 라디오를 듣고 아래층의 스즈키 세쓰에게 이야기했다고 해도 부자연스럽지 않다. 그러나 이래서는 검찰이 불리해진다. 그래서 "다카하시 집의 라디오는 고장 났다"고 강변했다.

몬덴 판결은 전날 밤까지 다카하시 집의 라디오가 고장 났다는 흔적이 없고, 검찰이 그 라디오를 한 번 조사했지만 그에 대해 아무런 보고도 하지 않았다는 사실에 착안하여, "다카하시 집의 라디오는 고장 나지 않았다"라고 명쾌하게 생각했다. 그래서 아내의 증언도 신용하기에 충분하다고 인정되었다.

여기에서 우리는 보통, 사람은 밤에 가족과 함께 잔다는 점을 떠올린다. 가족이어서 법적으로 말하는 일반적 불신용성 때문에 증언이 채택되지 않는다면, 우리의 일상생활은 늘 불안한 상태에 놓인다. 평소에는 느끼지 못하지만 막상 무슨 사건에 말려들 경우 우리는 언제 다카하시와 같은 처지가 될지 모른다. 다카하시는 아래층에 스즈키 세쓰라는 제삼자가 있었으니 다행이었지만, 그 집에 한 가구만 살았더라면 수사 당국과 검찰이 더 괴롭혔을 것이다. 게다가 다카하시는 다리가 안 좋았다. 다리가 안 좋은 다카하시가 짧은 시간 안에 장거리를 가 현장에 도착한 것이 지금까지 문제가 되었는데, 재판장은 이 점 또한 "이런 사람을 실행자로 고를 리가 없다, 부자연스럽다"라며 나무랐다. 몬덴 판결은 이상의 판단을 '우리의 양식'이라고 했다. 양식이란 실로 객관적인 판단과 지극히 자유로운 처지에서 하는 추측을 말하는 게 아닐까. 수사 당국과 검사는 처음부터 '묶인 처지'에 놓여 있었다.

재판장은 '아카마 자백'에 대해 "아카마의 자백 없이는 마쓰카와 사건은 존재하지 않는다"라고 하며 "사건 구성상 가장 중요한 요소다"라고도 했다. 게다가 "아카마 자백은 아담과 이브"이자 "아카마 자백으로부터 차례로 다음 자백이 생겨났다"라고 했는데 참으로 알기 쉬운 뛰어난 표현이다.

애초에 '아카마 자백'은 아카마의 자백만으로 이루어져서 거기에는 객관적인 뒷받침도 없고 확증도 없다. 당시 열여덟 살이었던 다소 불량스러운 소년이 "오늘 밤 기차가 전복한다"고 친구에게 이야기한(이른바 아카마 예언) 것을 탐문해낸 수사 당국이 소년을 연행하여 강제로 자백시켰다. 몬덴 판결은 강제적이었다는 사실을 다양한 점에서 논증했다. 예컨대, 아카마의 할머니인 아카마 미나의 경찰 조서는 다케다 순사부장이 썼고 미나는 글을 전혀 몰랐다. 그러므로 순사부장이 미나의 진술을 좋을 대로 해석하여 쓴 것으로 보여도 할 수 없다. 이번에 새로 제출된 서증에 의해 "다케다 부장은 미나의 진술을 속여서 아카마에게 이야기했음을 인정해야 한다는 사실이 완전히 명백해졌다"라고 결론을 내렸다.

또한 아카마가 당일 밤 집에 돌아와서 그때 놀러 와 있던 열여섯 살 된 여자아이의 머리카락을 잡아당긴 사실이 있지만, 아카마가 이를 진술해도 채택하지 않았고 수사 측이 상대 소녀에게 묻지도 않았다. 이 점도 "수사 상식상 당연히 에쓰코(그 소녀)도 조사를 받아야 할 중요 참고인인데 진술 조서 등의 자료가 전혀 없는 까닭은, 에쓰코도 같은 취지의 진술을 해서 아카마의 알리바이를 증명했기 때문이라고 봄이 타당하다"라며 수사 측의 트릭을 꿰뚫어 보았다.

다케다 부장이 아카마 할머니의 조서를 낭랑하게 읽으며, 절망에 빠진 아카마에게 진범이 여기 있다고 큰 소리로 외쳤기 때문에 아카마가 "자백 내용의 합리성 따위는 생각하지 않는다고 스스로 인정한, 확신과잉형이라고 부를 수사 베테랑 다마카와 경시 앞에서 쉽게 자백했다"라며 '아카마 자백'의 근거를 꼬집었다.

1심의 현장 검증 때 아카마가 혼다와 휴식하다가 "우리가 쉰 건 조금 더 저쪽이야"라고 한 말을 지키던 순사가 들었다. 이러한 아카마 실언 문제가 있다. 그러나 실제로는 아카마의 변명처럼 "우리가 쉰 걸로 되어 있는 곳은 조금 더 저쪽이었지"라는 의미였다. 이 말을 들은 순사는 직무적인 선입관에서 그 말만 따로 떼어 해석한 것으로, "그 한마디 자체를 선입관으로 왜곡한 뒤 받아들였다"라고 재판장은 단언했다. 이런 일은 우리가 일상생활에서 곧잘 경험하는 것으로, 짧은 말 한마디가 멋대로 해석되어 상황에 따라서는 사람의 생명을 끊는 자료가 된다고도 생각하면 '말 한마디가 화를 부르는' 정도가 아니다. 전율을 느끼게 된다.

　이미 혼다, 다카하시의 알리바이가 성립한 이상, 둘과 함께 철도를 파괴했다는 '아카마 자백'은 무너진다. 게다가 이 셋과 공동으로 파괴 작업을 했다는 도시바 측의 사토 하지메, 하마사키 쓰기오의 실행 행위도 해소된다. 즉, 실행조 중 먼저 둘을 제거함에 따라 남은 셋도 자연히 무너지는 구조다. 물론 그 용의들의 전제가 되는 연락 모의 등의 혐의는 말끔히 사라진다. 몬덴 판결은 근래에 보기 드문 뛰어난 구성으로 우리에게 충분한 설득력을 보였다.

배후의 연출자

나는 이번 판결 이유를 읽고, 사건 전에 이미 모든 피고가 수사 당국의 리스트에 올라 있었다는 느낌이 한층 깊어졌다. 이전에 졸저 『일본의 검은 안개』에서 마쓰카와 사건에 대해 썼는데, 지금도 그 감상에는 변함이 없다. 여기에 그 내용을 상세히 되풀이하지는 않겠으나, 요컨대 당시의 정치적, 사회적 정세 속에서 피고들은 수사 당국에게 일찍부터 감시당하고 있었다고 생각할 수밖에 없다. 먼저 아카마라는 당시 열여덟 살의 불량소년을 체포하고, 당국이 세운 계획에 따라 강제로 '자백'시키고, 그의 입을 통해 차례차례 '범인'을 체포한 뛰어난 수완은, 사전에 당국에게 그 '후보자'가 있었다고 상상될 정도다.

'아카마 자백'은 이 사건의 '가장 중요한 요소'이자 '아담과 이브'지만, 실제의 아담과 이브는 아카마가 아니라 그를 조정하여 자백시킨 다마카와 경시를 비롯한 수사 당국이 아닐까?

많은 사람이 마쓰카와 사건의 날림 수사를 지적했다. 그러나 조작된 사건의 최초 구상부터가 날림이었다. 단적으로 말해, 설계자는 이만큼 번거롭게 얽히리라고는 생각하지 않았을 것이다. 당초 목표는 소박한 형태였을 테고 그런 구상으로 밀고 나갈 수 있으리라 여겼을 것이다.

그러나 애초에 조작된 것이기에 여러 모순이 생긴다. 그 모순과 실수를 얼버무리기 위해 수사 당국이나 검찰이 보강 공작을 했다. 하지만 무리하게 만든 것이라 보강 공작도 새로운 모순이 되어 나타난다. 그것을 또 수정해야 하기 때문에 무리한 점이 더욱더 겹쳤다고 본다. 검찰이 여러 증인을 내세운 일이 바로 이런 공작이고, 허술한 부분이 각 증언의 불일치가 되어 나타났을 것이다. 이렇게 쌓여서 '증거 관계는 방대한 데다가 극히 복잡다기한 거대 사건'이란 식으로 어마어마하게 부풀었다.

파기환송심 때문에 검찰은 새 증거를 많이 제출했으나, 주요한 것 대부분은 초기 수사 단계의 기록이었다. 그런데 여기서 오히려 피고단의 모의는 물론, 실행 행위를 '확신하기에 충분한 증거 형성과는 거리가 먼 결과로 끝난' 사실은, 앞서 기술한 무리한 계획을 증명한다.

마쓰카와 판결의 반향

그러나 이번 판결로 이 사건의 진상 규명이 정말로 불가능하다는 생각이 들었다. 열차가 인위적으로 전복된 것은 의심할 바 없는 사실이다. 누군가가 한 짓이 틀림없다. 그 누군가를 끝내 '재판'이 추적하지 못했다는 사실은 일반 대중에게 답답하고 개운하지 못한 기분을 남겼다.

그래서 지금 이 재판 결과를 받아들이는 태도 일부에 어떤 분위기가 조성되고 있다. 마쓰카와 피고단이나 그들을 동정하는 이들이 벌인 일종의 '시위 행위'가 재판에 하나의 압력을 가해서 이번 판결이 나오지 않았느냐는 것이다. 이 '시위 행위'가 없었다면 무죄라는 판결이 나오지 않았을지도 모른다. 즉, 재판관이 이 압력에 굴복하지 않았느냐는 식의 이야기다.

여기에서 내 글은 첫머리에 나온 법정 바깥의 환성 대목으로 돌아간다. 지금 문득 안보 비준[3] 당시 수상 관저 바깥에서 벌어진 시위가 예로 떠올랐다.

당일 밤, 군중에게 둘러싸인 수상 관저 안에서 기시 수상과 각료들은 얼굴이 창백해졌을지는 모르나 이 시위에 굴복했을까? 그 때문에 기력이 쇠했을까? 순간 공포를 느꼈을지 모르지만 결코 그 '환성'에 지지는 않았다. 오히려 기시 수상은 투지를 불러일으켰을 것이다. 그만큼 소란했는데도 불구하고 신 안보 조약이 순조롭게 체결된 경과를 보아도 알 수 있다.

재판관의 심리 또한 방대한 서명 운동과 대행진과 집회 등 일련의 '시위 행위'에 졌다고는 생각하지 않는다. 오히려 반발했으리라고 본다. 이번 판결 결과를 보고 마치 그 때문에 재판이 굴

---

3 1960년에 이루어진 미일상호방위조약 개정을 말한다. 이때 개정 조약 비준을 둘러싸고 국민들이 대대적으로 반대 시위를 벌였다.

복한 듯 받아들인다면 형태만 보고 얄팍한 인상을 받는 것이다. 재판관의 심증에 역효과를 주었을지언정 재판관이 그에 굽혔을 거라고는 결코 생각하지 않는다.

실은 나도 지금까지 마쓰카와 재판에서 보인 외부의 과장된 운동에는 그다지 찬성하지 않는다. 앞에서 말한 이유로 재판관에게 역효과를 일으킬 것을 걱정했기 때문이다. 그와 동시에 전원 무죄일 때 지금 일부에서 얘기하는 것과 같은 잘못된 인상을 세간에 줄 것을 우려해서다. 하기야 피고단으로서는 이런 수단에 호소하지 않으면 다른 방법이 없었겠지만, 소위 동정하는 무리가 필요 이상으로 소동을 크게 만든 점은 반성할 필요가 있다.

다만 이런 말은 할 수 있다. 제삼자의 판단은 의외로 사실을 모른다는 점이다. 그 사람들이 마쓰카와 사건의 피고단을 감싸는 옹호 운동이 가열찼다고 지적하기는 쉽다. 그러나 그 사람들은 사건과 재판 내용을 얼마나 잘 알까? 예로 어느 작가는 일부 유죄설을 믿는다며, "나는 작가니까 픽션과 사실은 구별할 줄 안다", "자백 속에 진실이 일부 포함되어 있는 것을 봤다"라는 등의 이야기를 했다. 신문에 실린 담화라서 어디까지 정확하게 전하고 있는지는 모르지만, 혹시 이대로 발언했다면 작가의 특권 의식을 이만큼 노골적으로 드러낸 말은 없을 것이다. '작가'니까 진실과 허구의 구별이 그리 쉽게 식별될까? 말도 안 되는 소리다.

그러나 이런 종류의 의견으로 대표되는 심리는 세간에 더 많다. 재판 기록 내용은 모르고 그저 막연한 개념으로 무죄를 언도받은 피고단 중에 아직 진범이 있다고 믿는 사람들이다. 이 사건 최초에 심어진 인상이 지금도 뿌리를 뻗고 있기 때문이다.

마쓰카와에서 일어난 열차 전복 사고가 보도되자, 당시 기요다 내각의 소다 관방장관은 상세한 보고를 받지도 않은 사이에 도쿄에서 재빨리 "공산당 소행이다"라는 의미의 담화를 발표했다. 시모야마 국철 총재가 괴이하게 죽었을 때에도 마찬가지였다. 이 만들어진 정치적 분위기가 아직도 국민의 심리에 영향을 준다. 그러는 한 당시 정부의 선전이 성공했다고 하겠다.

남은 문제

이 판결이 피고의 무죄를 증명해도, 아직 사건의 진상을 추적하지 못한 점이나 앞으로 '진범'을 쫓는 문제, 십이 년이나 피고들의 청춘을 빼앗은 책임 문제 등 숱한 과제가 남아 있다. 그러나 이상의 글에서도 알 수 있듯이, 나는 피고들을 자칫 교수대로 보냈을지도 모르는 수사 당국, 특히 다마카와 경시, 다케다 순사부장의 취조 방식에 대해 이야기하고 싶다. 그들이 1심, 2심 및 파기환송심에서 진술한 위증 행위와 수사 당국의 뜻에 영합하여 진실이었던 증언을 왜곡한 증인과 참고인의 진술에 대해서도 마찬가지다.

이 기회에 이를 철저하게 캐야 한다. 그것이 앞으로의 '재판'을 명백하게 만드는 가장 빠른 지름길이다.

그렇다 해도, 이 판결에 이르기까지 히로쓰 가즈오 씨가 보여준 팔 년간의 노력은 어떻게 평가받아도 지나치지 않다. 히로쓰 씨의 노력이 없었다면 여론이 이 정도로 일어나지는 못했다. 다른 운동이 있었어도 세상은 정치적인 것으로 해석해 관심을 표시하지 않았을 것이다. 히로쓰 씨의 정열적인 정의감 덕분에 많은 세상 사람이 마쓰카와 재판으로 눈을 돌렸다.

4장

두 가지 추리

스튜어디스 살인 사건

베르메르슈 신부의 귀국

1959년 6월 11일 오후 7시 반, 스튜어디스 살인 사건의 중요
참고인 베르메르슈 신부는 하네다 공항을 뒤로 하고 에어프랑스
편으로 귀국 길에 올랐다. 경시청은 다음 날 아침 이 사실을 알
고 아연실색했다고 한다.

베르메르슈 신부는 지병 악화와 고향에 남기고 온 부모를 만
나고 싶다는 이유로 귀국했다고 되어 있지만, 거의 용의자에 가
까운 중요 참고인이 이런 개인적 이유로 돌연 귀국한다는 것은
우리 감정으로는 도저히 납득이 가지 않는다.

돈보스코 사도 이때 도피시키듯이 신부를 귀국시키면 금후의
선교에 어떻게 악영향을 끼칠지는 충분히 알고 있었을 터이다.
그럼에도 불구하고 굳이 이렇게 처리하였다. 우리로서도 여러

억측을 하게 된다.

나는 이 문제에 대해 특별한 자료를 가지고 있지 않다. 뒤에 얘기하겠지만, 대부분의 자료는 각 주간지에 쓰인 기사를 기초로 했고 거기에 내 보충 자료를 약간 덧붙였다. 이 자료로 스튜어디스 살인 사건에 대해 생각해 보겠다.

대체로 일본인의 상식으로는, 가톨릭은 대단히 신성하고 침해해서는 안 되는 계율이 있는 종교다.

특히 외국인 신부라면 이 경건한 기분, 존경하는 마음은 일본인 신부를 대할 때보다 한 단계 더 높지 않을까 싶다. 신자는 외국인 신부에게 무조건적인 신뢰를 품고 있다고 봐도 좋다.

이번 사건에서 베르메르슈 신부가 용의자 수준의 중요 참고인으로 떠올랐을 때, 일본인 신자는 모두 신부의 결백을 강하게 믿고 수사진에게 비난의 눈초리를 보냈다. 내가 이상하게 생각한 것은 일본에서도 인텔리로 여기는 어느 문화인의 발언이다. 그는 모 지誌에 "신부님은 결백하다. 왜냐하면 눈이 깨끗하고 맑다"라든가 "기도하는 모습은 사람에게 배신당한 그리스도 같았다"라는 내용의, 가톨릭 신자로서 주관적인, 또는 종교적인 감상의 글을 썼다. 그 글을 읽었을 때 솔직히 말하면 너무나도 객관성이 없어서 다소 놀라움을 느꼈을 정도다.

지식층이라는 문화인이 그러하니 다른 신자들이 베르메르슈 신부를 절대로 범인이 아니다, 결백하다며 덮어놓고 맹신하는 게 무리도 아닌 듯하다.

경시청은 베르메르슈 신부가 귀국한 사실을 몰랐다고 하지만, 알다시피 외국인이 귀국할 때는 출국 허가를 얻지 못하면 나갈 수 없다. 입국관리 사무소에서 승인을 얻어 귀국했는데 일본 경시청이 몰랐다니 아무래도 석연치 않다. 돈보스코 측에서 경시청으로 어떤 사전 통지가 갔다고 보는 것이 상식적이다.

경시청 간부는 "전혀 연락을 받지 못한 신부의 귀국은 진심으로 유감이다. 참고인이긴 하지만 용의자가 아니므로 막을 방법은 없었다"라는 신문 담화를 발표했지만, 짐작해 보면 약간의 연출이라는 기분이 드는데 과연 어떠할까.

베르메르슈 신부는 경시청에서 다섯 번 진술 조서를 썼다. 그 뒤 검찰은 듣고 싶은 이야기는 이제 다 끝났으니 이 이상 묻고 싶은 것은 아무것도 없다며 삼 주간이나 방치했다고 한다. 돈보스코 사는 사건은 이제 해결되었다고 보았고, 일본 경찰이 삼 주간이나 놔뒀으니 신부가 심문받을 일은 없다고 생각하여 귀국시켰다고 말했다. 그것이 사실이라면 이 삼 주간은 역시 경시청이 베르메르슈 신부를 '캐기 위해 일부러 자유롭게 놓아둔' 시기인지, 아니면 '귀국 기회'를 주기 위해 삼 주간이라는 시간 설정을 했는지, 미묘하다.

어쩌면 경시청은 이 사건을 수사하는 도중에 어떤 벽에 부딪혀 어쩔 도리가 없어서 적당한 시기에 신부가 귀국하기를 바랐던 것은 아닐까?

삼 주간이란 신부가 6월 11일에 '돌연' 귀국했기 때문에 삼 주간이 된 것이고, 그때 귀국하지 않았다면 더 길게 방치되지 않았을까? 그 사이 일본 경찰은 '미궁에 빠졌다'는 방향을 확실하게 내세운 뒤 여론의 열기가 가라앉고 나면 신부에게 귀국을 청하는 방법을 가장 원했으리라고 본다.

그러나 언론이 엄청나게 떠들썩해서 이 이상 신부가 일본에 머무르면 사태가 더 시끄러워지고 양쪽이 당혹스러워지기 때문에, 어쩌면 당국 쪽에서 신부나 돈보스코 사에게 슬며시 귀국을 종용하는 암시를 주지는 않았을지 공상해 본다. 그렇지 않으면 단지 일개 입국관리 사무소만 알고 있고 경시청에 연락하지도 않았다는 건 도무지 이해하기 어려운 이야기로, 이치에 맞지 않는다.

여기에서 가장 동정받을 사람은 일선에서 일하던 형사들로, 혹시 위쪽에서 그런 정치적인 양해가 있는 줄 모르고 변함없이 착실하게 수사를 계속했다면 그 노고를 진심으로 동정해 마지않는다.

그러므로 미궁에 빠지게 한 벽이라는 것에 대해 생각해 봐야 한다. 역시 사건에 결정적인 증거가 없었다는 점이 그 벽 중 하나다. 정황상 베르메르슈 신부의 용의는 아주 짙었다. 그러나 물적 증거가 없다. 특히, 살레시오회 소속으로 벨기에 사람인 신부는 로마 교황청에 직속되어 있었기에 경시청으로서는 대하기 어려운 대상이었다. 극도로 신중을 기해 수사했을 것이다.

그러나 결정적 증거가 없는 점만이 벽일까?

스튜어디스 살인 사건의 개략

이에 사건의 개략을 돌이켜보는 의미와 더불어, 내가 이 건에 대해 고찰해 볼 자료를(주간지 기사지만) 일괄해서 뒤이어 싣는다.

〈베르메르슈 신부〉

① 일본에 입국하기까지의 경력

1920년 7월 17일 벨기에에서 태어남.

1948년 5월 8일, 일본 입국. 같은 해 7월 18일 출국.

1956년 12월 27일, 두 번째 입국(입국관리 사무소 기재). 그러나 실제로는 1951년에 두 번째 입국을 했다.

입국관리 사무소는 "종교가로서 특별 조치를 취했다"라고 말했다. 일본에 온 후, 메구로 구 히몬야의 살레시오 수도원에 수사로 들어가서 전도에 종사.

② 입국 후

이전에도 자살 미수 여성이 베르메르슈 신부의 명함을 가지고 있어서 이와 관련해 베르메르슈 신부와의 사이에 상당한 억측이 퍼졌다고 한다.

돈보스코 사의 회계 담당으로 취임. "한마디로 말해 십 년 가까이나 일본에 있으면서 일본어도 못 읽고, ……그러나 상업적인 수완은 대단하다"(H씨 이야기)라고 한다. 또, '설탕 사건'의 C신부와도 밀접한 관계가 있었다.

F은행 요쓰야 지점에 베르메르슈 신부 이름으로 십오만 엔에 가까운 당좌예금이 있는데, 교단 것인지 개인 것인지 확실하지 않다. 때로는 양복 차림으로 외출하기도 했으며, 옷을 갈아입은 장소는 사기노미야의 오가타 스에 씨 댁이라고 한다.

(이상 《주간 신초》)

여자관계로는 이러니저러니 하는 소문이 있다. 다케가와 도모코와는 그녀가 BOAC[1]에 입사할 때까지 근무했던 사기노미야의 오델리아 홈[2]에서 알게 되어 같이 외출하거나 때로는 멀리 나가기도 했다. 이 탓에 오델리아 홈에 좋지 않은 소문이 퍼져서 베

---

1 영국 해외 항공(British Overseas Airways Corporation).

2 돈보스코 산하의 유아원.

르메르슈 신부는 출입을 멀리했다.

다케가와는 런던 체류중, 고액 우표를 붙이고 서명한 편지를 일곱 통 부쳤다.

(이상 《주간 산케이》)

〈다케가와 도모코〉

① 반코쿠 병원 시절

1953년 도쿄 세이보 여자 단대 졸업. 곧바로 고베 시 나다 구 시노하라키타마치의 반코쿠 병원에 간호사로 취직. 1955년 10월 퇴직했다. 본인은 이유를 "부모님이 기숙 생활을 반대했기 때문"이라고 했지만, 같은 병원의 환자 Y와 특별한 관계가 되어 부모가 걱정해서라고 한다.

② 야마모토 병원 시절

같은 해 11월 야마모토 안과에 취직. Y에게서는 그 뒤에도 종종 전화가 왔다. 동료 간호사는 다케가와를 "요령 좋은 사람, 환자에게 선뜻 말을 거는 헤픈 사람"이라고 했다. 화려한 것을 좋아하는 성격이었으며, 남자 환자가 사진을 찍자고 하면 일을 팽개칠 정도였다. 1957년 7월경 같은 병원의 기독교인 환자 M과 친해져서, Y의 상태가 언제까지고 좋아지지 않기에 포기하고 9월에 M과 약혼했다. 그러나 Y와 정답게 걷는 모습을 10월 6일 M에게 들켜서, 그다음 날 숙부 하세가와를 믿고 상경했다.

③ 상경 후

나카노 구 사기노미야 1-405 오델리아 홈에서 근무. 1958년 12월, BOAC의 스튜어디스 시험에 합격. 1959년 1월 15일, 수습 교육을 위해 런던에 체류. 2월 27일 귀국, 3월 1일, 가미호가에 하숙.

(이상 《주간 산케이》)

〈돈보스코 사〉(살레시오회)

일본 선교의 거점을 확대하기 위해, 이탈리아 살레시오회 본부에서 보내 오는 자금, 해외 원조 물자, 기부 등을 기금으로 하여 교회 시설 증축 등을 도모했다.

이 시기에 '설탕 사건'이 있었다. 돈보스코 사의 회계를 맡은 C신부가 암거래 브로커와 손을 잡고 원조 물자인 설탕을 부정 유출한 사건이다.

(이상 《주간 신초》)

1959년 3월 10일, 다케가와 도모코의 시체가 발견된 현장을 개략적으로 이야기하겠다. 스기나미 구 오미야마치의 오미야 하치만 신사의 도리이[3] 앞에서 북쪽 스기나미 구 마쓰노키마치 방

3 신사 앞에 세운, 붉은색 기둥으로 된 문.

면으로 통칭 버스길을 약 20미터 가면, 신사 아래를 서쪽에서 동쪽으로 흐르는 젠부쿠지가와라는 강과 맞닥뜨린다. 그 강에 놓인 미야시타바시 다리를 건너서 오른쪽으로 호안護岸 둑을 따라 15미터 정도 하류로 내려간 지점이다.

이 근처에는 인가 두세 채가 호안 위의 대나무 숲 속에 흩어져 있고, 거기에서 약 100미터 상류 쪽은 오미야 공원에서 활처럼 굽어 있고 삼림이 솟아 있다. 북쪽 일대는 농경지이며, 한참 떨어진 곳에 있는 마쓰노키 중학교 건물이 보인다. 낮에도 호젓한 곳으로 밤이 되면 얼마나 적막할지 짐작이 된다.

나는 사건 후 현장에 가 봤는데, 강이 아주 더러운 데다 쓰레기나 쓸모없는 물건 조각이 떠내려가고 있었으며 물 색깔도 진흙 때문에 거무죽죽했다. 강 너비는 약 11미터. 깊이는 약 40센티미터로 몹시 얕다. 북쪽 호안은 수면보다 약 3미터 높고 남쪽 호안은 4미터 높아, 작은 수로 같은 느낌이 드는 강이다. 시체가 쓰러져 있었다는 현장에서 조금 떨어진 곳에 사설 도로의 다리가 있으며 그 다리를 건너면 농가가 있다. 강에 면한 곳은 대나무 밭과 잡목이 펼쳐져 있어서 밤에는 사람들이 좀처럼 다니지 않겠다 싶은 곳이었다.

다카이도 서의 조서에 따르면 시체가 발견된 상태는 다음과 같이 요약된다.

"투피스 차림의 여성이 양다리를 남서 방향으로 조금 벌리고 있었다. 상반신은 북동쪽으로 비스듬히 기울어 하류를 향해 있었다. 손바닥을 위로 한 오른손은 얼굴에 대고 왼손은 가슴 부근에 둔 채 시체가 위를 향한 상태로 떠 있었다. 떠 있었다기보다, 시체 바로 아래는 아주 얕아서 등 밑을 그저 물이 졸졸 흐르는 정도. 넓적다리와 배는 수면 위로 나와 있고 왼쪽 손목에는 시계를 찼으며 의류는 흐트러지지 않았고 외상도 없었다."

발견자의 신고로 다카이도 서는 일대를 수색했고, 소지품으로 미야시타바시 다리 남쪽 입구 아래에서 양산, 미야시타바시 다리보다 30미터 하류에서 외투, 마찬가지로 다리보다 40미터 하류에서 머플러, 60미터 하류에서 구두(검정 펌프스 한 짝)를 발견했고, 다리 북쪽 입구의 호안에서 핸드백을 발견했다.

시체가 발견된 당초에 다카이도 서는 자살이라는 방향으로 봤기 때문에 현장 보존이 충분히 이루어지지 않았다. 그래서 현장에 구경꾼들의 발자국이 뒤섞였기에 수사 첫 단계에서 이미 차질이 생겼다고 할 수 있다.

다카이도 서가 왜 자살이라고 생각했느냐면, 시체의 옷이 그다지 흐트러지지 않은 데다 얼굴에도 화장이 깨끗하게 남아 있었기 때문이다. 그리고 별로 괴로워하는 표정이 아니었고 핸드백에도 현금 이천이백 엔이 고스란히 남아 있었다. 그래서 근처에 사는 부부가 싸움을 해서 부인이 보란 듯 자살했나 보다고 추정했을 정도다.

다카이도 서는 마침 그 무렵 강도 사건 수사를 하고 있어서 젊은 여자 자살 사건 따위는 진지하게 상대하지 않고 현장 검증도 신원 조회도 적당히 한 것 같다. 그러나 다카이도 서의 한 형사가 사인에 왠지 수상함을 느꼈다. 상관에게도 비밀로 한 채 남몰래 수사했는데 아무래도 미심쩍어서, 제4방면[4] 담당 검사에게 의논했다.

검사가 일단 부검해 보는 편이 나중에 귀찮은 일이 없어서 낫겠다며 지시를 내려, 오쓰카 감찰의무원 냉장고에 들어 있던 시체를 다시 게이오 대학 의학과로 운반하여 부검했다.

만일 처음부터 타살 방향으로 보고 충분히 현장 수사를 했더라면 물적 증거가 될 만한 유류품이 나왔을지도 모른다. 어지럽혀진 현장이 이 사건을 악화시킨 최초의 장애였다.

시체를 부검한 결과, 외상은 없지만 목에 미세한 출혈 반점과 연골 골절이 보여서 처음으로 교살이라는 방향이 나왔다. 폭행을 당한 흔적은 없으나 뒤에 쓴 것처럼 질 내에서 정액이 검출되었다. 경시청 수사1과 감식반이 현장에 출동한 것은 11일 오전 11시경으로, 따라서 각 신문사가 이 사건의 취재에 몰두한 것은 11시가 지나서였다.

---

4 경시청에서는 각 경찰서를 지역에 따라 1-10 방면으로 나눠서 관리한다. 다카이도 서는 제4방면 소속.

그날 밤 9시, 데라모토 수사1과 과장은 기자회견을 열고 "부검 결과 폐와 위에 물이 차지 않았다. 목 양쪽에 손으로 졸라서 생긴 듯한 피하출혈 자국과 아주 경미한 출혈 반점이 보이므로 타살 혐의가 짙다"라는 발언을 하고, 그날은 확실히 타살이라고 단정하지는 못한 채 다카이도 서에 '스튜어디스 타살 용의 수사본부'라는 이례적인 간판을 걸었다. 교살 방법이 보통과 달라서 겉으로는 알아보지 못할 만큼 자국이 없었다.

각 신문사는 피해자의 미모와 BOAC의 스튜어디스라는 근대적 직업을 가진 젊은 여성이라는 점에 술렁이며 취재 경쟁으로 광분했다. 그러나 조기 해결이라는 수사본부의 당초 의도는 완전히 빗나가 예상 밖으로 사건 수사가 난항을 겪게 되면서 미궁에 빠졌다는 목소리가 일찌감치 나왔다.

날마다 신문을 떠들썩하게 한 스튜어디스 살인 사건도 이십 일이 지난 시점부터 쓸거리가 없어졌다. 그래서 〈벽에 부딪힌 수사〉라든가 〈나는 이렇게 추리한다〉 같은 기획 기사가 각 지에 실렸고, 그것을 마지막으로 이 사건에 대한 보도는 지면에서 모습을 감췄다.

이 무렵 도쿄에서는 연일 흉악한 살인 사건이 발생하여 기자들의 관심은 다른 사건으로 모여들었다.

그러나 신문사는 몰랐지만 수사본부만은 꾸준히 스튜어디스 살인 사건을 수사하고 있었다.

4월 12일 일요일 밤, NHK TV는 〈일본의 민낯〉이라는 프로그램을 내보냈다. 요코하마 입국관리 사무소에 붙은 불량 외국인 사진을 보여 줬는데, 마침 그중 젊은 외국인 얼굴 사진에 '이 사람이 BOAC 스튜어디스 살인 사건의 유력 용의자입니다'라는 해설이 붙었다. 이것을 본 각 사의 기자들은 놀라서 경시청으로 급히 달려가 설명을 요구했다.

　경시청이 왜 정식 발표를 하지 않고 이런 일을 했느냐면, 상대가 가톨릭 외국인 신부이기 때문에 신문사에 알리지 않고 극비리에 수사를 하고 싶어서였다. 그런데 신부가 마침 오사카에 있는 선배 신부에게 어떤 일을 의논하러 갔다. 틀림없이 신부가 몰래 출국하여 도주하는 것이라 지레짐작한 경시청은, 수사1과가 하면 눈에 띄므로 일부러 관할이 다른 공안부한테 방송국에 이런 연락을 해 달라고 의뢰했다. 그래서 이런 변칙적인 텔레비전 방송이 됐으나, 결과적으로는 공표한 것이나 마찬가지가 되었다.

　이 일은 경시청의 베르메르슈 신부 신변 수사는 그 대단한 신문사들도 눈치채지 못한 사이에 극비리에 행해졌음을 의미한다.

　스튜어디스 살인 사건에 관해서는 경시청이 독주하는 형태이며 신문사는 도중에 눈치채고 겨우 뒤쫓았다는 인상이 강하다.

　어째서 경시청은 일찍부터 베르메르슈 신부를 주목했을까? 여기에서 앞서 서술한 주간지 기사를 보려고 한다.

즉, 피해자인 다케가와 도모코의 교우 관계를 경시청이 조사하자 돈보스코 사의 베르메르슈 신부와 친밀하게 교제했다는 사실이 밝혀졌다. 그러나 일본인과 달리, 외국인 가톨릭 신부이기 때문에 경시청은 극비리에 수사했다.

신부의 알리바이

베르메르슈 신부가 다케가와를 죽였는지 아닌지를 가리는 중대한 결정적 증거는 알리바이다. 경시청은 이를 상세하게 조사했다. 다케가와는 3월 8일 오후 3시경 친척 집에 간다며 외출한 채 행방불명이 되어, 3월 10일 오전 7시 반경 시체로 발견되었다. 3월 8일과 3월 9일, 그리고 3월 10일 오전 7시 반(시체 발견)까지의 베르메르슈 신부의 알리바이는 다음 표(248, 249쪽)와 같이 상당한 목격자도 있고 증거도 있어서 언뜻 보기에 알리바이는 완전해 보인다.

서품식이나 미사 같은 행사가 있었는데 여기에 참석한 이들은 신부가 확실히 참석했다고 말했다. 다른 신부나 신자 들의 증언이므로 가족이 한 증언과 마찬가지거나 그보다 가치가 낮지만, 낮의 알리바이는 아마 확실하다고 봐도 좋다. 그러나 3월 8일 밤 9시부터 9일 아침 5시 반까지, 9일 밤 10시 취침부터 시체가 발견된 10일 아침까지, 베르메르슈 신부의 알리바이는 전혀 없다. 베르메르슈 신부는 그날 밤 자기 방에서 잤다고 하지만, 혼자서 자기에 이를 증명할 방법이 없다. 또, 낮에 대한 여러 증언도 가톨릭 신자들의 증언이며, 경시청이 확인하지 않은 증언은 어쩌면 가까운 친척의 증언보다도 신빙성이 없다고 할 수 있다.

한편 다케가와는 친척 집에 간다며 나간 3월 8일부터 시체로 나타난 10일 아침까지 어디에 있었을까? 경시청은 필사적으로 수사했다. 부검 결과, 시체의 위에서 중국요리에 들어가는 송이버섯이 나왔다. 게다가 그 송이버섯은 통조림 제품이었고 두껍게 썰려 있었다. 요리점 음식은 보통 더 얇게 썬다. 따라서 중국 요리점에서 먹은 게 아니다. 직접 만든 요리라는 점에 경시청도 신문사도 송이버섯 통조림을 파는 가게를 열심히 조사했다.

그 결과 베르메르슈 신부가 오기쿠보에 위치한 식료품점에서 송이버섯 통조림을 샀다는 사실이 밝혀졌다. 만일 베르메르슈 신부가 이 통조림 송이버섯을 다케가와에게 먹였고 그것이 부검에서 나온 송이버섯이라면, 다케가와는 베르메르슈 신부에 의해 8일부터 10일까지 호텔이 아닌 어딘가에 연금되었다는 추정 또한 성립한다.

수사본부는 14일에 '다케가와를 본 사람은 신고해 달라'며 전단지 오만 장을 호텔과 요리점에 뿌렸지만 반향은 없었다.

그러나 통조림 송이버섯만으로는 연금과 결정적으로 연결되지 않는다. 여기에서 떠오르는 것은 베르메르슈 신부가 다케가와와 함께 하라주쿠의 기쿠후지 호텔에서 휴식한 사실이다. 돈 보스코 사는 육체관계는 절대 없었다고 했지만 여기에는 종업원의 증언이 있다. 게다가 신부가 둘만의 개인실로 들어가서, 추우니까, 라며 침대 준비를 명령하고 두 시간을 보냈다는 사실까지 밝혀졌다. 여기에는 변명의 여지가 없다. 그리고 이때까지 신부와 다케가와 사이에는 빈번히 이런 관계가 있었다고 상상할 수 있다.

그런데 어느 호텔에서도 두 사람이 8일부터 10일까지 묵었다는 신고가 없는 점으로 봐서, 여관 같은 곳이 아닌 아지트를 생각해 볼 수 있다. 그리고 아지트라면 앞에 나온, 직접 요리한 송이버섯과 '연금'이 연상된다.

부검 결과, 시체의 팬티와 질 내에서 정액 두 종류가 검출되었다고 한다. 경시청 감식으로는 팬티에 묻은 정액은 A형, 질 내 정액은 O형이었다. 팬티의 A형 정액은 조금 오래되었고 질 내 정액은 적어도 사망 전 사흘 이내 것으로 추정되었다. 따라서 범인의 혈액형은 O형으로 보였다. 그런데 베르메르슈 신부는 혈액형 알리기를 극히 꺼려서 물도 마시지 않고 담배도 피우지 않고 화장실에 가도 곧바로 물을 내려 버리는 형편이라 경시청은 베르메르슈 신부의 혈액형을 얻는 데에 꽤나 고생한 모양이다. 나로선 경시청이 과연 베르메르슈 신부의 혈액형을 알아냈는지 알 수 없다.

여기에서 다케가와의 생전 생활이 문제가 된다. 팬티에 묻은 다른 종류의 정액으로도 의심을 하면, 육체관계를 맺은 상대는 베르메르슈 신부만이 아니라는 추정이 나온다.

다케가와는 고베 반코쿠 병원 시절에 여러 남자와 특별한 관계가 있다는 소문이 난 사람으로, 부모가 그것을 염려하여 병원을 그만두게 했을 정도다. 그 일은 주간지에 나와 있고 그대로 받아들여서 믿는다면, 남성과 교제하는 것을 다소 쉽게 여기는 성격이었던 듯하다.

팬티에 묻은 오래된 정액과 질 내 정액 혈액형이 다르다는 경시청 조사가 진실이라면 그녀에게 베르메르슈 신부 외에도 사귀는 사람이 있었다는 상상도 가능하다.

이 대목에서 다케가와가 살해된 동기로, 어쩌면 복잡한 남자 관계를 유력한 것으로 볼 수 있을 듯하다. 그러나 수사 당국이 그 정도로 열심히 수사했는데 베르메르슈 신부 외에 이렇다 할 유력한 남성이 나오지 않은 것은 어찌된 일일까? 다케가와가 상당히 능란하게 다른 남성과 사귀었든지, 아니면 감식 결과가 틀렸든지, 둘 중 한쪽이리라.

일시 \ 인물	3월 8일 A.M. 8시30분	2시	3시	6시30분	8시	9시	10시	3월 9일(비) A.M. 5시30분	6시20분	10시	11시15분
피해자	집에 있음		친척 집에 가다	불명							
신부	◎ 시모이구사 교회에서 새 신부의 서품식에 출석 (데르콜 신부와 함께) 점심 회식 (데르콜 신부, 데르크말 관구장 참석)	◎ 오기쿠보 전보국에 새 신부 부모 앞으로 축전을 치러 가다 (로이스터 사제 동행)	돈보스코에 귀사, 조후 살레시오 단대 축하회에 출석	귀사 (데르콜 신부, 로이스터 사제 동행)	저녁 식사	◎ 요쓰야 '돈보스코 서점'에 가다 (데르콜 신부 동행)	귀사 ? 잡담? 취침	미사 집전	◎ 조후 시모이시와라 노틀담 여자 수도원에 가다 (로이스터 사제 동행)	조후 살레시오회 장엄 미사 출석	◎ 신학교 안에서 점심 식사 (이탈리아 대사 페데리고테 동석)
경찰	가까운 이가 증언한 알리바이					알리바이 없음					

◎은 확인된 알리바이 ?는 의문스러운 알리바이

248

	P.M.							3월 10일 A.M.		3월 11일
3시	3시 30분	6시 30분	8시	9시 15분	9시 50분	10시	11시	3시	7시 30분	

								살해당하다	시체가 발견되다	부검
◎ 조후 전보국에서 새 신부 축전을 친척 앞으로 타전	? 신학교 강당의 아카데미아에 출석, 목격자 없음	◎ 르노로 로이스터 사제(러시아인)와 식모 가네코 요시에와 가네코의 친구를 배웅하고 신학교로 돌아오다 (친구는 조후에서 하차)	신학교에서 성체 조배식 사회	데르크말 관구장과 저녁 식사	◎ 귀사. 다른 신부와 세이비 학원(아카바네)에 가다	? 학원 출발	◎ 귀사 (도중에 주산겐 도로 주유소에서 급유)	? 취침 →		

알리바이 없음 / 자살로 추정

가까운 이가 증언한 알리바이

타살 방침이 나옴 / 살인용의 사건수사 / 본부를 개설하다

돈보스코 사의 성격

여기서 베르메르슈 신부가 소속된 돈보스코 사가 사건에 아주 강한 저항을 보인 점을 언급하려 한다. 보통은 신부 중에 그런 혐의자가 나오면 선교에 큰 지장을 가져오므로 앞장서서 경시청 수사에 협력하여 조금이라도 세간의 의심을 풀려고 하는 게 당연하다.

그러나 마치 고양이가 온몸의 털을 곤두세우듯 경시청 호출에 일종의 저항을 보인 점도 그렇고 삼 주 뒤에 몰래 베르메르슈 신부를 국외로 도피시킨 것도 그렇고, 우리에게 이 태도는 도저히 이해가 되지 않는다. 그렇다면 여러 소문이 도는 돈보스코 사의 어두운 면을 떠올려 보게 된다.

돈보스코 사는 보스코라는 성인의 이름을 딴, 사회사업 단체 중 하나라고 한다. 출판을 통한 선교가 사명으로, 스태프 수십 명(일본인 일곱 명 포함)이 잡지 《가톨릭 생활》 등을 내며 출판 사업을 하고 있다.

돈보스코 사가 소속된 살레시오회는 세계 각국에 교회, 수도원, 학교, 사회사업 단체를 두었고 이탈리아 토리노에 본부가 있다. 살레시오회는 다른 가톨릭 수도회, 예컨대 예수회나 마리아회처럼 일본에서 긴 선교 역사를 지닌 수도회는 아니지만, 전후에 상당히 밀어붙이는 방식의 선교 활동으로 급격히 세력을 늘렸다고 한다.

특히 전후 혼란기에는 그 밀어붙이는 태도가 노골적으로 드러났다고 한다. 돈보스코가 라라[5] 물자와 살레시오회 본부에서 기증받은 물자, 당시 일본 국내에서 부족했던 통제 물자를 암거래 브로커에게 몰래 넘겨서 막대한 자금을 얻었고 이 무렵부터 그 돈으로 교회와 학교 등을 잇달아 세웠다는 소문이 있다. 따라서 이런 쪽으로 보면 베르메르슈 신부의 성격은 소속된 수도회의 그러한 특수성과 다분히 밀착되어 있다.

사정에 밝은 어떤 사람이 내게 이야기해 주었다. 확인하기 어려운 사건은 제쳐 두고, 사직 당국이 다룬 비교적 확실한 사건 중에 가장 유명한 건은 암거래 설탕 사건이다. 1951년 살레시오회에서 돈보스코로 보낸 사회사업 물자인 설탕을 부정 유출한 사건이다. 당시 경시청에서 이 사건을 조사한 어느 경부는 "그 사건은 체포된 남자의 자백으로 살레시오회의 교회 간부가 뒤에 있는 게 확실해졌다. 그러나 당시로서는 외국인 신부에게 수사 손길을 뻗을 수 없어서 검거하지 못했다. 1953년에 교회의 일본인 신자 몇 명이 체포되었으나 이들은 대역이나 마찬가지였다"고 말했다. 다른 브로커는 "돈보스코 사는 대단한 이익을 보게 해 주었고, 앞으로도 여기를 상대로 여러 가지로 벌 작정이

5 아시아구제연맹(Licensed Agency for Relief of Asia).

다. 그러니 험담은 할 수 없다"라고 하면서 "돈보스코와의 장사는 우스울 만치 이득이 되어서, 당시 패거리 중에는 그 돈을 밑천 삼아 공장이나 상점을 경영하여 현재는 어엿한 사장으로 자리 잡은 자도 있다. 신부들한테는 교회나 수도원을 짓는다는 대의명분 의식이 있었다"고 했다. 설탕 사건 외에 수사의 손길이 뻗친 사건으로는 암달러 사건이 있다. 이 건은 불기소되었다. 또 암거래 금융 사건 등이 있는데 어느 건이나 아슬아슬한 지점에서 체포를 면했다고 들었다.

베르메르슈 신부는 돈보스코 사의 회계 주임이었다. 따라서 돈보스코의 경영에 상당히 관여했을 거라 짐작이 된다. 그리고 돈보스코가 만일 이러한 여러 암거래 관계의 사업을 했다면, 그쪽 사람과 손잡지 않고서는 불가능하며 그들에게 가장 적절한 앞잡이로 이용되었을 가능성을 상상할 수 있다. 회계 담당은 위험한 지위였다.

"기억력 좋은 독자라면 종전 직후 외국인 신부가 저지른 암거래 물자 조달 사건, 얼마 전 레이유카이靈友会[6] 회장이 도미했을 때의 암달러 부정 유출 사건(성 이그나시오 교회 회계 담당 신부), 1955년의 악질 환율 위반 등의 용의가 떠오를 것이다"라는 다카세 히로이의 글이 《분게이슌주》(1959년 8월 호)에 실렸다.

6 법화계의 신흥 종교.

제3의 인물과 신부

돈보스코 사의 베르메르슈 신부는 원래는 애정이 발단이 되어 다케가와하고 친해졌으리라. 그만큼 베르메르슈 신부에게 처음부터 나쁜 계획은 없었던 듯하다. 그러나 마음대로 공상을 펼쳐보면 다케가와는 신부와 사귀는 도중에, 원래부터 돈보스코와 밀접한 거래가 있는 제3의 관계자에게 어떤 의미로 점 찍힌 게 아닐까? 다케가와가 쉰 명이나 되는 BOAC 스튜어디스 지원자를 물리치고 유유히 시험에 합격한 것은 정상적인 합격이 아니라는 견해도 나왔다. 이는 다케가와가 다른 합격자보다 어학에서 뒤떨어졌고 그 때문에 내내 신경을 써서 노이로제가 됐다는 이야기로, 다케가와의 자살설을 취하는 사람은 그것이 원인이라고 생각할 정도다. 그처럼 실력이 떨어지는 다케가와가 어떻게 쉽사리 합격했을까? 숙부 하세가와의 연줄[7]도 고려해 볼 수 있지만, 그보다 먼저 다케가와가 BOAC에 입사하는 데 어느 외국인 관계자가 편의를 봐 주지 않았을까 하고 떠올리게 된다. 소위 부정 입사가 가장 먼저 생각난다.

그렇다면 부정 입사를 시킨 다른 관계자는 누구일까? 도저히 베르메르슈 신부가 그렇게 했다고는 여겨지지 않는다. 이 벨기

---

7 숙부 하세가와는 BOAC의 영업부장이었다고 한다.

에인 신부는 BOAC에 그 정도로 영향력 있는 사람이 아니다. 그러면 자연히 BOAC에도 상당한 발언권을 지닌 제3의 인물이 떠오른다. 제3의 인물은 왜 그렇게까지 하며 다케가와를 BOAC에 입사시켰을까? 원래 다케가와는 BOAC의 홍콩 첫 항로에 타고 싶어서 입사를 강하게 원했지만 실력 면에서 합격할 가망이 없는 상태였다. 다행히 다른 데서 온 지시 덕분에 입사할 수 있었지만, 그 일을 추진한 자는 단순히 그녀의 희망을 들어주려는 후한 생각으로 했을 리가 없다. 반드시 담보 이익을 생각한다. 다케가와가 입사한 BOAC가 홍콩 노선이 아니라 런던 직행이었다면, 혹은 그녀가 탄 비행기가 미국이나 스칸디나비아 행 같은 다른 항로였다면 비극은 찾아오지 않았을 게 분명하다. 홍콩 노선이었다는 점에 이번 사건의 중요한 열쇠가 있다.

다케가와는 애초에 자기 힘으로 BOAC에 입사했다고 생각하진 않았을지도 모른다. 하지만 어느 정도는 자부심도 있었을 것이다. 그러나 추진자는 자신들의 힘(베르메르슈 신부를 내세워)으로 입사했다는 인상을 끊임없이 심어 주어야 한다. 그래서 베르메르슈 신부는 런던에 있는 다케가와와 편지 왕래를 하고 비싼 우표를 선물하게 되었다. 이는 베르메르슈 신부의 애정에서 나온 것만은 아니었을 테다. 다케가와에게 항상 추진자의 영향 아래에 있다는 인상을 주려는 것이다. 이런 경우에 그들이 늘 이용하는 상투 수단이다.

그렇다면 다케가와의 죽음에는 단순히 애욕만이 아니라 그것을 넘어선 더 냉혹한 원인이 있는 듯하다. 다케가와와 베르메르슈 신부의 교제는 처음엔 연애감정에서 비롯되었을 테고 다케가와는 신부의 애정을 믿었지만, 도중에 베르메르슈 신부가 제3의 관계자와 접촉하게 되자 신부가 자신에게 맡기려는 임무가 무엇인지 알았다. 계속해서 강요당했다면 그녀는 당연히 주저하거나 거절했을 것이다. 다케가와의 생명을 빼앗았다는 데에서 비밀이 알려진 자의 약점, 떳떳하지 못한 사명을 억지로 떠맡기려다가 거절당한 자의 분노 같은 것이 연상된다.

대단히 공상에 가깝지만 베르메르슈 신부를 범인이라 가정한다면, 신부는 다케가와에게 살의가 없었을 것이다. 그럼에도 제3의 인물에게 지시를 받았기 때문에 살의를 품게 되었다고 볼 수도 있다.

시체가 발견됐을 때 핸드백에는 베르메르슈 신부가 3월 6일자로 부친 속달의 봉투만 들어 있었다. 내용물인 편지는 어딘가로 사라져 알 수 없었다. 신부가 다케가와에게서 그 편지를 빼앗았다면 분명히 데이트할 때다. 속달은 무척 중요한 용건이 있으니 서둘러 만나고 싶다는 내용이었을 것이다. 그러면 이와 관련하여 다음과 같은 소설적 상상으로 발전한다.

제3의 남자는 베르메르슈 신부에게 다케가와를 데려갈 장소를 지시한다. 8일 밤, 베르메르슈 신부는 잠자리에 들었다가 몰래 '5리0722' 르노 승용차를 몰고 교회를 나와 제3의 인물이 지정한 장소로 갔다. 이때도 사기노미야의 아지트에 가서 옷을 갈아입는다. 이 외에도 경시청은 신부의 아지트 두세 군데를 지적했다. 다케가와를 만났을 때 그녀는 신부의 제의를 거절했거나 반대로 의견을 냈을 수도 있다. 어차피 신부와 다케가와는 정신적으로는 이미 파국에 이르렀을 거라는 상상도 가능하다. 다케가와가 베르메르슈 신부를 피하려던 것으로 보이는 사실이 있다. 그래서 베르메르슈 신부는 그날 안으로 다케가와를 처치하고 싶었을지도 모른다. 그러나 때를 놓치자 제3의 인물은 9일 밤에도 그녀를 연금하여 발을 묶어 두었다. 이때 신부는 대단히 약한 처지였다는 생각이 든다. 어쩌면 피해자는 신부 자신이었을 수도 있다. 제3의 남자에게 시키는 대로 하지 않으면 모든 것을 폭로하겠다고 협박당하지는 않았을까? 다케가와하고 가진 육체관계만으로도 신부는 파계 성직자가 되어 계율이 엄한 교단에서 쫓겨나야 하는 처지였다.

그러면 9일 밤은 어떻게 상상할 수 있을까? 9일 밤, 표에 따르면 베르메르슈 신부는 10시쯤 취침했다고 되어 있지만 여기에는 알리바이가 없고 목격자도 없다. 게다가 교회는 밤에 몰래 나가도 아무도 알아차리지 못하고 나갈 수 있는 구조였다. 그러므로 교회를 살짝 빠져나와 차로 다케가와가 있는 곳으로 가 거기에서 다시 육체관계를 맺었다. 이때의 정액이 검시에서 나온 정액이 아닐까? 문제의 송이버섯은 연금중에 누군가가 일반인의 솜씨로 요리하여 먹였으리라고 억측한다.

어쩌면 돈보스코 사의 유력한 신자인 모 부인이 9일 밤 몰래 교회를 빠져나가 옷을 바꿔 입은 베르메르슈 신부를 목격했을지도 모른다.

그리고 그때 돌아온 신부는 분명 몹시 지친 모습이었을 것이다. 상상에 따라서는, 다리 아래쪽이 완전히 젖어 있었다는 생각도 할 수 있다. 완전히 젖은 이유는 다음처럼 추리했기 때문이다.

살인 현장

젠부쿠지가와 강의 현장에 간 나는 다카이도 서 수사 주임에게서 시체가 강 한가운데에 누워 있었다는 설명을 들었다. 양 다리를 뻗고 한손을 가슴에, 다른 한손을 얼굴에 댄 현장 사진 속 시체의 모습은 강기슭에서 던져 넣은 것 같지는 않았다. 기슭에서 폭이 11미터인 강 한가운데로 시체를 던지기는 어렵다. 주임의 설명에 따르면, 기슭 풀 위에 시체를 날라 와서 던져 넣은 것으로 보이는 발자국은 전혀 없었다고 한다. 외투, 구두, 박쥐우산, 핸드백이 미야시타바시 다리 부근에 버려졌고 거기에서 약

100미터 하류 쪽에 시체가 있었다는 사실로 판단할 때, 범인은 피해자와 함께 이 강 속을 걸어가서 시체가 발견된 위치에서 목 졸라 죽이지 않았을까? 외투 양팔이 뒤집혀서 벗겨져 있었다는 데, 옷깃 부근을 붙잡힌 피해자가 도망치면서 벗겨진 게 아닐까? 다케가와가 신은 나일론 양말은 심하게 찢겨져 있었다. 보통 나일론 양말은 쉽게 찢어지지 않는다. 강바닥에는 그릇 조각과 나무 조각 등 뾰족한 것이 많다. 아무래도 그녀가 강 속을 걸어 도망쳤다는 느낌이 강하다.

그러면 살인 현장은 외투가 있던 곳인지 시체가 발견된 곳인지 미묘해진다. 당연히 차로 왔을 테니 살해 현장은 다른 장소, 즉 제1현장이 어딘가에 있고 차로 제2현장에 날라 왔다는 추정 또한 할 수 있다. 르노 안에서 목을 조르지 않았을까 하는 상상도 가능하다. 교살한 방식도 일본인은 쓰지 않는 방법이다. 힘세고 덩치 큰 남자가 목에 팔을 감고 조른 것은 아닐까?

그러나 현장 상황으로 보아, 범인은 다케가와와 함께 강 속을 걷다가 도망치는 다케가와를 쫓아가서 거기에서 교살했다는 짐작이 아무래도 옳은 듯하다. 기슭에서 던져 넣기에는 강 가운데는 멀고, 시체가 그런 모습으로 놓이지도 않는다.

경시청 이와다 경시는 당일 밤 그 시간에 누군가가 흠뻑 젖어서 올라온 것을 봤다는 목격자가 있다고 했다.

신부의 여자관계

베르메르슈 신부의 신변 수사가 많이 진척되고 언론이 계속 떠들썩하자, 신부는 성모병원에 입원했다. 평소라면 그렇게 입원할 만한 병은 아니다. 실제로 모 지의 주선으로 문화인이 베르메르슈 신부를 만난 장소는 성모병원이 아니었을 터이다. 이 일로만 보더라도 그렇게 심한 병은 아니었다. 그리고 항상 병원 침대에 붙어 있지도 않았다는 사실을 알 수 있다. 일반적으로 외국인이 그와 같은 취조를 받는 도중에 '입원'하는 것은 이미 자백 일보 직전이거나 자백한 것과 마찬가지라는 제스처라고 한다. 게다가 이때 병원에는 베르메르슈 신부와 관계가 있었다는 부인도 입원중이었다.

베르메르슈 신부의 여자관계로는 다케가와뿐 아니라 자살 미수를 한 어느 가톨릭 신자인 부인이 있다. 부인은 품에 베르메르슈 신부의 편지를 간직하고 있었다고 한다. 이것으로 봐도 베르메르슈 신부에게 다케가와 말고도 여자가 있었다는 사실은 쉽게 상상이 간다. 교단 측은 마지못해 기쿠후지 호텔 건을 인정한 모양이지만, 이 또한 그저 일반 호텔이라 생각하고 로비에서 쉰 것이었다고 변명했다.

이때는 다케가와가 BOAC의 현장 교육생으로 런던으로 출발하기 직전으로, 1월 8일 오후에 베르메르슈 신부와 하라주쿠 역 앞에서 만나서 북쪽 출구 쪽에 있는 기쿠후지 호텔에서 쉬었다. 신부는 이야기만 했고 추워서 호텔을 이용했다고 변명했지만, 앞에서 말한 것처럼 특별히 침대 준비를 하도록 종업원에게 주문하여 두 시간을 보낸 일은 변명이 통하지 않는다.

다케가와는 살해당하기 전, 3월 2일부터 6일까지의 닷새 동안 네 번에 걸쳐, 아침 9시에 하라주쿠 역 앞에서 숙부 하세가와의 차를 내려 누군가와 만난 사실이 있다. 이 남자가 범인이라고 보고 수사본부가 추적한 결과, 베르메르슈 신부가 그중 3월 5일에만 다케가와와 약속하여 만났다고 자백했다. 다른 세 번에 대해서는 완강하게 부인했으나, 장소와 시간이 완전히 똑같다는 점에서 다른 세 번도 베르메르슈 신부와 만났다고 보는 게 상식이다. 나머지 세 번에 대해 끝까지 숨기는 점은 오히려 혐의를 짙게 한다.

베르메르슈 신부는 작년에 헤어진 오사카의 어느 여성과 결혼하네 마네 하는 문제로 자칫 고소 소동을 일으킬 뻔했으면서 그 후 바로 다케가와에게 손을 내밀었다. 또 앞에 나온 성모병원에 입원중이었던 여성과는 함께 부동산 소개소와 협상하고 돈을 내서 오기쿠보의 아파트를 빌린 데다가, 매일같이 여자 혼자 사는 집을 방문했다고 한다. 이 여성하고도 특별한 관계였다고 추측된다.

교단은 이런 사실을 알았을 것이다. 베르메르슈 신부가 '다케가와 살인'의 범인인지 아닌지는 별개로 하더라도, 여자관계 건만으로도 계율이 엄한 가톨릭에서는 '파계 성직자'가 된다. 그런데 기를 쓰고 숨기면서 베르메르슈 신부를 옹호하는 것은 무슨 영문일까? 이는 다케가와를 살인한 범인이 베르메르슈 신부여도 똑같이 옹호하지 않을까 하는 세간의 의혹과도 통한다.

물론 신부라고 해도 인간이다. 인간으로서의 욕망도 있고 저항도 있는 것은 당연하다. 그러나 문제를 혼란스럽게 해서는 안 된다. 계율이 엄한 종교의 신부와 인간성의 문제는 다른 장소에서 논해야 한다. 그것이 가톨릭의 계율인 이상, 파계 신부를 계율에 따르게 하지 않으면 종교로서 조리가 서지 않는다.

경시청은 알고 있었다

나는 일단 베르메르슈 신부가 용의자라는 가설 위에서 이야기했지만, 진범은 베르메르슈 신부와 밀접하게 연관이 있는 다른 관계자일 수도 있다. 베르메르슈 신부는 그것을 알지만 말없이 누명을 썼을지도 모른다. 만일 그렇다면 베르메르슈 신부는 대단히 불쌍하다. 그러나 다케가와 살인 사건에서 베르메르슈 신부는 적어도 '알고 있던' 사람이다. 이 점은 단언할 수 있다. 다시 힘주어 말하자면, 불행은 베르메르슈 신부가 교회의 회계 담당이었던 점이다. 신부가 회계 담당이 아닌 다른 담당이었다면 이 재난은 없었을 것이다.

베르메르슈 신부가 다케가와 살인의 범인이 아니고 누군가를 위해 누명을 쓰고 있다면, 베르메르슈 신부에 대한 수사는 사실 신부를 미끼로 하여 다른 진범을 유인해 내는 수단이 아니었을까 하는 생각도 지금은 든다. 어쨌든 이번 수사에 한해 신문사와 차이를 벌린 경시청은 상당히 깊은 부분까지 '알고 있었다.'

진범이 따로 있고 베르메르슈 신부는 대역 같은 존재가 되었다는 내 또 하나의 상상은 그 뒤에 가톨릭 측이 신자들을 모아 놓고 변명한 이야기와 비슷하다. 제3의 관계자와 교회의 부정한 이익 관계도 신자들에게 자연스럽게 암시되었을 것이다.

이상은 이 사건에 대한 내 추리소설적 상상이다. 나는 가톨릭과는 관계가 없으며 아무런 은혜도 원한도 없다. 다만 신자들이 맹신한 나머지 베르메르슈 신부를 덮어놓고 감싸기에 조금 욱해서 이 글을 쓸 생각이 들었을 따름이다. 독자는 이 글을 내가 곧잘 시도하는, 실제 사건을 자료로 한 공상적인 에세이 중 하나로 생각해 주었으면 한다.

그러나 뭐니뭐니 해도 이 사건에서 가장 당혹스러운 쪽은 외무성이 아닐까. 외무성의 당혹(1959년 7월 11일에 기시 수상은 무사히 구미 친선 여행길에 올랐다)은 곧 경시청의 곤혹이다.

이 사건의 수사가 벽에 부딪힌 것도, 베르메르슈 신부의 귀국을 경시청이 '몰랐던' 것도 요컨대 일본의 국제적 처지가 지극히 약하기 때문이라는 것은 명료한 사실이다. 일본의 약함이 스튜어디스라는 한 개인의 죽음 위에도 짙은 그늘을 드리웠다.

〈시모야마 사건 백서〉의 수수께끼

자살설과 타살설

내가 왜 시모야마 사건(1949년 7월 5일 발생)에 흥미를 가졌느냐면 사건의 발표 방식에 강한 의문을 품었기 때문이다.

1949년 8월 4일, 경시청은 경시청 형사부장 공사에서 수사본부 합동회의를 열었는데 이 회의에서 자살이라는 판정을 내렸다. 그러나 이 판정은 수사본부 내부적인 것으로, 공식 발표는 하지 않은 채 자살과 타살 어느 쪽으로도 정하지 않는다는 태도를 취했다.

그 후 반년쯤 지나 경시청은 〈시모야마 사건 수사 최종 보고서〉를 발표했다. 이에 따르면 초대 국철 총재 시모야마 사다노리는 '자살했다'는 결론에 도달한다. 그러나 발표 방식이 대단히 이상하다. 이 〈시모야마 사건 백서〉는 경시청이 직접 조사 결과

를 공표한 게 아니라 어느 잡지에게 발표를 시키듯이 하며, 주도
면밀하게 연출한 것이다. 어떤 사람이 경시청 수사 내용을 소개
하며 실어 보지 않겠느냐고, 《가이조改造》와 《분게이슌주》에 기
사를 팔러 왔다. 《가이조》도 《분게이슌주》도 자사만의 특종이라
생각하고 발표했더니 양 잡지에 똑같은 내용이 실려 있었다. 경
시청은 공표하지 못하니까 이런 형태로 일단 수사 내용, 혹은 그
결과를 결론적으로 내놓았다. 아직까지도 나는 왜 이런 발표 방
식을 택했는지 모른다. 경시청은 시모야마 사건은 중단되지 않
았고 여전히 수사중이라고 하지만, 사실상 그만둔 걸로 되어 있
다. 게다가 자살로 끝나 있다. 그러므로 〈시모야마 사건 백서〉
를 보면 자살에 아귀가 잘 들어맞는 자료가 갖춰져 있다.

〈백서〉는 수사1과 선에서 정리한 것인데 왜 1과는 자살을 내
세웠을까? 한마디로 말해, 현장주의를 택하는 1과 형사들이 현
장으로 달려가서 수사한 뒤 여기에는 범죄의 냄새가 없다고 판
단한 것이다. 물론 1과는 강도, 살인 사건을 주로 수사하는 과로
다년간의 경험으로 인해 소위 독자적인 감을 지녔다. 범죄의 냄
새가 없다는 결론은 그 감에서 출발했다.

이에 대해 지능범을 다루는 2과는 "시모야마 사건은 유례없
는 지능적 모살이고, 평범한 살인 사건을 다룬 1과의 경험으로
는 결론을 내지 못한다"라고 주장했다. 당시 2과의 의견을 대표
하여 수사에 가장 힘을 쏟은 사람은 수사2과 요시타케 2계장이

었다. 그러나 그 뒤 무슨 이유에서인지 요시타케 계장은 어느 사건과 관계되어 우에노 서로 전출되었다. 계장이 수사에서 제외되어 사라짐에 따라 검사들이 사건 수사의 전망이 어두워졌다며 비관했다고 한다.

따라서 1과의 의견에 따른 〈백서〉를 읽으면 구성이 상당히 흥미롭다.

먼저 시모야마 총재가 실종 전에 심하게 안절부절못하며 정상적이지 않은 행동을 했고, 자택에서도 밤에 잠들지 못하고 약을 먹는 등 상당한 신경쇠약 기미를 보였다고 기록했다. 미쓰코시에서 사라졌어도, 고탄노 부근에 나타날 때까지 수많은 목격자의 진술을 얻었는데, 어느 목격자나 일사불란하게 시모야마 총재의 양복 색, 와이셔츠 색, 넥타이 무늬, 구두 색 등을 정확히 지적했다. 그런데 목격자의 이야기란 흔히 애매할 때가 많다. 넥타이 무늬나 양복 색, 구두 색을 잠깐 보기만 하고, 게다가 해가 지는 어스름 속에서 기억하기란 어렵다. 이를 실로 상세하게 진술했다는 점이 뭔가 작위적이지 않은가 싶어 이 사건을 조사해 보았다.

시모야마 사건을 가장 앞장서서 조사한 사람은 《주간 아사히》의 야다 기자로, 시모야마 사건이 일어난 다음 날, 도쿄 대학 약물학 교수 아키타니 박사가 있는 곳에 조수인 척 들어갔다. 열차에 치인 시모야마의 시체 속옷에 흠뻑 묻은 검은 기름과, 와

이셔츠에 묻은 색깔 있는 가루(염료)의 출처를 조사하기 위해서였다. 이 염료와 기름은 당시 일본의 어느 공장을 찾아봐도 없는 것이었다. 물론 시판되고 있지 않았다. 여기에 대한 수사는 정체 상태에 빠졌을 텐데 〈백서〉에는 아무것도 쓰여 있지 않다. 어찌된 일인지 야다 기자는 열심히 조사한 결과에 대해 전혀 말하지 않는다. 이 사건을 조사한 사람으로 사쿠마 형사가 있는데 사쿠마 형사도 입을 봉하고 말하지 않는다. 또한 기름에 대한 수사를 하며 가장 열심이었던 수사2과 2계장 요시타케 경부보는 우에노 서로 전출되었다. 아키타니 박사는 기름과 색깔 있는 가루에 대한 감정서를 써서 검찰국에 제출했으나 내용에 관해서는 완전히 입을 다물었다.

이렇듯 관계자들이 입을 다물고 이야기하지 않는데 경시청만 시모야마 사건에 대해 이야기하고 있다. 내용은 모두 자살설이다. 기묘한 수수께끼다.

처음에 말했듯이 경시청이 〈시모야마 사건 백서〉에 나온 자살 쪽으로 거의 매듭지은 것은 확실하다. 그러나 〈백서〉는 수사1과 선에서 정리한 것이고 수사2과의 의견은 들어 있지 않다. 당시부터 1과는 자살이라 여겼고 2과는 타살로 보며 대립했는데 타살에 대한 자료는 전부 〈백서〉에서 빠져 있다.

그런데 시모야마 사건에 대해 누구나 이상하게 생각하는 것은 범인이 자살설과 타살설 양쪽을 교묘하게 준비했다는 점이다.

자살로 정해져도 상관없고 타살로 정해져도 상관없다. 이런 식
으로 양쪽을 공작했다.

G2와 GS의 암투

이미 『일본의 검은 안개』에 쓴 것처럼, 이러한 공작의 배후에
는 GHQ의 G2(참모본부 제2부)와 GS(민정국)의 암투가 있었다.

일본을 지배한 이래 점령군은 공산당 세력과 대결하는 데에
가장 힘을 썼다. 일본에서 GHQ의 역사는 공산당 세력에 대한
치안 공작에 치우쳤다고 해도 과언이 아니다. 맥아더가 일본에
상륙하여 최초로 착수한 일은 일본에 그대로 남은 구 군벌 계통,
우익 계통, 우익적 재벌의 숨은 세력을 철저하게 파괴하는 것이
었다. 이들을 일소한 뒤 미국식으로 통치하려는 목적이었다. 이
들 국가주의를 일본에서 일소하기 위해 민주화라는 미명 아래
전쟁 전의 질서 체제를 파괴하기 시작하였고, GHQ의 GS가 이
활동을 하였다.

그런데 1949년 초부터 G2가 GS의 정책을 맹렬하게 반격했다.
물론 G2는 G1(작전참모부)과 나란히 가장 강대한 권력을 부여
받은 기관으로, 명확히 작전 계통 기관이었다.

그러나 GS는 점령하에 설치된 군정의 한 기관으로 소위 군정

계통에 속한다. 어느 나라에서나 그렇듯이 군령 기관과 군정 기관은 끊임없이 격렬한 암투를 되풀이한다.

시모야마 사건의 화근이 된 국철의 대량 해고는 단순히 독립 채산제나 정원법에 의한 경제적 이유로 계획된 것이 아니라 따로 가혹한 목적이 있었다. GHQ에서 국철의 해고는 어디까지나 미군을 위한 문제였고 그 때문에 하는 정리였다. 목적은 국철 노조의 급진 분자 추방이었다. 공산당 세력과의 대결은 GHQ가 점령 직후 스스로 뿌린 씨를 거두는 결과라 해도 이상하지 않다. 왜냐하면 일본 지배 이래 GS가 취한 공산당 육성 방침이 생각지 못한 성과를 올려서, 일본의 모든 분야에서 공산당 또는 그 동조자가 급증했기 때문이다. 각 산업에서도 급진적인 노동자가 많아졌고, 특히 2 · 1 파업 이래, 그들이 말하는 '혁명'도 반드시 꿈만은 아니라고 생각할 정도의 정세가 되었다. 특히 비교적 온건했던 국철 노조가 급격하게 첨예화되었다.

강대해진 일본의 급진 노동운동을 어떻게든 저지하고, 나아가 일본의 모든 기관에게 만약의 경우에 대비하게 해야 한다. 그러기 위해서는 자신의 손으로 육성한 일본의 민주적 분위기를 방향 전환시켜야 하므로, 일본 국민에게 충동적인 사건을 일으키게 하거나 만들어낼 필요가 있다고 G2는 생각했을 것이다.

7월 5일의 시모야마 사건을 계기로 미타카 사건, 요코하마 인민 전철 사건, 다이라 사건, 마쓰카와 사건 등이 차례로 일어난 사실과 그 뒤 GS의 국장 대리 케이디스가 본국으로 송환되고 GHQ가 모든 기능을 동원하여 우익 쪽으로 방향을 틀도록 일원화한 사실을 아울러 고찰해 보면 G2의 생각이 이해된다.

따라서 이러한 생각을 실행에 옮기려면 모략이 필요했다. 시모야마 총재를 그런 상태에서 살해하여, 공산당이 한 짓이 아니냐, 노동조합의 과격분자가 테러에 나선 것이 아니냐는 강한 인상을 일본 국민에게 남기기 위해서가 아니었을까? 실제로 시모야마 사건 이래, 대량 해고에 대한 국철 노조의 저항 운동은 불이 꺼지듯 딱 멈췄다. 그리고 국철이 해고를 완료한 것은 이때였다.

그렇다면 시모야마 사건을 명령한 자가 왜 타살설과 자살설 둘 다 준비했을까? 타살설만으로 목적을 달성하지 않았냐고 생각할 수 있지만, 타살만으로는 불리한 부분이 있었다. 그것을 알려면 당시 GHQ와 일본 경찰의 관계를 일단 살펴봐야 한다.

전후에 일본 경찰은 지방 경찰(자치체 경찰)과 국가 경찰로 나뉘었다. 국가 경찰은 물론 미국의 주 경찰 체제를 모방하여 만들었고, 양자 사이에는 당연히 파벌 싸움이 일어났다. 이것을 GHQ가 모략에 이용했다. 대체로 GS는 지방 경찰, G2는 국가 경찰을 장악하여 교묘하게 이용했다(요코하마의 제8군사령부에 소속된 CIC 〈군 첩보 부대〉가 전국의 국가 경찰을 장악했다).

G2의 모략

시모야마 사건의 모략은 누가 했는지 대충 짐작이 가지만, 이것은 상상일 뿐 확실하지는 않다. 증거가 없다. 그러나 내 추정으로 말하자면 그 음모를 실행한 것은 G2다.

시모야마 사건의 다음 해에 한국전쟁이 일어났다. GHQ 내부는 1950년에 한국전쟁이 일어나리라고 극비리에 예측하고 있지 않았을까? 국철 내에 과격분자나 공산당 동조자가 있으면 군대나 무기 수송 계획을 세울 수 없다. 그리하여 점령 정책의 일대 전환이 닥쳐 왔다. GHQ의 작전 계획 중 하나로 내세운 국철의 대량 해고를 두고 시모야마 총재가 보인 태도에 G2는 당연히 불만을 품었다.

애초에 시모야마는 G2 측이 일단 적임자로 인정하여 초대 국철 총재가 되었다. 그 때문에라도 G2로서는 타살, 즉 좌익 세력에게 살해당한 것처럼 꾸미고 싶었다. 그러나 지방이라면 몰라도 도쿄 도내에서 대형 사건이 일어나면 경시청만의 수사로 그치게 할 수가 없다. G2와 심각하게 대립중인 GS가 개입할 우려가 있다. 이것이 G2의 모략이라는 사실을 들키면 엄청난 곤경에 처하므로, 혹시 음모를 알아차리더라도 허점을 얼버무릴 수 있도록 한편에 자살이라는 복선을 꾸며 두었다. 즉, GS를 고려하여 자살이든 타살이든 상관없는 두 가지 작전을 세운 것으로 보인다.

게다가 경시청 내부에도 G2와 GS의 심한 암투가 반영되어 G2 측과 GS 측의 파벌 다툼이 있었고, 서로 내통했다.

시모야마의 시체를 검시했을 때 속옷에 검은 기름이 흠뻑 묻어 있었다는 사실은 앞에서도 썼다. 보통은 기름이 묻으면, 예컨대 기관차에서 샌 기름이 열차에 치인 시체에 묻으면 당연히 겉옷에서 점차 속옷으로 스며든다. 따라서 겉옷이 더 더럽고 속옷에는 더러움이 적어야 논리에 맞다. 시모야마는 반대였다.

그러므로 시모야마를 살해할 때 알몸 상태로 만든 뒤 기름 용기에 넣었든지 기름이 있던 곳에 두었든지, 아니면 몸에 기름을 칠했을 거라고 생각한다. 일본군이 구 만주에서 모략을 꾀할 때 종종 시체에 기름을 칠해서 선로에 두었다. 그렇게 하지 않으면 기관차의 배장기[1]에 걸려서 시체가 바깥으로 날아가 버리지만, 기름을 칠하면 날아가지 않는다. 이것은 구 일본군이 모략을 꾸밀 때 쓴 방법이긴 하지만 이 점으로 봐서도 타살이 아닌가 싶다. 미국의 스파이 기관에 일본의 옛 군인이 일하고 있었다고 추정되는 자료가 있기 때문이다.

---

1 레일 위의 장애물을 밖으로 제거하기 위해 기관차 앞부분에 단 것.

살해 현장은 어디인가

시모야마가 살해된 현장이 어디인지 이것도 대략 가정해 볼 수 있다.

시모야마가 납치된 곳이 니혼바시의 미쓰코시라면, 나는 시모야마를 태운 차는 곧바로 고탄노(시모야마의 시체가 발견된 현장은 아다치 구 고탄노 미나미초 938-942번지 앞을 통과하는, 조반 선의 기타센주와 아야세를 잇는 하행선 위)로 가지 않고, 국회의사당에서 마미아나의 소련 대사관 쪽을 돌아 어딘가로 향했다고 추정한다. 중의원 의원 시쿠마 사부로의 비서가 국회의사당에서 마미아나 쪽을 향해 가는 모습을 목격했다. 비서는 시모야마의 얼굴을 잘 알고 이야기를 나눈 적도 있었다. 이런 사람의 증언은 시모야마를 한 번도 만난 적이 없는 목격자의 증언보다 정확할 확률이 높다. 그러나 경시청은 이 증언을 전혀 써먹지 않았다. 모략의 범인은 목적 장소로 곧장 가지 않고 반드시 다른 장소로 향했을 것이다. 차 안에서 시모야마와 납치자 사이에 어떤 대화가 오고갈 시간이 필요해서다. 또 하나는 물론 직행할 경우의 위험을 피하기 위해서였다.

그 현장은 어디일까? 아마 건물 중에서도 우리가 생각하는 것보다 더 넓고 대규모 설비가 있는 장소일 것이다. 예를 들어 '공장' 같은 곳이다. 이 '공장' 역시 상당한 대지를 소유한 커다란 건물이라고 보면 된다. 색깔 있는 가루와 기름으로 추정할 수 있는 공장은 어떤 데일까? 열차로 시체를 운반했다는 가정하에, 그곳은 발차역과 가까운 위치에 있었을 것이다.

시체를 치어서 절단한 869화물열차에 앞서 운행한 1201열차는 진주군進駐軍 전용 열차인데, 이 열차가 시체를 운반했다고 본다. 이에 대해 〈백서〉는 "진주군 열차이므로 용의는 인정되지 않는다"며 아예 제외했다. 그러나 모든 방법을 추정해 봐도 이 군용열차 이외에는 합법적 추측이 불가능하다. 그렇다면 어디에서 이 군용열차를 편성했을까? 생각할 수 있는 곳은 다바타 기관고다. 이곳으로 각 선의 화물열차가 들어와서 편성되어 연결된 뒤 발차한다. 따라서 편성되기 전의 그 화차를 운반하려면 연결해 주는 어떤 선을 떠올리게 된다. '공장'이라면 누구든 인입선[2]을 머리에 그릴 것이다.

화차는 '공장'에서 나오는 인입선을 따라 다바타 기관고로 운반되었고, 거기에서 다른 화차와 길게 편성되어 수송되었다.

1201열차는 진주군 열차였다. 그러므로 인입선이 있는 '공장'은 당연히 일본인이 경영하는 공장이라고는 생각할 수 없다.

다바타 기관고와 가까운 미군 시설인 '공장'을 생각하면, 누구라도 당시 거기의 방대한 지역을 소유했던 어느 시설을 머리에

2 본선에서 특정 장소까지 따로 낸 선로.

떠올릴 것이다. 그 시설은 인입선이 본선에 합류하여 하나가 되면, 오지, 다바타, 닛포리와 직선으로 놓인다.

또한 색깔 있는 가루와 기름은 그 시설의 내용과 연관되지 않을까? 그 부근에 '병기' 수리 공장은 없었을까? 색깔 있는 가루 또한, 푸른빛이 많이 도는 녹색이었다는 점은 대단히 흥미롭다. 흰색, 빨간색, 갈색 등은 소량이었다는 것도 재미있다. 점령 당시에 외국 병기를 본 사람은 그 색이 흐리고 어두운 녹색이었다는 사실을 떠올리리라.

이런 의미에서 시모야마 살해 현장은 이타바시 구의 한 지점이라고 생각한다. 그곳에는 수리와 보급 '공장'이 있었을 터이다.

기계류가 그곳에서 '수리'되는 이상, 색깔 있는 가루와는 밀접한 관련이 있다. 기름 또한 도료 공장이나 피혁 공장에서 사용된다는 점을 떠올려 보면 좋다. 피혁 또한 이 '공장'에 필요한 물품이고, 기름은 도료용 외에 연마기용이나 제철용으로도 이용된다. 그리고 이 공장은 이 물품들을 모두 필요로 했을 것이다. 기름이 든 통이 그 공장에 많이 놓여 있었으리라는 상상은 여기에서 성립한다.

현재 그 장소에서 인입선이 철거되고 일반 민가가 세워져서 흔적도 없어졌지만 아직 미군 관하에 속해 있다. 더욱이 근처 공장 중에 폭파된 곳도 있다.

이상은 〈시모야마 사건 백서〉의 의문스러운 점에 대해 한두 가지 개괄한 데 지나지 않으나, 하나하나 구체적으로 조사해 가면 불합리한 면에 차례로 부딪힌다. 물론 나는 수사1과의 일선 수사원들이 어떤 구속을 받아 자살이라는 감을 느꼈다고는 절대 생각하지 않는다. 다만 중대한 착오는 그들이 현장에 도착해서 가장 먼저 자살이라고 느꼈다는 점이다.

이 첫인상 때문에, 도중에 '타살' 노선이 나왔다고 해도 마지막까지 '자살'에 구애되었으리라.

수사1과로서도 확실히 '자살'이라고 잘라 말하기에는 개운치 않았다. 수사 백서는 내놓았지만 지금까지도 완전한 '자살'로 보지 않는 까닭이 여기에 있다고 생각한다.

5장

추리소설의 주변

스릴러 영화를 만들 때
염두에 두어야 할 것

소설과 영화

지금 독서계에서는 추리소설이 붐을 이루고 있다지만 영화계에서도 스릴러물이 발흥하고 있다. 발흥이라고 할 만큼은 아닐지 몰라도 어쨌든 그 수가 많아졌다.

최근에는 영화가 소설에 접근한 듯하다. 어느 쪽이 다가갔는지 모르나, 아마도 영화가 소설적 요소를 띠게 된 것이 아닐까? 나는 소설의 영화화 경향을 말하는 것이 아니다. 관객이 독자를 겸하는 현상을 말하는 것이다. 일반 독자는 소위 중간소설이 확대되며 상당히 눈이 높아졌다. 그러나 이것은 어디까지나 일반론으로, 중간소설은 더 낮은 독자도 더 높은 독자도 흡수하여 커졌으며 이 독자층의 눈이 영화로 향하고 있다는 얘기다. 달리 말하면 영화 관객의 눈이 중간소설 독자의 눈 정도로 변했다고 해야 할까? 영화 제작자는 그 사실을 알고 있다. 증거로 최근의 대다수 영화는 중간소설 정도의 지성과 재미를 갖췄다.

그러나 중간소설도 슬슬 벽에 부딪히려 한다. 전과 다를 바 없는 이야기만으로는 독자가 질리는 게 당연하다. 추리소설이나 그 수법을 응용한 소설이 이 매너리즘의 틈새로 진출한 것처럼 영화도 스릴러 분위기의 작품이 성장하고 있다.

영화가 상업주의적인 이상, 제작자가 어떻게 하여 관객을 모을지 부심하는 것은 당연하다. 호평 받기를 노리는 점에서는 언론계보다 노골적일지도 모른다. 그들은 끊임없이 헤매는 곤충처럼 예민한 더듬이를 움직인다. 이때 소설 독자의 경향이 유력한 자료가 되는 것은 물론이다.

잡지 편집자가 소설의 매너리즘에 고민하듯이 영화 제작자도 작품의 매너리즘에 곤혹스러워하고 있다. 지금까지는 멜로드라마 요소를 많이 지닌 작품이 일본 영화의 주류였다. 영화 제작자는 그런 작품을 만들기만 하면 틀림없을 거라 믿었다. 그러나 작품 자체가 정체 상태에 빠지고 관객 대중의 눈이 세련되어지며 이 믿음은 무너졌다. 영화평이 매스컴에 실려 널리 대중의 눈에 띄게 된 것도 한 원인이다. 제작자가 개봉에 앞서 신문이나 주간지에 실리는 비평을 얼마나 신경 쓰는지가 지금만큼 두드러진 적은 과거에 없었을 것이다. 비평이 흥행 성적을 좌우할 정도로 영향이 있다고 제작자들은 생각한다. 관객은 그만큼 성장했다.

이 사실은 멜로드라마의 정체 상태를 깨기 위해 앞으로 만들어질 스릴러물에 경고가 된다. 관객은 진부한 통속물로는 결코 만족하지 않는다. 권총이 울리고 자극적인 장면이 이어지고 조마조마한 추적이 시작되고 무장 경찰이 대거 출동하여 해결하는 종래의 빈약한 작품이어선 관객은 분명 하품을 하든가 달아날 게 뻔하다. 요즘에 이런 낡은 형식을 답습하려는 제작자도 없을 것이다.

또한 스릴러라고 하면 마약굴이나 폭력가나 밀수단을 배경으로 삼아야 성립한다고 생각하는 제작자도 차츰 줄어들 것이다. 제작자도 낡은 형식이라는 사실을 안다.

그렇다면 앞으로 스릴러물은 어떻게 만들어야 할까? 영화 제작자는 팔짱을 끼고 생각에 잠겨 있을 게 틀림없다.

드라마는 인간의 확대

나는 책 첫머리에 일본의 오래된 탐정소설이 시시한 이유는 트릭이나 의외성 있는 줄거리 때문에 인물 성격이 유형적이고 심리가 담기지 않았기 때문이라고 썼다. 대체 현실성 없는 심리에 독자가 어떻게 흥미를 느끼겠는가. 현실성이라고 해도 실재성을 말하는 게 아니다. 가령 비실재적인 것이어도 그 세계가 우리와 공감한다면, 즉 평소에는 깨닫지 못하는 자신의 잠재된 심리와 공통된다면 현실성을 느낀다. 「검은 고양이」나 「어셔 가의 몰락」을 읽고 있어도 전혀 황당무계한 공허함을 느끼지 않는 것은 그 때문이다. 그러나 이는 포 같은 천재나 잘하는 것이지, 일본의 서툰 아류를 읽으면 참기 힘들다.

이 말은 그대로 스릴러 영화에도 적용된다. 스릴러라면 공포를 느끼게 하면 된다는 생각으로 축제날 등장하는 유령의 집처럼 도구를 이용하여 괴롭혀도 그것은 스릴러가 아니다. '프랑켄슈타인류 이야기'가 삼급품 이하기 때문이다.

현재 우리에게 공포는 잘린 목이나 피투성이로 매달린 한쪽 팔이 아니다. 어디까지나 일상생활에서 출발해야 한다. 일반적인 심리로 이해할 수 있어야 한다.

우리는 평범한 생활을 반복하고 있다. 그러나 현대의 복잡한 대인 관계는 무수한 실로 서로 연결되어 있다. 이 실은 이익 관계라는 형이하적 생활 조건 위에 각자의 심리라는 형이상적 현상이 서로 얽혀 있는 모습을 띠고 있다. 우리는 언제나 타인에게 무형의 가해자인 동시에 피해자다. 또 누구에게나 평소에는 깨닫지 못하는 잠재의식이 있다. 아무 일 없을 때는 나타나지 않을지도 모르지만, 생활 조건에 사소한 어긋남이 생겼을 때 숨어 있던 의식이 나온다. 현대의 복잡한 사회 기구에서 우리는 언제 어느 때 행동의 가해자가 되고 피해자가 될지 알 수 없다.

그런 눈으로 자신의 주위를 보면 평범한 생활도 늘 위기에 차 있다. 현대의 공포란 그런 것이다.

영화는 그런 현실의 공포를 드러내 주었으면 한다. 우리 안에 잠재된 심리를 끄집어내어 확대해서 보여 주기를 원한다. 원래 드라마는 인간의 확대다.

심리 설정이 완성되면 사건은 저절로 만들어진다. 우리 생활 속에서 언젠가 일어날지도 모르는 사건을 보여 주면 관객은 스릴러를 실감하며 볼 것이다.

기기 다카타로에 따르면, 히치콕이 일본에 왔을 때 이렇게 말했다고 한다. 자신이 예전에 만든 영화에 어린아이가 시한폭탄인 줄 모르고 교회로 나르는 장면이 있었다. 관객은 그것이 폭탄이니까 가슴 졸이며 본다. 아무것도 모르는 아이는 교회에 도착할 때까지 도중에 딴짓을 하거나 한눈을 팔며 느릿느릿 걷는다. 폭발 시각은 시시각각 다가오고 관객은 손에 땀을 쥔다. 이 조마조마하게 만드는 수법이 스릴러의 요령이라고 한다.

히치콕의 설명대로 이것은 단순하다. 그런데 단순한 까닭은 그것이 원형이기 때문이다. 만일 시한폭탄 대신에 생활의 중대한 위기이고, 폭발하는 줄 모르고 나르는 사람이 어린아이가 아니라 동네 사람이라면 현실감은 높아질 것이다. 그런 상황은 우리 주변에 잔뜩 있기 때문이다.

피해자의 눈

 화면의 인물이 아무것도 모르는데 관객만 그의 위험을 알고 경과를 지켜보면 확실히 스릴이 생겨난다. 히치콕의 〈서스픽션〉에서 화면 속 아내는 모르지만 관객은 남편의 살의를 알고 있다. 그래서 어떻게 될지 지켜보게 된다. 아내를 동정하기 때문이다. 〈이창〉에서는 자신을 엿보는 사실을 알아챈 살인자가 다가온다. 엿본 당사자는 다리가 불편해서 도망치지 못한다. 또 정찰에 나선 애인이 살인자의 아파트로 들어가서 행동하고 있음을 관객은 눈치챈다. 이 두 상황에서 스릴이 고조되는데, 관객이 그 둘을 동정하기 때문이다. 윌리엄 와일러의 〈필사의 도망자〉에서는 탈옥수에게 집을 점령당한 선량한 시민 가족의 운명을 걱정스럽게 지켜본다. 기노시타 게이스케의 〈풍전등화〉는 강도에게 감시당하는 소시민 일가를 그린다.

 그러고 보면 스릴러 영화는 관객이 어느 인물을 동정하도록 구성되어 있는 것처럼 보인다. 하지만 이것은 단순한 동정이 아니라 관객이 피해자의 눈이 되어 있는 것이다. 관객은 피해자와 같은 심리에서 두려워한다. 그렇다면 화면 속 피해자는 관객과 동화할 만한 생활을 하고 그런 심리를 지녀야 한다. 애매한 성격이나 엉뚱한 생활을 하는 사람이면 아무리 선량한 사람으로 설정해도 관객은 관련 없는 타인의 눈으로 바라본다. 그러면 위기를 가깝게 느끼지 않을 테고 스릴은 생겨나지 않는다. 극단적으로 이야기하면, 관객은 킹콩에게 납치된 여성에게는 스릴을 느끼지 않는다.

피해자와 마찬가지로 가해자 또한 관객 주변에 살고 있는 인물이 되어야 한다. 그 점에선 이 인물에게도 관객의 잠재 심리와 공통되는 성격이 확립되어 있어야 한다. 시민의 평범한 생활이 위협당하는 설정은 닮았지만 〈풍전등화〉가 〈필사의 도망자〉에 한참 못 미치는 까닭은 소품 때문만이 아니라 강도 패거리에 들어가려는 불량소년들이 완전히 유형화되어 있어서다.

히치콕 작품 중에서도 〈나는 비밀을 알고 있다〉나 〈오인〉은 시시한 작품이라고 생각한다. 외국 대사관에 어린아이가 유괴된다는 전자의 줄거리는 우리 생활과 동떨어져 있다. 똑같이 닮은 두 인물이 범죄 혐의를 받는다는 후자의 설정도 다소 현실과는 멀다.

정말 그런 일이 있을지도 모른다. 특히 인상이 닮아서 남들이 착각하는 일은 자주 있다. 하지만 사형수라는 극한적인 설정이 부자연스럽게 느껴진다.

아무리 일어날 법한 사건이라도 너무 특수하게 만들면 보편성이 없어져서 꾸며 낸 이야기처럼 보인다. 스릴러는 관객이 꾸며 낸 이야기로 느끼면 절대로 공포 효과를 내지 못한다. 요컨대 일상의 평범한 생활에서 일어나는 공포가 스릴러에 실감을 불러일으키지 않을까?

스릴러 영화의 과장된 몸짓은 효과를 반감한다. 이래도 무섭지 않느냐는 식으로 관객을 몰아세우는 연출은 피하는 게 좋다. 특히 범죄 영화를 세미 다큐멘터리 풍으로 찍은 작품이 비교적 성공하는 이유는 연출을 억제하여 실감나게 느끼도록 하기 때문이다. 그 편이 내용에 긴박감을 준다. 이와 관련하여 생각나는 작품은 구로사와 아키라의 〈들개〉다. 이 작품은 현재 그가 의욕 있게 만든 야심작보다도 더 걸작이다. 마지막에 형사가 범인을 체포하는 대목에서는 모든 음악을 없애고 그저 멀리서 들리는 느린 피아노 소리를 넣어, 격투하는 두 인물의 거친 숨소리만을 들려준다. 격투의 배경은 먹구름도 흘러가지 않고 세찬 바람도 불지 않는 잔잔한 초가을의, 아름다운 들국화가 핀 벌판이다. 그 고요함이 온 힘을 다 쏟는 격투에 무서우리만큼 박진감을 띠게 한다. 나는 〈라쇼몬〉보다 〈들개〉야말로 구로사와 감독의 대표작이라고 생각한다.

현재 스릴러나 범죄 영화를 기획할 때, 영화 관계자가 반드시 그렇다 할 만큼 〈들개〉를 입에 올리는 것은 당연하다.

영화의 특수성

영화와 소설은 서로 닮은 점이 있지만 물론 다른 점도 있다. 소설은 몇 시간이고 며칠이고 걸려서 읽을 수 있지만, 영화는 두 시간 정도로 끝나야 한다. 이 시간의 구속이 관객에게 생각할 여유를 주지 않는다. 수수께끼 풀이를 주로 한 추리소설은 독자가 도중에 속도를 늦추거나 쉬면서 수수께끼를 생각할 수 있지만, 영화 관객은 끊임없이 바쁘게 화면의 흐름을 따라가며 봐야 한다. 즉, 생각한다는 것은 영화의 생각에 그저 관객이 따라간다는 것이다. 〈한낮의 암흑〉[1]은 뛰어난 영화지만, 공범의 불합리성을 보여 주는 여러 장면은 영화의 생각이지 관객의 주관적인 생각이 아니다. 소설은 자료만 내주고 독자에게 추리를 맡길 수 있으나 영화에서는 어렵다. 소설 독자는 책을 엎어 두고 자신의 추리적 사고에 빠져들 수 있지만 영화를 볼 때는 그럴 여유가 없고 수동적인 처지에 있을 뿐이다. 수수께끼 풀이를 주로 한 추리영화의 어려움이 여기에 있다. 화면이 관객에게 강제로 설명하는 추리 과정이 지적 수준에서 관객의 추리 과정과 일치하지 않으면 몹시 지루해진다.

그에 비하면 가해자의 음모도 보여 주고 피해자의 위기도 보

---

1 이마이 다다시 감독의 1956년 작품.

여 주는 스릴러 영화는 마음이 편하다. 사고思考에 대한 부담이 적어지고 행동만으로 스릴을 그릴 수 있다. 아무리 훌륭한 문장으로 묘사하여 독자에게 이미지를 그리게 해도 현실의 시각이 맺는 상은 따라가지 못한다.

〈공포의 보수〉[2]는 특별한 내용 없이 위험한 니트로글리세린을 트럭으로 산에 운반할 뿐인 이야기지만, 문장만으로는 도저히 그 화면만큼 박력 있는 스릴감은 나지 않는다. 나는 원작을 읽지 않았으나 읽었어도 영화만큼의 전율은 느끼지 않았을 것이다. 이것은 영화만이 갖는 특기다.

스릴러 영화라고 해서 유독 특수한 세계에서 제재를 따올 필요는 없으며 야단스러운 몸짓을 할 필요도 없다는 말을 하고 싶다. 우리의 평범한 생활과 밀착된 곳에 남겨 두길 바란다. 위기는 어디에나 잠재해 있다.

영화 제작자에게는 스릴러물이라도 어딘가에 멜로드라마를 덧붙여서 만들어야 한다는 고루한 망념이 있는 듯하다. 의미 없는 일이다. 작품을 해이하게 만들 뿐 아무런 도움도 되지 않는다. 멜로드라마를 삽입해야 관객에게 먹힌다는 생각은 이제 버려야 한다. 관객은 그렇게 만만하지 않다. 멜로드라마 자체가 벽에 부딪히고 있는 현상을 자각해야 한다. 무엇하러 힘들게 멜

2 앙리 조르주 클루조 감독의 1953년 영화.

로를 넣는단 말인가.

소설을 영화화할 때 이를 잘 알 수 있다. 반드시 그렇다고 할 만큼 필연성 없는 멜로가 주입된다. 직인의 기술로 삽입되지만 그 때문에 원작도 손상되고 영화에도 흠이 간다. 세상에 이렇게 어리석고 해로운 작업은 없다. 이 점이 바뀌지 않는 한, 우수한 스릴러 영화는 태어나지 않는다.

마지막으로 영화 작가의 오리지널리티가 빈곤한 현상을 들고 싶다. 아마도 그들은 너무 바쁜가 보다.

뒷이야기

종이 등반

1958년 9월 초, 나는 가시마야리 도중까지 올라갔다.

그런 처지가 된 것은 《주간 아사히》에 「검은 화집黒い画集」을 연재하는데 1회부터 가시마야리가 나오기 때문이었다. 단 기타알프스의 산악을 무대로 삼자는 의견은 내가 냈다고 할 수는 없다. 편집부 사람들과 모임을 갖다가 이야기가 그렇게 흘러갔다.

"여름부터 시작하니까 기타알프스가 좋지. 등산이니 기타알프스가 최고야."

평론가이자 등산가인 우라마쓰 사미타로 씨는 내 실력과 관계없이 이야기를 꺼냈다.

"좋아, 그걸로 가지."

당시 편집장 오기야 쇼조 씨가 이렇게 결정하니 순식간에 정해졌다. 나는 자신 없이 고개를 끄덕여야만 했다.

나는 1000미터보다 높은 산에 오른 적이 없다. 다테시나에 갔을 때 버스 창문으로 1000미터 표지를 지나친 것을 보고 등산을 한 기분이 들었지만, 물론 내 다리를 이용한 건 아니었다. 처음으로 내 다리로 오마치 부근부터 표고 약 2500미터인 가시마야리까지 오르는가 생각하니, 전쟁중 군대에 소집되었을 때의 기분이 떠올랐다.

곧 예비지식을 얻자고 생각하여 후지키 구조 씨, 와타나베 고헤이 씨, 도무라 아이코 씨와 모여서 그들의 이야기를 들었다. 차차 듣고 보니 이것이 쉽지 않은 등산이라는 사실을 알았다. 먼저 버스에서 내린 다음 오타니하라에서 니시마타데아이까지 한 시간 반 걷고, 거기서 아카이와오네의 수림대 급경사를 세 시간 동안 오르는 엄청난 고생이다. 다 올라가면 쓰베타 산장까지 한 시간 반 걷는다. 첫날에 여섯 시간이나 계속 걸어야 한다. 다음 날 쓰베타 산장에서 고류를 거쳐 도미오네의 정상을 걸은 다음 가미시로로 나올 때까지가 또 험난한 노정이다. 도중에 야쓰미네 기렛토라는 어려운 지점이 있는데, 까딱 발이 미끄러지면 계곡 아래로 추락한다고 한다.

"괜찮을까 몰라. 남의 일이 아니고 걱정이네."

도무라 씨는 눈살을 찌푸리고 내 몸을 바라보았다. 불안하다는 듯한 이 눈길 한 번에 나는 크게 겁먹었다. 자신감은 완전히 사라졌다.

그러다 내 일이 몹시 바빠진 것을 구실로 《주간 아사히》 편집 부원 나가이 호지 군과 의논하여 되도록 실제 등산은 단시간으로 마치면서도 효과적인 방법을 찾는 데 힘썼다.

행운은 요시다 지로 씨를 우연히 만났을 때부터 시작되었다. 요시다 씨는 알다시피 가시마야리의 베테랑이자 실제로 『가시마야리 연구鹿島槍研究』라는 노작이 있다.

여러 가지 도해를 보면서 요시다 씨의 풍부한 지식과 경험을 통해 배우고 있자니, 생무지가 몇 번 하는 등산으로는 도저히 얻을 수 없는 실감을 얻었다. 나는 왕조 시대의 가인歌人처럼 집에 있으면서도 저 멀리 있는 가시마야리에 몇 번이나 오른 듯한 착각을 일으켰다. 그러나 노래와 달라서, 아무튼 현장 한 귀퉁이라도 봐 두지 않으면 소설을 쓰지 못한다.

9월 2일, 요시다 씨의 안내로 신주쿠에서 '알프스' 2등 침대차에 탔다. 이런 뻔뻔스러운 짓을 하는 것만 봐도 나는 등산할 인간이 못 된다. 동행은 앞서 말한 나가이 군. 이 사람도 젊지만 등산은 한 적이 없다고 한다. 완전히 풋내기 둘의 리더가 된 요시다 씨는 불안했을 것이다.

그러나 우리는 요시다 씨를 별로 걱정시키지 않고 끝냈다. 니시마타데아이까지는 걸었지만 아카이와오네를 오르는 험로는 삼분의 일 정도 지점에서 포기했다. 이것은 예정된 스케줄이었다. 어쨌든 가시마야리의 몇십 분의 일 코스를 현장에서 밟고 기분을 맛본 것으로 만족했다. 다만 이날은 날씨가 나빴던 데다 화산 가스 때문에 미나미야리도 기타야리도 전혀 볼 수가 없었다.

나는 요시다 씨의 교시敎示를 기초 지식으로 삼고 나머지는 멋대로 공상하여 《주간 아사히》에 「조난遭難」이라는 소설을 쓰기 시작했다. 펜은 소설 내용처럼 오리무중의 가스 속을 더듬으며 나아갔다.

이 작품은 추리소설이지만 산을 좋아하는 독자도 있기에 조금 긴장했다. 어떨지 염려하고 있는데, 어느 날 독자 투고가 왔다. 그 일부를 옮긴다.

"소생도 몇 차례 가시마야리에 갔지만, 귀하가 한 산의 묘사가 정확하고 산뜻한 데 감탄했습니다. 분명 귀하가 정상까지 가봤기 때문이겠지만, 그렇다 해도 지형, 루트, 등산자의 상태, 기상, 심리 등, 적어도 십 년 이상 산에 다닌 사람이 아니면 쓸 수 없다 싶은 것을 등산가로는 보이지 않는 귀하가 어떻게 아시는지요. 그 의문은 5회를 읽고 풀렸습니다. 이것은 소생의 추리지만, 이 소설은 『가시마야리 연구』의 저자이자 일류 등산가인 요시다 지로 씨의 조언을 받은 작품이 아닐까요? 가시마야리를 그만큼 아는 사람은 요시다 씨를 빼고는 없으니까요……."

나는 한 등산가의 채점에 합격하는 동시에, 곧바로 그 사람의 추리에 커닝을 간파당한 기분이 들었다.

지도 위 여행

나는 다야마 가타이를 자연주의 문학이나 소설로 안 것이 아니다. 열한두 살 때 가타이가 쓴 기행문에 푹 빠졌다. 물론 비싼 책을 살 수가 없어서 거의 책방에서 서서 읽었다. 가타이의 책이 어느 선반에 있는지 기억했다가 날마다 다니며 독파했다. 지금도 기억나는 것은 책에 실린, 미호노마쓰바라에서 본 후지 산이나 아시노코 호수 같은 명소 사진이었다. 가타이가 내게 여행하고 싶은 마음을 심어 주었다고 해도 좋다. 후에 이 기행문을 쓴 사람이 「이불蒲団」이나 「한 병사一兵卒」 등의 작가임을 알고 놀라는 동시에 의외라는 기분이 들었다. 나는 자연주의의 대가보다 기행문 작가인 가타이가 그립다.

나는 소년 시절부터 미지의 땅에 동경을 품었다. 지금 생각해 보면 그것은 어디에도 가지 못하는 부자유한 환경으로 인한 체념에서 온 것이었다. 소학교에서도 지리 시간을 가장 좋아했다. 교과서에 들어 있는 각지 풍경의 동판화는 기분을 더없이 들끓게 했다. 거기 쓰여 있는 산의 모습, 걷는 사람, 모여 있는 집들, 한줄기 길이 다양한 공상을 일으켜서 어떤 소설을 읽는 것보다 재미있었다.

당연히 지도가 좋아졌다. 바삐 달리는 가지각색의 산맥, 굽이치는 강, 부채꼴 평야, 그 가운데를 한 길로 달리는 철도 노선,

활처럼 굽은 해안선, 그리고 그 위에 **빽빽하게** 써 넣은 지명—그것도 나를 공상의 세계로 끌어들였다. 내가 사는 마을에서는 생각지도 못할 머나먼 땅의 풍경을 지도 위에서 다양하게 상상했다.

열일고여덟 살 무렵에는 소설 외에 이렇게 지리와 관련된 책을 탐독했다. 그렇다고 해도 지리학 같은 학문적인 내용에는 흥미가 없었다. 땅과 인간과 오래된 역사가 얽혀 있는 책을 좋아했다. 조금 유난스럽게 들릴지도 모르지만, 지도와 책으로 친숙해진 땅을 훗날 실제로 통과했을 때 말로 표현할 수 없는 감개를 느꼈다. 예컨대 야마토와 관련된 내용을 여러 책으로 읽었지만 실제로 호류지 절에 가서 하얀 모래 위에 섰을 때는 눈물이 날 정도였다.

소설 속에서도 지방이 나오면 독서욕이 솟는다. 시가 나오야의 『암야행로暗夜行路』도 오노미치나 호키노다이센 산 등이 나오지 않았다면 그 가치는 꽤나 줄어들지 않았을까 하는 생각조차 한다. 대체로 요즘 작가들은 도쿄에 살아서 도쿄를 무대로 하는 작품이 많다. 배경을 좀 더 넓혀 지방을 주요 무대로 삼는다면 소설은 지금보다 훨씬 재미있어지지 않을까?

여행하고 싶은 마음은 누구에게나 있다. 그저 단순하게 명승지를 보고 싶다기보다 미지의 평범한 땅을 여행하며 그곳에서 왠지 모를 여수旅愁를 즐기고 싶은 게 아닐까? 바쇼의 『오쿠노 호

『소미치奥の細道』[1]가 널리 읽히는 까닭은 홀로 하는 여행이 지닌 분위기 때문이다. 여행에 이런 느낌을 가장 많이 드러낸 작가는 요시다 겐지로일 것이다. 나는 젊은 시절 한때 여행을 주제로 한 겐지로의 수필에 끌렸다.

한편 여러 사정으로 여행이 불가능할 때는 어떻게 그 욕구를 채워야 할까? 나는 그럴 때 곧잘 도상 작전을 편다. 지도를 펴고 그 위를 따라가며 실제로 그 지방을 여행하는 듯한 공상에 빠진다. 물론 이때 실제 풍경과 내 상상은 맞지 않는다. 하지만 예를 들어 아키타 현의 하치로가타 옆에서 고조노메라는 역을 발견하면, 차양이 길게 난 집들이 쓸쓸히 늘어선 모습과, 어깨걸이를 두르고 눈 위를 걷는 여자들의 검은 모습이 황량하게 떠오른다. 아니, 이때 통행인들이 나누는 대화가 들리고 지나가는 길에 본 집 안의 사람까지 눈에 떠오른다. 호쿠리쿠의 해안가 마을에서는 음울한 바다가 넓고 아득하게 펼쳐진다. 규슈의 오지 산악지대를 보면 어딘지 모르게 열병의 기운을 느낀다.

그 좋은 예가 기차 시간표다. 전에 쓴 적이 있는데, 시간표 속에 늘어선 역 이름은 공상에 더없는 도움이 된다.

---

1 하이쿠 시인인 바쇼가 자신의 실제 여행을 기반으로 하여 정리한 하이쿠 기행문.

"그다음에 내 공상은 시간의 세계로 발전했다. 예컨대 문득 시계를 본다. 오후 1시 36분이다. 나는 시간표를 넘기며 13시 36분이라는 숫자가 붙은 역을 찾는다. 에치고 선의 세키야라는 역에 122열차가 도착해 있다. 가고시마 본선의 아쿠네에서도 139열차가 승객을 내리는 중이다. 히다 미야다에는 815열차가 도착해 있다. 산요 선의 후지유, 신슈의 이다, 조반 선의 구사노, 고노 선의 기타노시로, 간사이 본선의 오지, 모든 역 홈에 기차가 정지해 있다.

이렇게 이부자리 위에서 내 가는 손가락을 보는 순간에도 전국 다양한 지역에서 기차가 일제히 멈춰 있다. 그곳에서는 많은 사람이 저마다의 인생을 좇아서 내리거나 탄다. 나는 눈을 감고 그 정경을 상상한다. 또한, 이 시각에는 각 선의 어느 역에서 기차가 스쳐 지나가는지도 발견한다. 가나가 달리지 않은 글자와 숫자로 가득 찬 시간표는 요즘 내 소소한 애독서이다."

(『점과 선』)

내가 소설에 쓴 글이지만 당시 내 생각을 그대로 드러낸 셈이다.

최근 이 시간표에서 생각 하나가 떠올랐다. 이것은 여기에 쓰기보다 소설로 쓰는 편이 효과적이니 머지않아 작품으로 쓰려고 한다.

시간표 외에 5만 분의 1 지도가 있다. 여행을 하지 못할 때, 그리고 소설을 쓰면서 그 지역을 어떻게 해서라도 알아 두어야 할 때 이 지도는 간편한 작전도다. 5만 분의 1이면 대개 우체국, 소학교, 신사, 경찰서 등은 나와 있다. 어떤 작은 다리라도 적혀 있으므로, 그 도면대로 글을 쓰면 정말 그 지역에 간 것처럼 상세하게 묘사할 수 있다. 산의 모양까지 대충 짐작이 간다. 그러나 이 또한 조심하지 않으면 말도 안 되는 실수를 한다.

예전에 어느 소설에 강을 등장시켰다. 분명히 5만 분의 1 지도에 강이 있었다. 시골이고 강이니까 물이 맑으리라고 짐작했다. 그래서 글에는 물 밑바닥에 보이는 돌까지 넣었다. 하지만 나중에 독자에게서 거센 항의를 받았다. 그 마을은 도기 제조지라서 강은 일 년 내내 도자기 흙 때문에 뿌옇다고 했다.

그러나 지도를 보는 것은 즐겁다. 지도와 시간표를 옆에 두고 소설을 구상할 때가 내게는 가장 즐거운 시간이다.

내게 영향을 준 작가

기쿠치 간의 '게이키치 시리즈'. 이 시리즈는 내 독서 이력의 고전이다. 보통 '고전'이라고 하면 서양의 19세기 이전 책을 꼽든가 일본의 에도 시대 이전의 책을 가리킬 때가 많은 듯하다.

고전의 의미에는 보편적인 가치가 있을 것, 오래되었지만 언제나 새로울 것, 예술적으로 뛰어날 것, 만인에게 추천할 만할 것 등이 포함된다.

그러나 개인의 독서 이력은 반드시 남이 추천하는 계통을 좇지는 않는다. 소설은 문학사에 의거하여 읽기 시작하는 것이 아니다. 내 고전으로는 소학교 교과서 및 동화와 결별하고 어른의 문자에 덤벼들기 시작했을 무렵 읽어, 아직까지 어느 정도 영향을 받고 있는 책을 들고 싶다. 그러므로 소위 고전(예컨대 성서를 꼽는 사람이 있는 것처럼)의 장중하고 객관적인 가치하고는 다르다.

어른 소설의 재미를 처음 가르쳐 준 것은 '다치카와 문고'[2]다. 이 책은 교과서 밑에 감추고 함께 읽었다. 오늘날 내가 근시가 된 것은 아버지에게 들킬까 봐 겁이 나 어두운 곳에서 작은 글자를 뚫어져라 들여다보았기 때문이다.

사루토비 사스케[3]나 미토 고몬[4]의 초인적인 활약, 파란만장한

2 1911년부터 1923년에 걸쳐 오사카의 다치카와분메이도에서 출판한 소년용 문고본.

3 다치카와 문고의 소설에 등장하는 닌자로 가상의 인물.

4 도쿠가와 미쓰쿠니의 다른 이름. 에도 전기의 미토 번주. 여러 픽션에서 민중을 괴롭히는 악인들을 벌하는 역할로 등장한다.

줄거리, 경쾌하고 재치 있는 대화, 늘 위기에 처했다가 아슬아슬한 대목에서 살아나는 미녀 들은 소년 시절에 '소설'의 재미를 가르쳐 주었다. 『도련님坊ちゃん』, 『풀베게草枕』의 재미를 이해하는데 다치카와 문고를 읽은 이력이 필요하지 않았을까 하는 생각마저 한다.

지금 아이들이 탐욕스럽게 읽는 슈퍼맨 류의 책을 들여다봐도, 조악하고 거무튀튀한 종이에 희끗희끗한 활자를 찍은 다치카와 문고의 재미에는 미치지 못한다는 생각이 든다. 우리는 교과서보다도 다치카와 문고를 통해 절실하고 친근하게 역사를 배운 것 같다.

그러나 아무리 그렇다 해도, 다치카와 문고가 고전이라고 큰소리로 말하지는 않는다.

열예닐곱 살 무렵, 기쿠치 간의 '게이키치 시리즈'의 단편에 매료되었다. 「큰 섬이 생기는 이야기大島が出来る話」, 「게이키치의 유혹啓吉の誘惑」, 「아내의 비난妻の非難」, 「R」 등은 지금도 문장 일부를 외우고 있을 정도다.

'게이키치 시리즈'에서 보이는 기쿠치 간의 상식적인 사고방식은, 자기 생활과 육체를 닦달하는 일본 사소설의 주류에서는 벗어났을지 모른다. 그러나 거기에는 어디까지나 현실적이고 공리적이며, 사색성이 없고 꾸미지 않은 기쿠치 간이 일개 '평범한 인간'으로 드러나 있다. 꾸미지 않았다는 것은 작위적인 예술성을 노리지 않는다는 의미다.

나는 그때부터 스무 살 넘어서까지 기쿠치 간의 사고방식에 영향을 많이 받았다. 알다시피 젊었을 때의 간은 버나드 쇼의 영향을 받았다고 얘기했다. 그의 초기 작품이 어느 정도 버나드 쇼의 아류였는지는 모르지만, 적어도 나는 그 영향이 강하게 보이는 간의 희곡보다 소설인 '게이키치 시리즈'를 애호한다.

남들이 내게 누구의 영향을 받았냐고 물을 때가 있다. 즉석에서 기쿠치 간이라고 대답하고 싶지만 조금 주저하게 된다. 그렇게 대답하면 상대방은 어김없이 실망한 표정을 보이기 때문이다. 이유는 누구라도 알리라.

후일 간이 통속물로 치우쳤다고 해도, 초기 작품은 나에게 '고전'이다. 현재 역사물을 쓰게 된 것도 기쿠치 간이 눈을 뜨게 해주어서다. 역사물 중 간의 초기 대표작은 『다다나오경 행장기忠直卿行状記』, 『난학사시蘭学事始』보다 열몇 장짜리 소품 「모양形」이다.

오늘날 기쿠치 간이 비평가나 언론에게 부당하게 냉대받는 이유는 뭘까? 아쿠타가와를 찬미하는 것은 좋지만, 그의 취약한 구성보다 철골로 조립한 듯이 뛰어난 간의 작품 구조는 좀 더 재평가받아도 좋지 않을까.

물론 문학사적으로 더 뛰어난 고전이 있다는 사실은 나도 안다. 그러나 내 독서 편력의 고전은 기쿠치 간의 '게이키치 시리즈'다.

역사소설이란 무엇인가

일전에 도쿄 대학 사료편찬소 사람들과 만나 몇 시간 동안 이야기를 나누었다. 모 지가 주선한 자리였다.

전부터 역사에서 제재를 얻어서 쓴 소설을 가소롭게 여겼을지도 모르는 이 사람들을 만나려니 조금 주눅이 들었다. 사실 내가 쓴 역사물 중에는, 소재의 재미에 끌려서 역사적 가치가 낮은 사료임을 알면서 사용한 작품도 있다. 게다가 독단적이었다. 그런 점으로 공박당할지도 모른다고 생각했지만 나갔다. 그런데 좌담회는 즐거웠다.

그 자리에서 역사소설이란 무엇이냐는 질문을 받았다. 즉, 정의를 말하라고 한다. 이것은 어려운 질문이라 금세 대답할 수가 없다. 마음속에 정의를 가지고 있지만 괜찮은 말이 되어서 입 밖으로 나오지 않는다. 이 사람 저 사람이 쓴 문구를 떠올렸으나 그것은 빌린 것이다. 또 내 생각과 딱 들어맞지도 않다.

그러면 작품으로 묻기로 하여 여러 작가의 작품이 언급되었다. 아니, 그 작품은 엄밀한 의미에서는 역사소설이 아니다, 그 작품도 다르다, 라고 했더니, 역시나 모리 오가이, 기쿠치 간, 아쿠타가와 류노스케의 일부 작품과 새로운 작품 중 두세 작가의 작품만이 남았다.

이 작품들에 대해 생각해 보면, 우선 역사적 사실을 담고 있다. 역시 역사적 사실이 이 장르의 주요 조건이다. 그러나 역사적 사실이 있기만 해서는 안 된다. 작품의 인물과 배경이 그 사실과 밀착되어 있어야 한다. 나는 인물 이름, 사건, 지명, 시대도 모두 역사적 사실에서 따왔지만 작품이 역사에서 동떨어져 있으면 곤란하다고 말했다. 그리고 인간을 그림으로써 그 역사적 사실을 따른 역사를 추구하고 비판해야 한다고 했다. 이것은 상당히 대범하지 못한 표현이지만, 요즘처럼 배경만 역사적인 것에서 따오면 뭐든 역사소설이 되어 버리는 안이한 관점에 조금 반발했기 때문이다.

그 자리에 모리 오가이의 작품이 역사소설의 하나의 정점이었기에 지금의 역사소설이 불모가 되지 않았냐는 사람이 있었다. 동감이다. 모리 오가이의 위대함이 하나의 형식이 되어 버렸다. 재료를 나열하는 법, 뼈대뿐인 줄거리를 진행시키는 법, 건조한 필치, 하다못해 어려운 한자어의 사용까지, 이것들이 역사소설의 본류인 양 여기게 되었다. 또한, 역사적 사실에 끌려가 상상력이 빈곤해진 점을 고백한 오가이의 유명한 고뇌까지 거슬러 갈 필요도 없다. 오가이의 형태만 역사소설의 본류처럼 된 데에 불모의 소지가 있다(오늘날 역사소설이 융성한 것처럼 말하는 사람도 있지만, 진짜 역사소설은 소수다).

오가이 같은 식으로 한자어를 섞어 역사적 사실을 극명하게 담담히 써야 '고상한' 역사소설인 것은 아니다. 역사적 사실의 하층에 파묻혀 있는 인간을 발굴하는 것이 역사소설가의 일이다. 결국 역사적 사실은 당시에 오고간 인간 심리가 남은 형태에 지나지 않는다. 그러므로 반대로 말하면, 역사소설은 역사적 사실이라는 형태의 상층에서 하층으로 파들어가야 한다. 역사소설과 역사적 사실이 떨어질 수 없는 이유다.

이렇게 생각하면 기쿠치 간이나 아쿠타가와 류노스케의 역사물도 조금 이상해진다. 이들의 작품은 역사적 사실을 근대적으로 해석했다. 그러나 역사적 사실이라는 상층에서 발굴하여 귀납한 해석이 아니라, 단번에 근대인의 심리를 비춰서 해석한 것이다. 처음부터 공식 같은 것이 존재했다. 그때 사람들이 모두 근대인의 심리를 가지고 있었다면 이상해진다. 당시의 제도, 경제, 도덕, 윤리가 인간의 관념을 결정하는 것이다. 그러므로 당시의 제도나 도덕 안에서 고뇌하는 인간성을 그리는 것과 오늘날의 제도나 도덕으로 고뇌하는 현대의 인간성을 그리는 것이 작품에서는 똑같아야 한다. 나는 그 자리에서 그런 뜻을 이야기했다. 물론 정의는 아니며 거기까지 가려면 멀었지만, 가는 도중쯤에 해당하는 이야기다.

확실히 오가이의 작품이 역사소설의 본류처럼 되어 역사소설을 재미없게 만들고 불모로 이끌었다.

그러고 나서 역사적 사실의 신뢰성에 대해 물어 봤는데, 역사학자는 그것을 밝히는 데 고심하고 있었다. 학문이므로 당연하지만, 소설가는 자료의 신뢰성에 학자만큼 예민하게 굴지 않아도 된다고 생각한다. 신뢰성은 정도의 문제고 그럴 마음을 먹으면 모두 회의적인 시선으로 본다. 당사자가 자신의 일을 쓴 일기라고 해서 믿을 수는 없다. 어느 고명한 작가의 일기는 사후 출간을 고려하여 죄다 거짓으로 쓴 것이라고 한다. 이런 일이 몇 세기 뒤의 문학사가가 실수하도록 만들지도 모른다. 이러한 거짓말, 오기誤記, 착각, 헛소문은 전해내려 온 역사적 사실의 도처에 자리잡고 있을 게 분명하다. 결국은 정확해 보이는 것에 만족할 수밖에 없다. 표층 일부분에 다른 것이 섞여 들어가도 하층의 인간 심리를 파낼 수 있다.

그러나 그 심리는 몇백 년 뒤의 우리가 상상하는 것이므로 쉬운 일은 아니다. 게다가 조심한다 해도 기성 개념이 아무래도 방해한다. 역사소설은 그 방해를 뚫고 속으로 들어가야 한다.

예를 들어, 전국 시대의 '무사'라고 하면 막연한 개념이 떠오른다. 돈에 욕심이 없었다고 여겨지지만, 일반 무사는 구두쇠가 아니었을까? 아나야마 바이세쓰 같은 소영주가 1583년 이가 로의 샛길을 지나다가 살해당한 까닭은 토착민에게 돈을 주기 아까워해서였다고 한다. 일반 무사는 한 줌 녹봉을 받아서 생활했으니까 구두쇠가 되는 것은 당연하다. 무사는 소비 계급이므로 어쩔 수 없다. 그들이 독자적으로 두드러지는 깃발을 들고 전장에서 움직인 이유는, 적에게 무용을 과시하기보다 자기 편 전투

부교의 눈에 띄기를 바라서였다. 즉 공명 기록장에 타인과 헷갈리지 않게 기록되어 조금이라도 수입이 많아지기를 원하는 심리가 있었다. 위세 좋게 전장을 달리는 화려한 깃발도, 그렇게 보면 현대의 샐러리맨이 상사의 눈에 띄려고 일하는 모습이나 다를 바 없다. 그런데 무사의 깃발이라고 하면 용맹하다는 개념만 떠오른다.

일반 무사가 전쟁에 나갈 때는 가족의 앞으로의 경제생활을 걱정한다. 『갑자야화甲子夜話』[5]에 고구치 고헤이지라는 무사가 오사카 전투에 나가서 그곳에서 가족 앞으로 보낸 유서가 실려 있다. 당시 무사의 생활을 알 수 있어서 재미있는데, '돈을 남에게 빌려주면 안 된다'라든가 '나를 공양한다며 돈을 절에 한 푼이라도 주어선 안 된다'라든가 '소작료는 지행소[6]에 엄하게 일러 만사 빈틈없이 거둬들이도록 해라'라고 주의를 주고 있다. 그 외에 집 어딘가에 돈을 오십 문 두었을 테니 그것을 써라, 라는 등의 내용이 쓰여 있다.

이것을 읽으면 내가 옛날에 징집되어 전쟁터에서 가족의 경제생활을 걱정하던 때가 생각난다. 여기에는 무사의 출진이라는

5 에도 후기에 마쓰우라 세이잔이 쓴 수필집.

6 무사가 막부 등에게서 받은 영지.

화려함은 전혀 없다. 당시 제도하에서 살아가는 사람을 그리는 것은 현대의 조직 속에서 숨 쉬는 인간을 그리는 것이기도 하다.

그저 이런 사건이 있었다는 역사적 사실을 그린 작품만이 역사소설이라면 너무 시시하다.

편집부 후기

사회파 추리소설의 창시자이면서 현대사를 새롭게 조명한 공을 인정받아 1991년에 아사히 상을 수상한 작가 마쓰모토 세이초는 그 이듬해에 뇌출혈로 쓰러져 생을 마감합니다. 세이초가 타계한 그해, 세이초 문학을 가장 많이 이어받았다고 평가받는 소설가 미야베 미유키가 《분게이순주》 임시증간호에서 그를 추모하며 쓴 글에는 이런 문장이 있습니다. "일단 추리소설의 세계에 발을 디디면, 하늘을 보면 언제나 태양이며 달을 볼 수 있듯이 거기엔 '마쓰모토 세이초 작품'이 있었습니다. 그의 세례를 받지 않고 추리소설을 쓰는 젊은 작가는 한 사람도 없다고 딱 잘라 말할 수 있습니다."

그가 말한 젊은 작가란 미야베 미유키 자신을 포함하여 히가

시노 게이고, 기리노 나쓰오, 요코야마 히데오 등을 말합니다. 현재 한국과 일본에서 최고의 주가를 올리고 있는 작가들이지요. 이들 미스터리 작가들이 자신을 그 세계로 이끈 마쓰모토 세이초를 '문학적 스승, 혹은 아버지'로 인정하며 여러 매체를 통해 공공연하게 얘기하는 모습을 보고 있노라면 부러운 마음이 드는 한편, 한국에도 그런 작가가 있었다면, 그런 걸 인정할 줄 아는 작가가 있었다면 어땠을까 하는 부질없는 생각도 해보게 됩니다.

최근 일이 년 사이에 우리나라에도 활발하게 번역 소개되고 있는 세이초의 작품을 쭉 따라 읽어온 독자라면 알고 있는 얘기겠지만, 세이초의 이력은 다소 특이합니다. 소학교 졸업이 학력의 전부였고 마흔한 살이라는 늦은 나이에 데뷔했으며 "사회파 추리소설가라는 간판이 너무 압도적이라" 간과하기 쉽지만 그는 아쿠타가와 상(은 순문학을 지향하는 작가에게 수여된다)을 수상하며 이름을 알린 작가였지요.

그런데 어찌하여 추리소설을 쓰게 되었을까. 이 책 『검은 수첩』에도 나와 있지만 세이초는 "수수께끼 풀이나 트릭에 몰두하는 독자를 상대로 퍼즐 같은 유희로 전락"한 당시의 추리소설에 불만이 많았습니다. 그는 "유령의 집 가건물에서 사실주의가 있는 바깥으로 꺼내고 싶"다는 바람을 가지고 급기야 자급자족적 차원에서 추리소설을 쓰기 시작했는데 그때 다음과 같은 원칙을 세웠다고 합니다. (1) 특이한 환경이 아니라 일상생활에서 설정을 찾을 것, (2) 인물도 성격이 특별한 사람이 아니라 우리와 같은 평범한 사람일 것, (3) 묘사는 '등골에 얼음이 닿은 듯한 오싹한 공포' 류가 아니라 누구라도 일상생활에서 경험하거나 예감할 법한 서스펜스일 것.

마침내 1958년에 발표한 『점과 선』, 『눈동자의 벽』은 범죄란 사회가 갈구하는 형태로 일어나기 마련이라는 전제하에 지극히 현실적인 설정을 출발점으로 삼아 범죄가 일어나게 된 사회적 동기를 추적해 가는 이른바 '사회파 미스터리'라는 장르를 탄생시킨 작품으로 그를 인기 작가의 반열에 올려놓았지요. 이 작품의 출간을 기점으로 일본에서는 일부 마니아들의 전유물처럼 여겨지던 추리라는 장르가 "여성을 포함하여" 급격하게 확대된 계기가 되었다고 합니다. 자연스럽게 '추리소설은 어떻게 만들어질까'에 대한 궁금증이나 '사회파 추리소설이란 무엇일까'에 대한 정의가 필요한 시점이기도 했지요. 『검은 수첩』은 이러한 요청에 따라 세이초가 1958년부터 1961년까지 잡지에 연재한 에세이로, "독특한 추리소설론과 자신이 쓴 추리소설의 뒷이야기를 비롯하여 현대의 범죄에 대한 고찰, 역사소설관 등이 부담스럽지 않은 알기 쉽고 명료한 문장(평론가 곤다 만지)"으로 쓰여 있습니다. 거기에는 "글쓰기 훈련을 받아 본 적이 없는 나는, 다만 남들이 가는 길은 걷고 싶지 않았다"고 공언한, 세이초라는 인간이 안고 있던 고민과 당시 그가 헤쳐 온 시대의 공기 같은 것들이 선명하게 아로새겨져 있습니다. 그동안 세이초의 소설을 흥미롭게 읽어온 독자라면 이 책 속에서도 이런저런 음미할 만한 구절을 상당히 많이 발견할 수 있을 듯합니다. 아울러 원서의 해설에 따르면 "추리소설을 쓰려고 마음먹은 사람들에게도 놓칠 수 없는 참고 문헌"이라고 하니 관련 업계 종사자분들은 부디 놓치지 말고 참고해 주시길.

초판 1쇄 발행 2014년 5월 30일

지은이   마쓰모토 세이초
옮긴이   남궁가윤

발행편집인   김홍민 · 최내현
책임편집   유온누리
편집   안현아
마케팅   홍용준
표지디자인   형태와내용사이
용지   한신페이퍼
출력   한국커뮤니케이션(CTP)
인쇄   청아문화사
제본   일광문화사
독자교정   강지윤, 고은애, 김선경, 이순정

펴낸곳   도서출판 북스피어
출판등록   2005년 6월 18일 제105-90-91700호
주소   (121-826) 서울특별시 마포구 방울내로 11길 43 101-902
전화   02) 518-0427
팩스   02) 701-0428
홈페이지   www.booksfear.com
전자우편   editor@booksfear.com

ISBN 978-89-98791-18-6 (03830)